超高層ホテル殺人事件

森村誠一

角川文庫
19034

超高層ホテル殺人事件　目次

闇の忍び逢い

「私、もうこんなあわただしいデートはいやよ。いつも時間に追われて、だれかの目を恐れて、ひとつも逢《あ》った気がしないもの」

女は、薄闇の中で身支度をしながら言った。行為のあとの余韻をしみじみ反芻《はんすう》するひまもない。わずかの時間を見つけては、忍び逢い、逢えば愛し合う者どうしのあらゆる所作を省略して、たがいのからだを貪《むさぼ》り合うのだ。ここは都心を離れた情事専用のホテルである。こういう場所のほうが、知った顔に出会うおそれがない。

それは〝動物〟の出会いだった。二人はもっと人間らしいデートをしたかった。しかし時間は、人間である前にまず、動物的な飢えをかろうじて癒《いや》すだけしか与えられなかった。

「もうそんな無理は、言いっこなしにしようと約束したはずじゃないか。ぼくだって、きみともっとゆっくり逢いたい。いや、いつもいっしょにいたいのだ。しかしおたがいの環境が、それを許さないんだ。そんなことは、とうにわかっているはずじゃないか。ぼくたちの環境は、生まれたときから、そのように定められていたのさ」

男は、行為のあとの気だるいからだをベッドに横たえたまま、身支度をする女のほうへ、焦点の定まらない視線を送った。彼もそろそろベッドを出なければならない時間である。カーテンを引いた窓から、わずかにもれる夕暮れのかすかな光線が、ついいましがたまで、男に貪られるにまかせて、息をのむほど放恣《ほうし》にひらいたからだを、人妻としての偽りの貞節の衣装の中にまとっていく女の変貌《へんぼう》を映しだしている。

そして数時間ほどのちには、何くわぬ顔をして家へ帰り、やがて帰宅して来る夫を出迎えるのであろう。女が自分をほんとうに愛してくれていることはよくわかっている。やむを得ない事情で自分と結婚できなかった女の、ぎりぎりの演技であることはよくわかっていながら、この女が、自分以外の男の妻になっていることが、がまんならなかった。

こんな逢いかたがいやなのは、女以上に感じている。しかし逢わずにいるよりは、確実によかった。逢えさえすれば、少なくとも、動物的な欲望だけは満たすことができる。

一時間とか、ひどいときには三十分とかの小間切れの時間を見つけてのデートは、どう考えても可能性のない二人が〝発明〟した、障害の中での愛情の最少限の交流方法だった。

「私たち、一生のあいだ、おたがいの存在を知らなければよかったのね」

衣服を身につけ終わった女は、別れを告げる前に男に言った。

「ほんとうにそうおもうのか？」

男は、女の目の中を覗《のぞ》きこんだ。

「いやいや、たとえどんなに苦しくとも、あなたを知らない私の人生なんて考えられないわ」

女は子供がイヤイヤをするように首を振って、まだ裸のままでいる男の胸の中に、いきなりあたたかくふくよかなからだを投げこんできた。

それをしっかりと受け止めた男は、女の唇を激しく吸った。女もそれ以上に激しく応《こた》えた。

男は、ふたたび目覚めかけた欲望を慌てて抑えると、女のからだを捥《も》ぎ離すように押しやり、

「さあ、もう行く時間だよ。もしぼくらのことを少しでも疑われたら、もう逢えなくなる」

「また必ず逢ってくださる？」

女は、早くも涙ぐみかけていた。ここで泣きだされると、一時間ぐらいではおさまらないことを、男はいままでの〝経験〟から知っている。

「もし逢ってくださらなければ、私気がちがっちゃうわよ」

「それはぼくも同じさ。さ、もう行かなければ」

女は目先の別離の悲しみに涙ぐみ、男は、次のデートの都合を考えている。

ようやく女が、男から離れ、部屋から出ていこうとした。

「おねがい、そこまでいっしょに来て」

女は、ドアのノッブを握りながら振りむいた。

「危険だよ。もしだれかに見られたら」

「大丈夫よ、こんな場末のホテルですもの」

女の目に真剣な光が浮かんだ。男はその目の光に負けた。いま別れたら、今度いつ逢えるかわからない。男も、女といっしょにいる時間を少しでも引き伸ばしたかった。

しかし、それが失敗のもとだった。

身をすくめるようにしてホテルを出る。すっかり闇が落ちていた。まさかこのあたりに知った顔がいようとはおもわなかったが、緊張する一瞬である。

無事に外へ出ると、一つの犯罪をなし終えた共犯者のように、彼らは緊張をゆるめた。その一瞬をとらえて閃光《せんこう》がほとばしった。

愕然《がくぜん》として不自然な姿勢に硬直した二人に、フラッシュはさらにとどめを刺すように二度三度と闇を切り裂いた。

光の十字架

1

昭和四十×年十二月二十四日、クリスマス・イブの夜である。東京都千代田区竹平町のお濠端《パレスサイド》に新たに竣工《しゅんこう》した地上六十二階の超高層ホテル〈イハラ・ネルソンホテル〉の神田《かんだ》方面を向いた壁面に巨大な光の十字架が浮かび上がった。

壁面に比類ない規格性をもって配された各客室の窓群《そうぐん》に十字の形になるように点灯したのである。下方からのサーチライトの強烈な光の補足を受けて、それは壮大な光の十字架であった。大都会の夜を彩る花やかなイルミネーションのすべてを圧倒して、光の十字架は夜空に突き刺さるばかりに聳《そび》え立っていた。

十字架の〝母体〟である六十二階の特殊鉄筋の幾何学模様を、夜空の闇の中に溶かしこんで、それはさながら巨大な十字の発光体が、地上から直接天に向かって噴き出しているように見える。

明日開館《あしたオープン》する予定のイハラ・ネルソンホテルがクリスマス・イブに贈った豪華なアトラクションであった。たいていの刺激には麻痺《まひ》して、めったなことには動じない東京っ子も、このスケールの大きなアトラクションにはびっくりしたらしい。

通行人も、車の運転者も、乗客も、みな視線を光の十字架のほうへ吸いつけられた。そのために、その夜予期しない交通事故が増えたほどである。

同じ時刻、イハラ・ネルソンホテルの新社長に就任した猪原杏平《いはらきょうへい》の姿は、ホテルビルの真向かいに立つ十階建ての〝栄信《えいしん》ビル〟の屋上にある、高級レストラン〈ボングー〉にあった。

レストランからは、ホテルの東側の壁面が最もよく見わたせる。彼は今夜ここを借り切り、新ホテルの建設に功労のあった人々や、経営の重要関係者を招待したのである。

花やかにしつらえた模擬店や料理を盛ったテーブルのあいだを、美しく着飾った招待客やホステスが、花やかに行き交う。

模擬店は、都内でも一流の味の店から出向させ、料理は吟味されつくした品ばかりである。ホステスも銀座の一流の店のオール売れっ子を呼んだ。

しかしどんなに一流のホステスや料理を揃えても、見劣りがするほどに、その夜の招待客の顔ぶれは、豪華だった。

政治家がいる、実業家がいる、作家がいる。歌手や人気スターがいるかとおもえば、プロ野球の選手や力士もいた。まるで都知事選の応援のように、東京にいる有名人のほとんどすべてを集めていた。

これだけの人間を集めた猪原杏平は、細面のやや神経質な顔、日本人にしては彫りの深い造作で、知的であるが、表情に乏しい。やせ型で、背は高いほうである。どんな些《さ》細《さい》な挙措も、何となく優雅で、サラブレッドの育ちをうかがわせる。

　まだ三十代になったばかりの若さで、日本、いや東洋最大のホテルの社長に就いた猪原杏平には、それだけの背景と環境があったのである。

　そのわりに、あまり冴《さ》えない表情をしている。それは、かたわらにぴったり寄り添うようにして、招待客に愛嬌《あいきょう》を振りまいている、金銀のラメのはいった肌の露出部分をおもいきって多くした大胆なデザインのイブニングドレスをまとった、派手な顔だちの大柄の女のせいのようである。

　その女性こそ、一年ほど前に一千万かけたといわれる豪華披露宴を開いて結婚した杏平の妻の彩子《あやこ》である。その名前のとおり、何かにつけて派手好みで、結婚前から映画スターなどと盛んに浮き名を流していた彩子を、杏平は気に入らなかったらしいのだが、父の猪原留吉《とめきち》が強くすすめたので断われなかったようである。

　留吉のすすめたのも道理で、彩子の父親は、全国一、二位の預金量を誇る東西《とうざい》銀行の副頭取、野添雅之《のぞえまさゆき》だったのである。次期頭取の呼び声の最も高い野添の娘を、息子の妻に迎えて、融資パイプを確立しようという留吉の政略があった。

　もともとイハラ・グループは、企業規模の大きいわりに、急激に膨張したために、次から次に融資先を広げて、主力銀行《メイン・バンク》というものをもたない。

　これは上り坂のときは、銀行側の経営関与を最少限に抑えて都合がよいが、いったん傾きかかると、関係行が対立しておたがいに責任のキャッチボールをするために、救われるものも救われなくなる。

財界の〝猪武者《いのししむしゃ》〟といわれて、いままで攻め一方の強気の経営を行なってきた猪原留吉が、ようやく強力な主力銀行の必要性を認識してきたのである。

こうして、あまり気のすすまない息子を強引に説き伏せて、野添彩子と結婚させた。この結婚から一ヵ月もしないうちに猪原留吉は急死したのであるから、自分の死期の近いのを悟って、自分のなきあとの守りをかためたのだという見かたをする者が多かった。

最初から政略であることがはっきりしている結婚だったから、この夫婦のあいだには、新婚の甘いムードなどみじんもない。

もともと内向的な知性派の杏平は、万事派手好みの彩子と、最初から性格が合わなかった。しかし父の命令に反対することはできない。そのように小さいときから躾《しつけ》られた、というより、〝調教〟されてきた。

父のように偉大な立志伝中の人物にとっては、すべてが、結婚も係累も何もかも自分の〝王国〟を安定拡大させるための手段にならなければならなかった。

同じことは野添彩子にもいえた。偉大な父親の保身と勢力拡張のための生きた道具として、彼女は何の抵抗もなく、杏平のもとへ嫁いで来たのである。〝道具〟どうしの結婚には、最初から人間の感情などなかった。いや感情はのちにわいてきた。最初の無関心が性格の不一致によって、憎しみに増幅されてきたのである。

新夫婦にとっては、おたがいを憎むことが、せめてもの〝偉大なる父〟へ向けたレジスタンスであった。

夫婦で寄り添うようにして、招待客ににこやかな愛嬌を振りまいていても、事情を知っている者には、二人のあいだに白々とただよう冷たい空気を隠すべくもなかった。

その意味で二人の背後に輝く巨大な十字架は、サラブレッドに生まれついたがゆえに背負わされたとほうもない重荷に見えぬこともなかった。

2

猪原留吉ほど一生のあいだに、数多くの株の買い集めを行なって、それを乗っ取りに結びつけていった男はないといわれている。

東北の貧農の末っ子に生まれ（このため留吉と名づけられた）、小学校もろくに出ずに、青雲の志を立てて上京した彼は、人一倍名誉心が強く、故郷に錦《にしき》を飾るという意欲に燃えていた。

一介の丁稚《でっち》小僧からスタートし、着実に地歩をかためて、ためたかねで株を買った。相場に対する天才的なカンをもっていて、最初は利ザヤを抜く目的で相場を張っていたのが、しだいに経営権奪取を目的にした買占めに発展していったのである。

〝猪〟というのは、無謀な暴走を意味するものではなく、山中の僻地《へきち》からサラブレッドぞろいの財界へ出て来て、傍若無人に走りまくるところから名づけられた。

しかし他人が何といおうが、猪原はわが道を行くとばかり株を買いまくり、ついに買占めと乗っ取りの上に、一大牙城《いちだいがじょう》を築きあげた。

これが東京西郊に膨大な路線網をもつ東都高速電鉄を中核にした系列会社六十数社と公称する「イハラ・グループ」である。

このような猪武者の反面、猪原には立志伝中の人物の共通項のようなコンプレックスがあった。つまりサラブレッド揃いの財界における、自分の血筋の賤《いや》しさである。

「どんな名門でも二、三代さかのぼれば、みな百姓か漁師だ。名門なんていっても、たかの知れたものだ」とうそぶきながら、元華族だった宗像源一郎《むなかたげんいちろう》の娘を妻としたのも、彼のコンプレックスのあらわれであった。

一方、自分から「日本一の寄付王」と誇るくらいに各種社会施設や、郷里の学校に寄付をして、その総額は二十億円にも達している。しかし彼の懸命な自己主張にもかかわらず、財界では問題にされなかった。

彼が懸命になって「猪原留吉これにあり」と主張すればするほど「成り上がりの農民が」と財界の冷笑をかうのである。

折しも万国博や冬期オリンピック等のおかげもあって、海外の日本ブームは高まり、来訪外客《インバウンド》の数はウナギ上りになった。そのため東京のホテルは、絶対数が不足となって、せっかく訪日してくれた外客を収容しきれないという事態になった。

そんなことでは〝観光日本〟の名前にかかわるので、大型ホテルの建設が国家的に奨励されたのである。

そこで目をつけられたのが、猪原留吉である。とにかく金と土地をゴマンと握っている。実業界の野武士的存在で、折あらば自分の存在を周囲に確認させたいとうずうずしている。

このように国策第一で、企業利益第二の計画には、ソロバンの計算の正確な犀利《さいり》な商人はだめである。人生意気に感ずる式の感激屋で、ソロバンよりも名誉を先行させる人間が理想的であった。

猪原の弱点を見事につかんで、ひとつ日本のために犠牲的精神で日本一のホテルを造ってくれと政府要人から懇願された彼は、自分の名前をそのホテルとともに残せるという興奮に酔ってしまったのである。

こうしてできあがったのが、総工費二百五十億円をかけた、地上六十二階、軒高二百三メートル、客室総数三千の東洋最大規模の〈イハラ・ネルソンホテル〉である。

さらにホテル業にはずぶの素人である猪原のために、アメリカ有数のホテル業者、ネルソン・インターナショナル、通称NI社が、経営指導にあたることになって、経営面の問題もいちおう解決された。

ところが、猪原留吉はこの新ホテルの完成を見ることができなかった。低層部の鉄骨建方が完了して、立柱式の直前に、以前からときどき症状のあった心不全の発作をおこして、あっけなく息を引き取ってしまったのである。

工事当事者や関係者は狼狽《ろうばい》したものの、巨額な資本投下をしたホテルの建設を中止することはできない。急遽《きゅうきょ》、建設責任者を猪原の長男の杏平にバトンタッチさせて、しゃにむに工事を続行したのである。

そして猪原の死後十一ヵ月目の今日、ようやくグランド・オープニングの前夜にこぎつけたのであった。

アルコールがほどよくまわって、会場のあちこちに賑《にぎ》やかな笑声や嬌声《きょうせい》がわきおこる。贅《ぜい》のかぎりをつくした料理と、えりぬきの美女に囲まれて、客はいずれも上機嫌だった。

「親の七光りもここまでくれば立派なもんですな」

「いやまったく、しかし、あの若社長にイハラ・グループの大屋台を支えきれますかな。先代が死んでから傘下各社にも反乱があい次いで、なかなか大変らしいですからな」

「あの若社長、二代目にしてはなかなかデキがよいというわさですが、何せ親父さんが巨《おお》きすぎましたね」

客の中には、こんなことを会場の片隅で話し合っている連中もいたが、そんな囁《ささや》きはその夜の主役の猪原杏平の耳には届かない。

優雅なハイ・ソサエティの語らいのあいまに、客たちの目は、眼前に立ちはだかる巨大な光の十字架に送られる。それに目を送ることは、そこへ招かれた客たちのエチケットであった。そしてそれは、そんな儀礼的な義務感をまったく感じさせないほどに、壮大な人工美の極致でもあった。

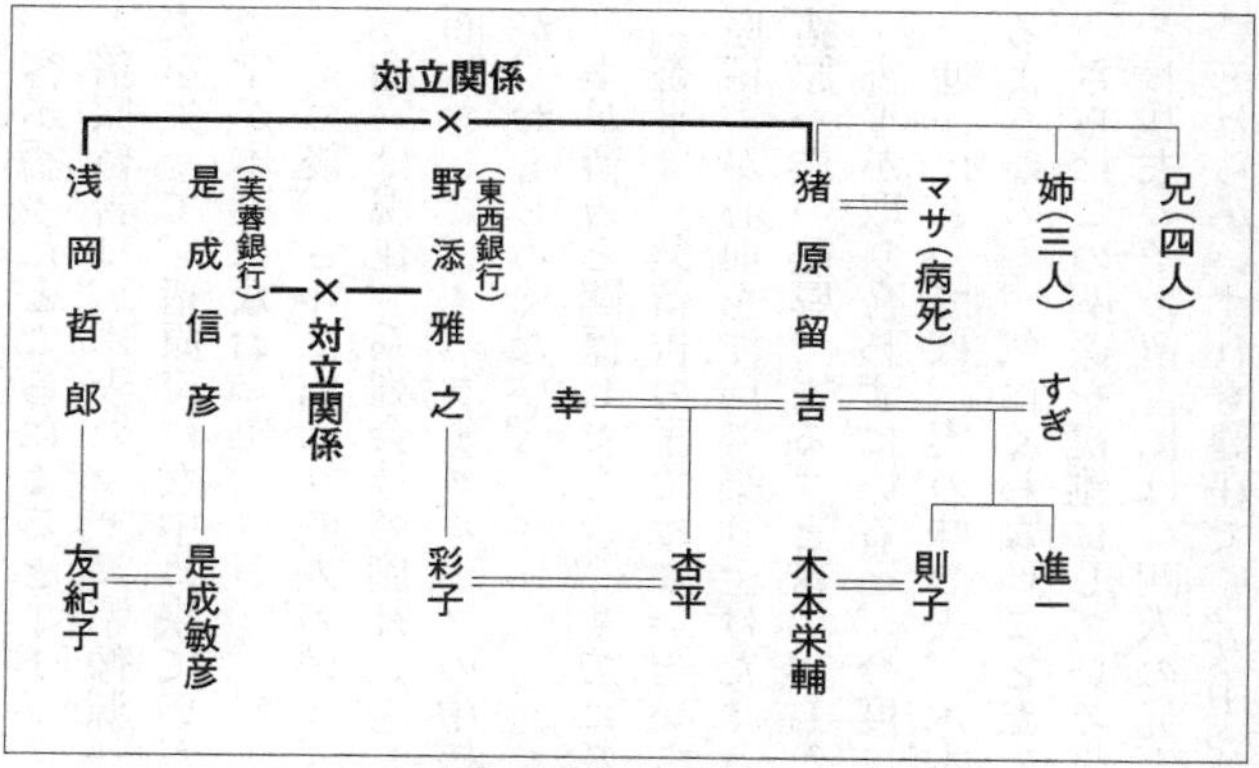

登場人物の系図

親の威光のおかげで、普通ならば洟垂《はなた》れ小僧扱いされる年齢で、東洋最大の新ホテルの社長におさまった杏平へ嫉視《しっし》や反感をもつ者でも、〝十字架〟の美しさについては一致していた。

「今日この席には出ていませんがね、先代には、もう一人進一《しんいち》という息子がおります」

その客がわけ知り顔に言った。

「系列会社の副社長になっておりますが、自分のほうが、先代の嫡男のつもりでいるので、おもしろくなくて出てこないのでしょう」

「それはまたどういうわけで？」

「実は、いまの二代目社長は、後妻の子なのですよ」

客は、かなり離れている杏平たちに聞こえるはずはないのに、声をひそめた。

客が語ったところによると――。

猪原留吉は、本妻のマサ（宗像源一郎の娘）とのあいだに子供がなかったので、当時夫を失って、猪原家に女中に来ていた幸《こう》に杏平を生ませた。その後、マサが病死したので幸が本妻になおった。

その後、さらに出入り商人の娘すぎと関係ができて生まれたのが、進一と則子《のりこ》である。

進一は現在、系列会社の副社長をしているが、もともと女中の子だった杏平が〝嫡男面〟をして、イハラ・グループの中核的存在であるイハラホテルの社長におさまったのが、おもしろくない。

幸が留吉と関係したとき、すでに妊娠していたという話をどこからか聞きこんできて、「杏平は、父留吉の子ではないという疑いがある。どこの馬の骨かわからない男に、猪原留吉が心血を注いで築き上げたイハラホテルを任せるのは、父を冒瀆《ぼうとく》するものであり、猪原一族の恥辱である」と言い出した。

杏平が取り合わずにいると、今度は血液鑑定を要求してきた。

進一にとっては、実の妹の夫、木本栄輔《きもとえいすけ》がイハラホテル社長の座に野心を燃やしているようなのも、気にくわないことだった。

さらにこの関係を複雑にしているものに、留吉の兄姉《きょうだい》たちがあった。その名前の示すとおり末っ子の留吉には、四人の兄と三人の姉がある。

それらがいずれも健在で、〝女中っ子〟の杏平や、〝妾腹《しょうふく》〟の進一兄妹によい感情をも

を狙い合っているのである。

っていない。

これらの思惑が蜘蛛《くも》の糸のように入り乱れて、留吉なきあとの、猪原王国の〝主権〟を狙い合っているのである。

「もともと〝一反百姓〟だったこれらの人が、なまじ先代の莫大《ばくだい》な遺産のお裾分《すそわ》けにあずかったものだから、欲をだしたわけですな」

「若くしてこれだけの大屋台を任せられた二代目社長は、経営の苦労のほかに、これから、この骨肉のトラブルに大いに悩まされるでしょうな」

「あの若社長の隣りにいる同じ年格好の男はだれですか?」

別の客が囁いた。

「ああ、あれが木本栄輔です。杏平の腹ちがいの妹則子の夫ですよ。なかなかのやり手で、新ホテルの専務です。先代に買収された木本ホテルの息子でね、先代が罪ほろぼしのつもりなのか、自分の会社へ拾い上げてやったのが、めきめきと頭角を現わして、いまではイハラ・グループになくてはならない人材といわれてます」

「ああ、あの木本ホテルの」

客は記憶をよみがえらせた表情になった。木本ホテルは伊豆《いず》地方に伝統的なホテル網をもつ、ホテル界屈指の名門であった。留吉は、これの株をひそかに買い集めて、経営権を奪った。それがために木本家が、破壊されたことは、まだ人々の記憶に生々しく残っている。

「そうです。まあ木本栄輔にしてみれば、敵の娘と結婚したようなもんですが、それがいま、敵の会社の中で中心人物になりつつあるのだから、皮肉なもんです」

「木本の隣りにいる、美しい婦人はどなたですか？」

客は、さらに、二十四、五歳の紋綸子《もんりんず》の白生地を染めた色無地の和服の女を目でさした。シャンデリアの下に薄紫の光沢が匂うように映えて、女の愁いを帯びた臈《ろう》たけた美しさを、強調している。

「ああ、あの婦人が浅岡哲郎《あさおかてつろう》の娘友紀子《ゆきこ》ですよ」

「アジア興業の……財界のモンスターといわれている」

「そうです。やはり一年ほど前に、芙蓉《ふよう》銀行頭取、是成信彦《これなりのぶひこ》の次男敏彦《としひこ》と結婚しています。浅岡と猪原は共に天を戴《いただ》かざるライバルどうしですが、子供たちには関係ないということですかね。ほら少し離れて夫君の敏彦氏もいる。芙蓉銀行の融資系列下にある是成商事の重役をしているはずです」

「そういえば東西銀行と芙蓉銀行はライバルでしたな」

「猪原杏平が、東西銀行副頭取の娘を娶《めと》り、浅岡哲郎の娘が、芙蓉銀行頭取の息子と結婚する。財界のからみ合いは複雑ですなあ」

「是成敏彦氏が話している男はだれですか？」

「たしか山本《やまもと》とかいう新ホテルの客室部長だとおもいます。いままで東都《とうと》ホテルにいたのが、引き抜かれたと聞いています」

「ミスター・ソレンセンの姿が見えませんね」

客の一人がふと気がついたように言った。

「そういえば、そうですね」

別の一人が、視線を会場にひとまわりさせてから答えた。大男の金髪のアメリカ人だから、いればすぐにわかるはずである。

「おかしいな？　新ホテルの総支配人《ジェネラル・マネジャー》になるソレンセンが来ないはずはないのだが」

さらに別の客が首を傾げた。トマス・ソレンセンは、本国のＮＩ社から派遣されてきたホテルマン生活二十数年といわれる生粋のホテルマンである。ＮＩ社のホテル網を世界的に広げたのは、彼の辣腕《らつわん》が大いにあずかって力あったといわれている。

ある地域への進出がきまると、まず彼がオープニング・マネジャーとして出かけていく。現地のホテル業者との合弁事業とでもいうことになれば、設計の段階から大いに発言をして、万事ＮＩ流にしてしまう。

経営権をがっちりかためると、次の進出国へ向かって、まるで新しい獲物に跳びかかるように赴任していくという、有名なというより、むしろ悪名高い〝オープン屋〟である。女に対してもなかなかの凄腕《すごうで》で、行く先々で浮き名を流していた。

今度の新ホテルのオープンに際しても、何も日本にホテルマンがいないわけじゃなし、ＮＩづれに経営指導をしてもらうことはあるまいと、国内既存業者からかなりの反発が出たものだが、ソレンセンに一目《ひとめ》惚《ぼ》れした猪原留吉が強引に押しすすめたのである。

「私に営業を任せてくだされば、客室稼働率《オキュパンシー》を年間を通じて九〇パーセント以上にしてみせます」

とソレンセンが猪原に大見得を切ったのが、実は猪原が新ホテル建設に踏み切った直接の動機だったという噂もあるくらいである。

いまでこそ京浜地区のホテル業者は、ホテルの絶対数不足にたすけられて、客室の高稼働率を維持しているが、もともと季節によって波動の多い商売だから、年間平均九〇パーセント以上のオキュパンシー（保有客室数に対する客のはいった部屋の割合）を保つというのは、大変なことであった。

もし事実、ソレンセンのそんな大ラッパに猪原が動かされたとすれば、国家的な規模をもつ事業をスタートさせるにしては、ずいぶん単純で軽率な話である。

ともあれ、その話題の主、ソレンセンが、この席に姿を現わさないというのは、おかしかった。

「おい、あれは何だろう？」

客の一人が窓の外をさした。つられて何人かが、その指の延長線を追う。十字架の横木よりやや下のあたりの窓に黒い点が浮かび上がっていた。

「人間らしいぞ！」

「何をしてるんだ」

「窓から身を乗り出してるぞ」

囁《ささや》きは、波紋のように客のあいだに広がり、ざわめきに拡大していった。

「自殺だ！」

「いや、だれかに突き落とされようとしているんだ」

「大変だ、落ちるぞ」

「だれか行って止めてやれ」

会場は騒然たる空気になった。だが次の瞬間、黒点はついに窓の外へ押し出され、墜落する一個の物体となって、光の垂線の下方へ消えた。婦人客やホステスが悲鳴をあげた。

光の十字架を背負って、その物体が一同の視野から消える直前に明らかに人間の形をとったのが、まざまざと見てとれた。距離が比較的近かったのでその映像は鮮明に映った。

垂直の死者

1

大騒ぎになった。若い客たちは、先を争ってエレベーターのほうへ駆けて行った。これから現場へ見物に行くつもりらしい。いや若い人間ばかりでなく、かなりの年輩者も混じっている。いくつになっても、弥次馬根性《やじうま》は失《う》せないらしい。

「小野原《おのはら》にすぐ連絡しろ、おれはこれからすぐ現場へ行く」

事件を目撃した新社長猪原杏平は、かたわらの秘書の一人に命ずると、急ぎ足に会場から出て行った。小野原は、ホテルの保安課長である。

一瞬の光景だったが、ひとが落ちた窓は、十字の横一の下方だったから十階から二十階のあいだあたりであろう。あの高さから落ちたのでは、まず助からない。

明日《あした》のオープンを控えて、今夜ホテルに泊まっている人間は、ホテルの重要関係者ばかりである。窓は客の手で開けられないようになっているが、外気を吸いたいというひとのためには、とくに開放してやることにしている。

(いったいだれが落ちたのか？)

社長づきの第二秘書、中沼敬吾《なかぬまけいご》は保安室のダイヤルをせわしなくまわしながらおもった。

中沼がダイヤルしたときは、保安課長の小野原はすでに事件を知っていた。クリスマス・イブの大がかりなアトラクションとあって、無数の目が注がれていたので、事件はただちに大勢の目撃者によってホテル側に通報された。

通報者の中には人間が落ちたのは、十五階あたりの窓からだったとかなり正確におしえてくれる者もあった。

その際、小野原のとった処置は、適切で敏速だった。部下の二名を十六階へ急行させると同時に、自分は残った部下とともにひとが落ちたとおもわれる、東側の壁面の下へ駆けつけた。落ちた場所は、防火用らしい浅い池《プール》の中である。周囲には一メートルぐらいのバリケードが築かれていて、そばへ近寄らないと中を覗《のぞ》きこめない。

現場を直接照らす灯はなかったが、壁面を満たした光の反映で、死体のあたりはわりあいよく見える。小野原は死体を一見しただけで、とても助からないと思った。水中にうつ伏せになって倒れているが、その損傷のぐあいから、おそらく即死だったものとおもわれる。水面が赤く染まって見える。

「外人らしいな」

バリケードのまわりに立った人々の中から、そんな囁きがもれた。血のかたまりのような死体の頭部にわずかに金髪が見えたからである。

「救急車を呼べ」

「いや警察に連絡しろ」

遠巻きにした人々は、てんでに勝手なことをわめき合った。彼らの中にはかなり弥次馬も混じっている。弥次馬は時間がたつほどにふえてくるであろう。

だが小野原はすでに救急車と警察に連絡をすませており、現場に手をつけないようにという所轄署の指示のとおりに、部下に命じて、プールのまわりに綱を張らせた。

あわただしいサイレンを鳴らして、救急車とパトカーがほとんど同時にやって来た。

しかし救急車は空しく引きあげて行った。死体の収容はしないからである。

パトカーにつづいて、所轄署と本庁捜査一課の刑事たちが駆けつけて来た。ホテルからの連絡だけでなく、十字架を見上げていた無数の目撃者からの通報の中に、だれかに突き落とされたようだという言葉が、いくつか重なったからである。

刑事たちがまずしたことは、大勢の弥次馬たちを現場周辺から追い出すことであった。

「やあどうもごくろうさん、大変な事件が起きたね」

本庁から駆けつけた那須《なす》警部は、すでに現場に着いていた顔見知りの所轄署の刑事、村田《むらた》に言った。

「いやまったく、まさかホテルの窓から落ちるとは……」

「他殺《コロシ》の疑いがあるそうだが」

「いま目撃者にあたっていますが、落ちたときの状況が、どうやら突き落とされたらしいのです」

「もし殺しだとすれば、犯人はまったく馬鹿なときに犯行をしたもんだ。よりによってホテルの壁に光の十字架が描きだされていて、大勢の目を集めているときを狙うようにしてやったんだからな」

那須警部の言葉は、捜査員のすべてがおもっていることでもあった。おそらく衝動的な犯行であろう。とすれば犯人の検挙は、時間の問題である。

死者の身元は、すでにわかっていた。いち早く現場に駆けつけて、現場の保存にあたってくれた小野原が、ホテルのジェネラル・マネジャーのトマス・ソレンセンと確認していたからである。

ソレンセンであることは、さらに何人かのホテル関係者が証言していた。水面に出ている部分を見ても頭蓋《ずがい》は砕け、中身はほとんど飛びだしてしまっているのがわかる。眼球も片目が消失しているようだ。いずれ池の水を抜いて、中を詳細に捜索することになる。死体は落ちてからまだいくらも時間が経過しておらず、生々しかった。

現場は、雑品倉庫の側面になっていて、ふだんは関係者以外は、あまりひとの立ち入らない場所である。時折、椅子やベッドやその他の家具類を搬出入する車が駐《と》まるくらいであった。そこは地形とホテルの建物の構造との関係で、地上より土地が高くなっていて、八階の天井あたりにあたる。

ひとが落ちたところは、二メートル四方ぐらいのコンクリートでかためた浅い池であり、最初の設計では前衛ふうの庭にする予定だったところが、工事の途中で変更になり、用途不明のまま残されていたものである。

ひとはちょうどその池の中央に落ちていた。池の底のほうに五センチぐらいたまっていた水は、十六階からの高度差によるすさまじい加速度に対して何ほどの緩衝にもならなかったらしく、池を文字どおりの血の池として砕けていた。

2

「こりゃひどい！」

池、というより、水たまりの中央に、トマトケチャップをぶち撒《ま》けたように見事に砕け散った死体の酸鼻さに、覚悟はして来たつもりの係官も、しばらくバリケードのまわりを遠巻きにしたまま、だれも近寄ろうとする者がなかった。

その中からズボンをまくり、靴をはいたまま、血と肉を溶かした水たまりの中へジャブジャブはいって行った者がある。村田刑事だった。

死体および現場の観察と並行して那須警部は部下とともに目撃者とホテル側の関係者の聞込みにあたった。

まず付近を通行中だった神田のサラリーマンは、

「残業で少し遅くなり、七時少し前にホテルの前の通りを歩いていると、東側に光の十字架が浮かび上がった。前から十字架は輝いていたらしいのだが、視覚の関係で、急に目に飛びこんできたように見えた。あまりきれいだったので、しばらく立ち止まって見《み》惚《と》れていると、光の縦軸になっている十五階あたりの窓が開いて、人間が押し出された。少しのあいだ、窓から押し出されまいとして争っているように見えたが、たちまち、突き出されて一直線に落ちた。夢中でこの場所へ駆けつけてしまった」

同じく付近を通行中だった二人のＯＬは、

「五時に会社を退《ひ》けてから、お友だちといっしょに喫茶店で少しおしゃべりをして、外へ出ると、ちょうどホテルの壁に十字架が輝いたところでした。しばらく見惚れながら歩いていると、いきなり黒い影が、落ちて来ました。あまり突然のことなので、よく注意して見ませんでしたが、べつに突き落とされたようには見えなかったとおもいます。何だか人形が落ちたみたい。でも、あっという間のできごとだったのでよくわからないわ」

また当夜六時半ごろから、イハラホテルで光の十字架のアトラクションをやることを知っていたホテル従業員の一人は、

「六時半ごろからホテルのベイビュー・フェース、東側をそのように呼んでいますが、ベイビュー・フェースのよく見える通りへ出て点灯されるのを待っていました。ひとが落ちたのは、点灯後二十分ぐらいしてからでした。落ちる前に何となく抵抗しているように見えましたが、はっきりしません。室内の様子も、地上からかなり距離があったし、下から見上げた形になっていたので、よく見えませんでした」

証言は、多少の食いちがいはあったものの、落ちた時間は六時五十分から六時五十五分ごろにかけてと大体において一致していた。そのとき時計を覗いたものが大勢おり、事件直後に七時の時報を聞いた者もあるので、その時間は信頼できた。

この中で人形が落ちたようだったというＯＬの証言があって、刑事らの心にひっかかったが、それはすぐに打ち消された。たまたまその事件を下から倍率の高い望遠鏡で眺めていた目撃者がいて、

「落ちる前にかなり激しく抵抗していた。落ちる寸前に人形とすり代わったのでもない。抵抗していた人間と、落ちた人間はたしかに同一人だった。室内の様子は、残念ながら死角になっていて見えなかった」と証言したのである。その他にも、落ちる前にかなり激しい抵抗をしていたのを目撃した者が何人もいた。

ソレンセンが突き落とされたということが、大勢の目撃者によって証言されたとなると、「突き落とした人間」が問題になってくる。捜査官の焦点は、ソレンセンがいた十六階に集中した。

ソレンセンがホテル側から与えられて居室にしていた部屋は、十六階のソファつきのデラックス・シングルルーム、１６１７号室である。

普通《レギュラー》のベッドのほかに、ソファがついており、昼はソファ、夜は背もたれを伸ばせばベッドにすることもできる。来客の多いビジネスマンや、夜になって、お目当ての女性を連れこもうとするプレイボーイむきの部屋である。広さ《スペース》もツインルームと同じぐらい

ある。室内が荒らされた様子はない。まずこの1617号室が検証された。

「ミスター・ソレンセンはいつからこの部屋に泊まっていたのですか？」

那須班の最古参である山路《やまじ》部長刑事は、部屋まで案内してくれたホテルの保安課長の小野原に聞いた。

「ホテルの客室にエア・コンディションやお湯が通るようになるのとほとんど同時です。今月の中旬、十五日ぐらいからです」

「オープンは明日《あした》でしょう？」

「営業は明日からですが、ホテルそのものは、先月二十日に竣工《しゅんこう》しておりました」

「しかし従業員は？」

「研修をかねて、十日ごろから各配置につけております」

「するとこの十六階のステーションにも、従業員はいたわけですね」

「全員ではありませんが、フロア・キャプテンをはじめ三名のボーイがついていたはずです」

「今夜、十六階に泊まる予定だったひとは、ミスター・ソレンセンのほかにだれかおりましたか？」

「たしか四、五人いると聞いてましたが、詳しいことは、ステーションに問い合わせてみませんと」

そのことについては、いま仲間たちがステーションをあたっているはずだった。山路が小野原に質問を重ねているあいだに、本庁組の横渡《よこわたり》刑事と所轄署から来た林《はやし》刑事が、室内を厳密に観察していた。

客室の検証と並行してステーションをあたったのは、本庁組の草場《くさば》と河西《かさい》の刑事である。共に那須班、第四号調べ室所属のウルサ型刑事だ。

ホテルの建物は、Y字型の縦軸の寸のつまった形をしている。ステーションは、Y字の要《かなめ》のところにある。ボーイやメードのたまり場のようなところで、ルームサービス以外の宿泊客のサービスや、部屋の整備（掃除）は、すべてここで担当《アテンド》する。

「ミスター・ソレンセンが墜落したとき、どなたがステーションにいましたか？」

草場刑事は単刀直入に質問した。

「私をはじめ、ボーイが三人です」

「そのひとたちは、いまみなさんここにおりますか？」

「はい、小野原課長からいわれましたし、それに今夜はどうせ、明日のオープンに備えて、ここに夜通し詰めることになっておりますから」

西田《にしだ》と自己紹介した、いかにもこの道ひとすじに勤めあげた接客業のベテランらしい中年の女性が、歯切れのよい口調で答えた。

「そのひとたちは？」

「ここに待機させております」

西田は、奥のほうの控え室になっているらしい区分から三人のボーイを呼んで来た。いずれも高校を卒業したばかりのような若い男たちである。

「左からルームボーイの大井《おおい》君、佐々木《ささき》君、それにバスボーイの中条《ちゆうじよう》君です」

西田キャプテンが紹介した。ルームボーイというのは、だいたい意味がわかったが、バスボーイというのがわからない。河西が聞くと、ルームボーイの見習いだと答えた。

「最近バスボーイを置くところは少なくなりましたが、私どもでは、最もお客様と接触《コンタクト》の多い客室《ルーム》係という職掌《セクション》から、失礼のないようにバスボーイを置くことにしたのです。今夜はオープン前で、お客様はお泊まりになられていませんので、私とこの三人で詰めておりますが、明日からはさらに二人バスボーイが勤務《シフト》にはいることになっております」

西田はやや得意そうに説明した。ホテル業者特有の英語が多いのには閉口したが、刑事たちは、「空港殺人事件」以来、何となく横文字にはなれていたので、おおよその意味はわかる。

「それではみなさんが揃ったところでお尋ねしますが、ミスター・ソレンセンは、たしかに1617号室にいましたか？」

草場は、いよいよ質問の核心にはいった。かたわらで黙々とメモを取る河西刑事も緊張した気配だった。

「六時少し前に、前夜祭のレセプションに出席するための着替えに部屋にはいったのを、見かけました」

西田が代表する形で答えた。

「どこからミスター・ソレンセンが落ちたという連絡を受けたのですか？」

「保安課からです」

「その前後の状況を正確に、できるだけ詳しく話してください」

「七時少し前でした。保安課から内線電話がはいって十六階の東側《ベイビュー・フェース》からだれかひとが落ちたという連絡を受けましたので、手分けして、ひとのはいっている部屋をチェックしましたところ、ジェネラル・マネジャーの部屋の窓が開いていて、ご本人が部屋にいません。さてはとおもっていたところへ、保安課の石浜《いしはま》さんと吉野《よしの》さんが駆けつけて来ました」

「部屋の鍵《かぎ》はどうなっておりましたか？」

「もちろんロックされていました。閉じるだけでロックされる自動施錠扉《オートドア》ですから」

「するとあなたがたは、合鍵ではいったのですね」

「はい、私が保管しているフロア・マスターキーを使いました」

「あなたが駆けつける前に1617号室を出入りした人間はいませんでしたか？」

「保安課から連絡を受けると同時に、私たちはそれぞれ、ふさがっている部屋へ駆けつけたのですが、1617号室から出て来たひとはありませんでした」

「あなたがたが駆けつける前に出て来たということは考えられませんか？」

「この大井君が六時半ごろから、ステーションのおもてに頑張っていましたが、だれも出て行ったひとはなかったそうです」

　ニキビだらけの大井というボーイが大きくうなずいた。

「大井君の目をかすめて、非常階段などから逃げ出したのでは？」

「非常階段はステーションの目の前にあります。ぼくはそのまん前で目を大きく開けていましたから、ぼくの目をかすめるなんてことは絶対にできません」

　さっきから何かしゃべりたくてうずうずしていたらしいルームボーイは、口をとがらせた。

「なるほど」

　草場は、大井のオープン前夜でハッスルしていた職務熱心さを、上司の前でいちおう認めてやり、

「ところで、今夜十六階に泊まったのは、どんなひとたちですか？」

　と質問の方向を変えた。同じ階に客室を与えられている人間ならば、突き落としてから強いてその階から逃げ出す必要はない。犯行後自分の部屋へ逃げ帰るだけならば、ステーションの死角で行動できるかもしれない。

「今夜十六階に泊まられた方は、すべてホテル関係者ばかりでございます。まず1617号室にマネジャー、二つおいて隣りの1620に猪原社長、すぐ隣りの1621に秘書の大沢《おおさわ》さん。それからA棟のほうでは1607に山本客室部長、廊下をはさんですじ

向かいの1651に矢崎《やざき》食堂部長、それからC棟のはずれの1680号室に、空調《エア・コンディション》のモニターのために技術部の奥秋《おくあき》さんがはいっておりました」

ここで西田が説明してくれた十六階内部の構造によると、寸づまりのY字型の建物の、俯瞰《ふかん》して左翼の棟がA棟、右翼がB棟、縦軸にあたるところがC棟と呼ばれる。客室はA、B両棟にシングルタイプがそれぞれ三十室、C棟にツインが二十室、十六階には合計八十室ある。

ステーション、エレベーター、非常階段の三つは、Y字の要のところに集められていて、同階に出入りする人間は、すべてステーションから見通せることになる。

建物の東側、すなわち光の十字架を描いた側は、東京湾が見えるところから、ベイビュー・フェース、Y字の左下は、皇居に面するので、パレスビュー・フェース、同じく、右下は日比谷《ひびや》公園を見おろすということでパークビュー・フェースと名づけられていた。

「ミスター・ソレンセンが落ちたとき、その五人は、みなさん部屋にいましたか？」

「矢崎部長と奥秋さんはいました。社長さんとあとの二人は、留守でした」

「三人が出て行くところを見ましたか？」

「とくに気がつきませんでした」

「しかし、大井君が見張っていたのでしょう？」

刑事は、さっき大井が大きな目を開けていたという言葉にこだわった。

「とくに見張っていたわけではありません。ぼくらはお客様を見張るつもりはないです

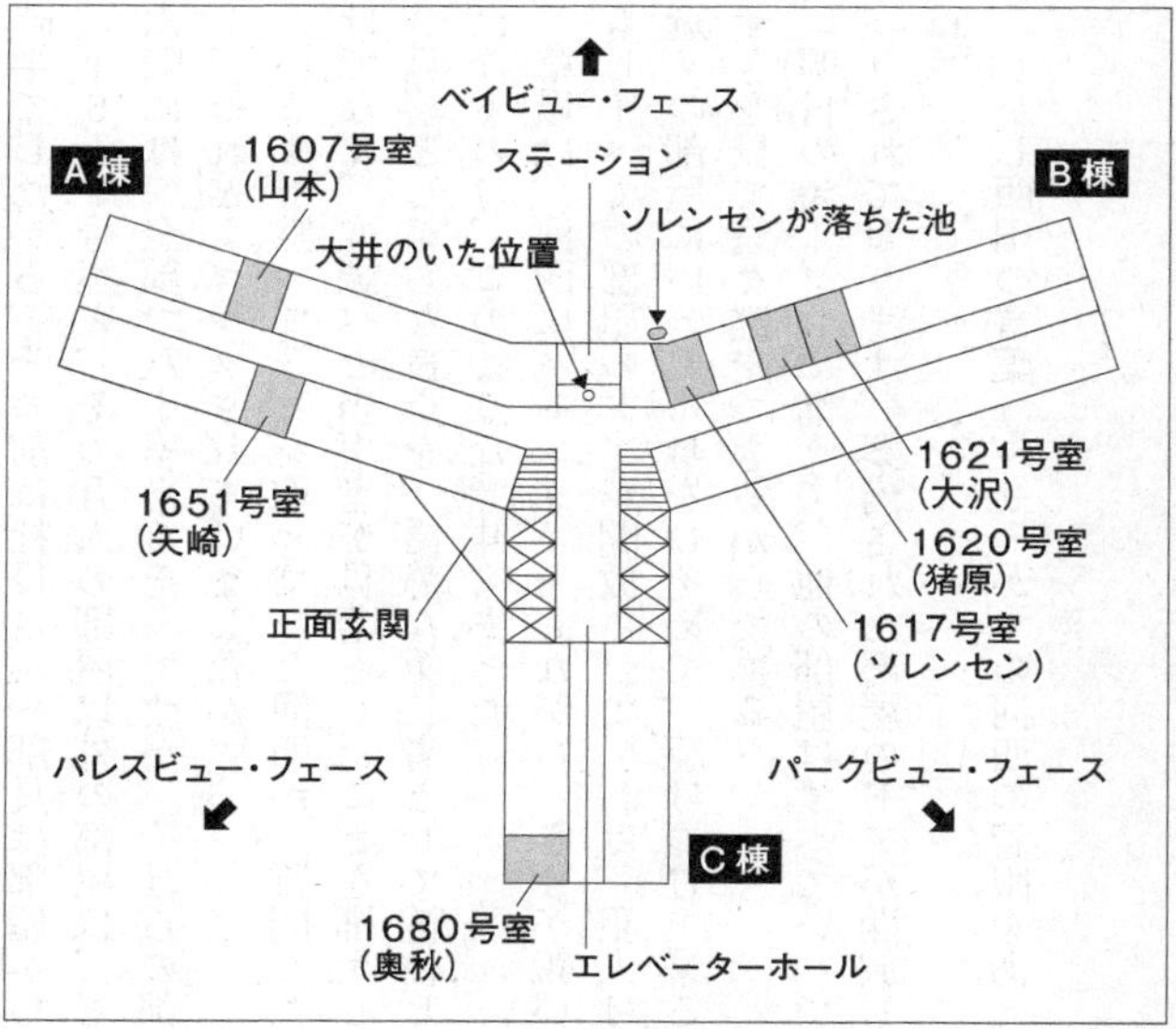

イハラ・ネルソンホテル16階

からね、いつでもお役に立てるように待機《スタンバイ》しているだけです」

　大井が不服げに頬をふくらませた。しかし要するに、サービス業者と刑事の言葉遣いのちがいであって、彼の目が事件発生の前に光っていたことがたしかめられればよかった。

「それでスタンバイしていて、とくに気がつかなかったというわけは？」

　草場は、ホテルの言葉遣いに妥協して、自分の質問を押しすすめた。

「ぼくがステーションの表にスタンバイしたのは、六時半でしたから、その前に社長さんや部長は部屋から出て行ったのかもわかりません」

「1617号室と、その五人の部屋以外の部屋は、どうなっていましたか？　つまり十六階には、全部で八十室あるそうですが、それらの部屋のドアは、開放してありましたか、それともロックされていましたか」

いままで黙ってメモを取っていた河西が、質問した。メモ役は、たんにメモを取るだけでなく、取調べの当事者が見落としたことを補足してやらなければならない。当事者が見落としがちな盲点を、冷静な第三者として補佐してやるのである。刑事が二人一組になるのは、このような意味もあった。

草場は、河西にバトンタッチしながら、さすが鋭いところを突いているとおもった。もしすべての部屋のドアが開放されていれば、犯人はソレンセンを突き落としたのち、近くの部屋にいったん身をひそめて、駆けつけて来るホテル従業員をやりすごしてから、すきを見て悠々逃走できるからである。

「明日《あした》のオープンに備えて、他の部屋はすべていつでもお客様に提供できるように、ロックされております。案内された部屋のドアが開放してあったら気持ちが悪いですからね」

しかし西田の言葉は、せっかくの河西の着眼をあっさりと打ち消した。

3

いったん１６１７号室に集結した捜査員一同は、現在までに判明した事実を総合してみた。

①　午後六時三十分、ホテルのベイビュー・フェースに光の十字架が点灯される。

②　ほぼ同じ時刻、ホテルのベイビュー・フェースの真向かいに立つ〝栄信ビル〟の屋上《ルーフ》十階にあるレストラン〈ボングー〉において、イハラ・ネルソンホテル社長・猪原杏平主催の、ホテル・グランド・オープニングの前夜祭が、約三百名の名士を招待して開かれる。

③　ほぼ同じ時刻、ホテル十六階のルームボーイ大井は、ステーションの定位置につく。

④　六時五十分―五十五分ごろ、ホテル十六階付近より、ひとが墜落するのを大勢の人間が目撃する。

⑤　何人かの目撃者が、突き落とされた状況を証言する。

⑥　六時五十五分、ホテル保安課長、小野原は、何人かの目撃者より連絡を受けて、墜落現場のベイビュー・フェース雑品倉庫横へ駆けつけ、同場所のコンクリート製の池の中にトマス・ソレンセンの墜死体を発見する。

⑦　ほぼ同時に、保安課から連絡を受けた十六階の客室係は、ベイビュー・フェースの客室をチェックした結果、十六階フロア・キャプテン西田が、１６１７号室、ソレンセンの部屋の窓が開いていて本人がいないことを発見した。

⑧　西田が１６１７号室に駆けつけたのは、七時の時報のすぐあとである。しかし同室、および他のいかなる部屋からも、出て来た人間を見ていない。
⑨　六時半から事件が起きるまでは、ステーションで大井が頑張っていた。
⑩　当夜ソレンセン以外に十六階に客室をとっていた人間は、

１６２０号室――社長　猪原杏平
１６２１号室――第一秘書　大沢秀博《ひでひろ》
１６０７号室――客室部長　山本清之《きよゆき》
１６５１号室――食堂部長　矢崎弘《ひろし》
１６８０号室――技術部員　奥秋武男《たけお》

の五名であるが、事件当時在室したのは、１６５１の矢崎と、１６８０の奥秋の二人だけである。
⑪　猪原社長は、夫人および、１６０７号室の山本部長その他ホテル幹部とともに六時三十分より〈ボングー〉のレセプションに出席しており、事件の目撃者の一人でもある。
⑫　１６１７号室の検証の結果、備えつけ家具や什器《じゅうき》などが定位置から多少ズレており、元の位置へ復元した様子が見られる。しかし血痕《けっこん》や指紋その他の犯人のものとおもわれる遺留品は発見されない。

4

「これをどうおもう？」

　那須は、部下や所轄署刑事のまん中で、金つぼ眼を光らせた。若いころ胸を患って、右の肋骨《ろっこつ》を何本か除《と》っているために、肩が落ちている。また胃潰瘍《いかいよう》で胃の半分ほど切除しており、「おれのからだに健康な〝部品《パーツ》〟は一つもない」とつまらないことを自慢しているが、捜査に示す情熱と執念は人なみはずれている。

「ちょっと気になることがありますね」

　山路部長刑事が顔をあげた。那須班では最古参のいい年をしているくせに、ちんまりした顔は、童顔である。鼻の下にいつも汗をかいている。

「いままではみなで手分けしてあたっていたので気がつかなかったのですが、こうして集めたデータをひとまとめにしてみると、どうも気になります」

　言ってみろというように、那須が目顔でうながした。

「まず、ソレンセンが落ちたのが、六時五十分から五十五分のあいだ、目撃者の連絡を受けて小野原が、十六階のステーションに連絡すると同時に現場へ駆けつけたのが七時ごろ、同じ時間に、十六階では、主任がソレンセンの部屋へ行っている。このような突発事件にしては、実にみな手ぎわよく動いている。だいいち、いずれの目撃者も、十六階から落ちたことは確認していないのに、どうして小野原は十六階だということがわかったのだろう？」

山路は最初那須に向けていた目を、チームメンバーのほうへ向けた。

「それは、ソレンセンが十六階の部屋に泊まっていたことを知っていたからじゃないですか？」

所轄署から来た林刑事が言った。

「いやそんなはずはない」山路は首を振って、

「小野原が目撃者から通報を受けたときは、落ちたのはソレンセンだということを知らなかったはずだよ。彼が墜落者の身元を知ったのは、現場へ行ってからだ。そのときはすでに十六階、それも十六階だけへ連絡していたのだからな」

山路の言葉に一同は緊張した。たしかに目撃者は、一瞬の間に起きた事件なので、十階から二十階ぐらいのあいだからという大まかな見かたをしていて、「十六階」と確認した者はいなかった。いちばん正確な証言をした目撃者も「十五階あたりの窓から」という曖昧《あいまい》な表現を使っている。

それにもかかわらず小野原は、最初から「十六階」に連絡したのである。ということは、彼はあらかじめ十六階からひとが落ちることを知っていたことになる。

落ちた人間がソレンセンと確認されないあいだは、十階――二十階のすべての階をチェックするように各フロアに連絡されるべきであった。

刑事たちが駆けつけたときは、すでに墜死者の身元が小野原はじめ何人かのホテル関係者によって確認されたあとだった。そのためソレンセンの部屋へすぐ案内されたことを、べつにおかしいとも何ともおもわなかったのだが、いまデータを時間の経過に従って、配列検討してみるとたしかにおかしな状況になってくる。

「もう一度、小野原にあたってみよう」

那須が山路の意見をいれた。林と村田刑事が直ちに部屋から飛び出して行った。

だが山路の疑問は、すぐに解き明かされた。当夜、従業員はいちおう各階に配置させたが、客室はすべて閉鎖し、ホテル関係者が泊まったのは、十六階と、五階だけであるということがわかったのである。ベイビュー・フェースの前面にある日本庭園の木立に隠れて、六階から下は、ほとんどすべての目撃者の死角になり、またかりにその辺から落ちたとすれば、死体があれほど損傷するはずはなかったからである。地形の関係で、ベイビュー・フェースの地上は八階の高さなのである。

これで通報を受けた小野原が、墜落者を確認するまえに、十六階に連絡したわけがわかった。

しかし小野原に向けられた疑惑は解けたものの、それによって、何とも不可解な状況が浮かび上がってきた。

すなわち、六時五十分から五十五分のあいだに、ソレンセンが落ち、時をおかずフロア・キャプテンらが部屋へ駆けつけるまでのあいだ、だれも問題の1617号室から出た者がないのである。突き落としてから、ホテル従業員が駆けつけるまでのわずかな時間が、逃走のための唯一の可能性だが、それも、六時三十分ごろから事件発生までステーションで待機《スタンバイ》していたルームボーイによって打ち消されている。

ソレンセンが十六階に部屋を取っているのに目をつけて、いかにも十六階らしく偽装して、実は十五階か十七階あたりから突き落としたのではないかという考えも、十六階以外の階の部屋は閉鎖されており、部屋の中へはいれないという事実によって否定された。

「だれか部内者が、合鍵《あいかぎ》を使って十六階の近くの階の部屋、たとえば、1617号室の真上か真下にある1717号室か、1517号室へソレンセンを連れこんで突き落としたのではないか?」

という考えを出した者があったが、調べた結果、合鍵は確実に保管されてあり、ドイツ製の非常に精巧なシリンダー錠で、メーカー以外には合鍵をつくれないことがわかった。

いちおう念のために、十六階以外の十階から十二階までの各ステーションと、1617の真上と真下の部屋をチェックしてみたが、いずれの従業員も、その夜ソレンセンの姿を見ていないことを証言し、各部屋にもひとの格闘した痕跡《こんせき》は見いだせなかった。

「自殺をする目的でとびおりたのを、いかにも突き落とされたように誤認したんじゃないだろうか?」

という意見がまたむしかえされてきた。そうでなければ、突き落とした犯人が、必ずホテル従業員のだれかによって見られなければならない状況になっていた。

「まあ、解剖の結果を待ってみよう」

那須は慎重なもの言いをした。大勢の目撃者が揃って誤認したというのも、おかしいし、それに彼らの中には倍率の高い望遠鏡で覗《のぞ》いていた者もいるのだ。また自殺となればば、その理由も調べなければならない。事件当時十六階に居合わせた二人のホテル幹部のことも、もっと厳密に調べ上げなければならない。

軽々に判断はくだせなかった。

高層の密室

1

翌日午後、解剖の結果がでた。それによると、死因は頭蓋骨《ずがいこつ》粉砕、全身打撲、死亡時間は目撃者の証言とほぼ一致し、前夜二十四日午後六時から七時のあいだと推定された。さらに、ここで興味ある事実として死体の腕や顔面、胸部等に格闘の痕跡と思われる皮下出血が見られたことである。表面は暗紫赤色を呈し、明らかに生前にうけた損傷であることを物語っていた。

何人かの目撃者によって証言された、ソレンセンが突き落とされたらしい状況は、解剖によって裏づけられたのである。これによってソレンセンの墜死事件は他殺と確定した。捜査本部が所轄の丸の内署に開設された。

同日午後四時、第一回の捜査会議が丸の内署第一会議室において開かれた。出席者は議長として所轄署の中山《なかやま》署長、本庁捜査一課より那須警部はじめ第四号調べ室の面々、および所轄署から本部に投入された数名の刑事、その他鑑識課員を加えて総勢二十数名である。

会議は中山署長の簡単な挨拶《あいさつ》のあとに、事件の担当指揮者となった那須警部の事件発生前後の状況、およびこれまでに判明した諸事実の説明によってはじめられた。

「――被害者の死体に生活反応が発見され、この事件は他殺《コロシ》であることが確定した。しかしそうなると現場の状況が何ともおかしなことになってくる。突き落とされたことが何人かの目撃者と解剖によってうらづけられていながら、犯人の姿がまったく見えない。被害者の死亡推定時間は、解剖によると昨夜の六時から七時までのあいだ、これが大勢の目撃者によって六時五十分から同五十五分までとさらに詳しく限定されている。事件前夜の状況をもう一度確認すると、目撃者の通報をうけたホテルの保安課長が、十六階のステーションに連絡して墜落現場へ駆けつけたのが七時ごろのこと、ほぼ同じ時刻にステーションのキャプテンがソレンセンの部屋に行っている。しかしキャプテンは、1617号室から出てくる人間を見ていない。なお同夜午後六時三十分ごろから、事件発生の連絡をうけるまで、ステーションの定位置にボーイの一人がついており、1617号室へ出入りした者を認めていない。ステーションは非常階段とエレベーターホールの前に位置していて、十六階に出入りする者はいやでもおうでも、一度はステーションの視野にはいらなければならない。それにもかかわらず、事件発生前後に1617号室を出入りした者の影も形も見えない。犯人が、ボーイがステーションで見張りはじめた六時半前に侵入したことは考えられる。しかし犯行後どうやって十六階から脱出したのか、かいもく見当がつかない。

こんな馬鹿な話はない。どこかにわれわれの見落としている盲点があるはずだ。それをみなで検討してみたい」

「これは一種の密室ですな」

那須が口をとじると、山路が鼻の下を汗で光らせて言った。

「ステーションの前にあるエレベーターや非常階段は客用のものですね。すると、従業員用のエレベーターなんかがどこかにあるんじゃあないですか？」

所轄署の林刑事が発言した。

「従業員用のエレベーターや階段はたしかにあるが、いずれもステーションの内部にあってボーイたちの目から隠れて使用できない。それに昨夜は、大井とかいうボーイがステーションの表に出ていたほかに、裏《バック》の控え室にはキャプテンとボーイがいたのだから、そんなところを出入りすれば気づかれないはずはない」

ステーションを直接あたった草場刑事が、せっかくの林刑事の着眼を否定した。

「昨夜事件当時、十六階に部屋をとっていた人間はソレンセンのほかに五人でしたね。その中で部屋に居合わせたのは、１６５１に矢崎という部長、１６８０に技術屋の二人です。彼らに犯行は不可能でしょうか？」

河西刑事が慎重な口調で意見を言った。

「つまり、この二人はステーションの係員以外の、現場付近にいた人間です。〝見張り〟のボーイや、駆けつけたキャプテンの目に触れなかったとしても、同じ階に居合わせた人間としてどこかに隙を見つけられたとおもうのですが」

「なるほど、六時半からボーイが見張り、七時ごろに保安課から事件の急報をうけて、手分けして各部屋へ駆けつけるあいだに隙があったかもしれないな」

那須が言った。自分たちの担当する階から、ひとが落ちたというとほうもない連絡をうければ、仰天してステーションを空にする場合も十分考えられる。西田というキャプテンは、手分けしてベイビュー・フェースのふさがっている部屋をチェックしたと証言している。手分けしてということは、そのときわずかな時間にしても、ステーションにまったく人間がいなかったことを意味するかもしれない。

これは再確認する必要がある、と那須はおもった。

「部屋をとっていながら、事件当時そこにいなかった人間たちも検討する必要があるとおもいます」

所轄署の村田刑事が新しい意見を出した。

「しかし、部屋にいなかったということは、アリバイにならないかね」

山路が反駁《はんばく》した。

「たしかにそうですが、三人の不在者のうち、猪原社長と山本部長は真向かいの高層レストランから事件を目撃しておりますからたしかなアリバイがあるといえるでしょう。しかし秘書は今のところ事件のときどこにいたのかわかりません。

現場にいなかったということはたしかに立派なアリバイですが、同時にどこにいたかもわからないというのはどうも気になります」

解剖の結果がわかるまでは他殺と確定できなかったので、本格的な捜査はまだはじまっていない。このように全員で改めてデータを検討すると、確認を必要とする事項が次々に浮かびあがってくる。

「ステーションの人間はどうでしょう？　彼らが犯人だったら、事はわりあい簡単に行なえたでしょう」

本庁組の横渡刑事がとっぴな意見をだした。しかしとっぴではあっても可能性のある意見である。彼らのだれか、あるいは全員の犯行であれば、密室状況はわけもなく解決されてしまう。

那須は、それもいちおう検討する、といったジェスチャーでメモに書き留めた。

「ステーションが犯人でないまでも、犯人を庇《かば》っているのかもしれません。ホテル部内者の犯行であれば、庇い立てしたくなる気持ちもわかります」

草場が言った。会議はブレーン・ストーミングの形になって、次々に意見を誘い出してきた。

「しかし殺人犯人を庇うというのは、少し無理があるのではないでしょうか。それにホテル部内者といっても、オープン前でまだなじみがないでしょう」

林刑事が反駁した。これで先刻出鼻をくじかれた返しをしたことになったが、当人どうしはべつにそんなことは意識していない。

2

結局、その日の会議で次の五項目を当面の捜査方針とすることになった。
① 矢崎食堂部長および奥秋技術部員の事件前後の行動調査と動機捜査。
② 事件前後におけるステーションの〝空白時間〟の有無についての再調査。
③ ステーション要員の行動と動機の調査。
④ 大沢秘書のアリバイ調査。
⑤ 猪原社長と山本客室部長の動機捜査。
そして①、②、③の捜査を横渡・林組、④を山路・村田組、⑤を草場・河西組がそれぞれ担当することになった。

横渡組は、身近なところからまずステーションを再チェックした。そして②に関して、事件前後ステーションにまったく〝空白〟のなかったことを確認した。

保安課から通報をうけたのは西田キャプテンである。そのときボーイの大井はステーションの定位置についていた。ベイビュー・フェースの部屋からひとが落ちたという報《しらせ》に、あわてて東側のふさがっている客室へ駆けつけた。

1617号室へ行ったのが西田、1620と1621へは大井と中条、1607へは佐々木が駆けつけた。フロア・パスキーは西田だけしか持っていないので、そのとき不在だった1607、1620、1621、の三室へはいることができず、三人のボーイは廊下に立ち往生していた。したがって、廊下は彼らの視野の中にあった。

　もしその間、犯人が脱出を試みれば、当然彼らのうちのだれかの目にとまったはずである。さらに、このあとになると保安課の要員をはじめ、ホテル関係者や捜査員が怒濤《どとう》のごとく押し寄せて、犯人に脱出の機会はまったくなくなってしまった。不在であったベイビュー・フェースの三室は、そのあと直ちにパスキーによって開放され、犯人のひそんでいないことがたしかめられた。

　同時に、矢崎の1651と奥秋の1680にもひとが行って、事件が伝えられ、その際、部屋主《オキユパント》以外の人間のいなかったことがわかっている。

　事件が事件なので、トイレや衣装簞笥《ワードローブ》の中も検《しら》べられた。要するにステーションには、絶対に空白のなかったことが再確認されたのである。

　次に③のステーションの要員の捜査に関しては、西田もボーイたちも被害者とはまったく何の係わりもなく、いずれもホテルの開業に備えてばらばらに採用されていたので、共犯関係の成立する余地がなかった。

　しかし、この捜査を進めた横渡たちは、非常に興味ある事実にぶつかった。1651号室に居合わせた矢崎部長は、ソレンセンが本国から連れてきた食堂、宴会関係のベテランであるが、彼がアメリカで結婚した妻ジュリアは、実は以前からソレンセンと関係があったという聞込みを得たのである。

　矢崎が日本へ来たのも、ソレンセンの抜擢《ヒキ》によるものでなく、ジュリアとの不倫の関係を持続するために引っ張られたということであった。

次に1680の奥秋は、事件の数日前にエア・コンディションの温度のことで、ソレンセンからこっぴどくやっつけられ、すんでのことに辞表をたたきつけようとしたところを、たまたまその場に居合わせた大沢秘書に諌《と》められたといういきさつのあったことがわかった。

これがそのまま殺人動機になると考えるのは、早計であるが、被害者に少なくとも悪感情を抱いていた一人に数えることができる。

矢崎については、彼の妻とソレンセンとの関係は立派な殺人動機になるだろう。妻を玩《もてあそ》ぶための方便として連れて来られた夫の屈辱は、救いようのないほど深いものであったろう。心の深奥部で血を流しつづける傷口を、ひとりひっそりと嘗《な》めながら、堆積《たいせき》された屈辱を一気に晴らす機会を狙っていたかもしれない。

強弱のちがいはあっても、事件当時現場付近に居合わせた二人の男が、いずれも動機を保有していたとなると穏やかではなかった。しかし、彼らにはアリバイがあった。現場付近にいたということは、現場にいなかったということである。付近ではあっても、あくまでも現場そのものではない。彼らが現場に行かなかった、いや行けなかったことは、ステーションによって証明されている。

非常にわずかな距離と時間のズレによるアリバイではあるが、絶対のアリバイであった。

横渡と林は、額を集めて調べあげたデータを検討したが、彼らのアリバイをくずす隙間を発見できなかった。

逆のアリバイ

1

二十六日朝、山路と村田はイハラホテルに秘書の大沢を訪ねた。ホテルやクラブなどの高級接客業は、刑事に正面玄関から訪ねて来られるのを歓迎しない。二人は、従業員の通用口へ行った。正面玄関の金ピカのドアマンとは異なって、黒いユニホームの守衛がいた。

案外こういうところに、定年退職した刑事がいるものである。折よく一昨日《おととい》からの捜査で顔なじみになった守衛がいた。大沢へ面会を申し込むと、

「社長室第一秘書の大沢秀博さんですね」と守衛が確認した。

守衛は、内線電話でちょっとのあいだ大沢とやりとりしていたが、やがて、彼の返事を得たものとみえて、

「上のロビーでお会いするそうです。ご案内いたしましょう」

と立ち上がった。しばらくのあいだ、従業員専用の通路を導かれる。低い天井と灰色の壁、まるで刑務所の中のような殺風景な眺めである。

そこを三々五々とボーイやウェイトレスやエレベーター・ガールや、またどんな役を

しているのかわけのわからないユニホームを着た従業員が歩いている。通路が荒涼としているだけに、服装が多彩に見えた。

従業員用のサービス・エレベーターに導かれ、一階へ上がる。いつのまに下ったのか気がつかなかったが、刑事が乗り込んだところは、何と地下五階であった。

またたくまに一階へ着き、再び通路を導かれる。守衛が一枚のドアを押すと、刑事は瞬間、世界が変わったのかとおもった。

かつかつとコンクリートの床に反響していた靴は、厚ぼったいカーペットに埋まり、吹き抜けになった高い天井から巨大な飾りひものような大シャンデリアが垂れ下がっている。壮大な壁画と優雅なＢＧＭ、柔らかな間接照明の中を盛装した男女が熱帯魚のように花やかに〝遊弋《ゆうよく》〟している。外国人の数が圧倒的に多いようだ。

刑事たちはいままであまり気にならなかった自分の服装に、急にひけ目を感じた。守衛はユニホームだから良いとしても、周囲のどの客を見まわしても、刑事のようにお粗末な服装をしている者はいなかった。その守衛も彼らをソファへ導くとさっさと帰ってしまった。最近の捜査係の刑事にはかなりしゃれ者がふえてきたが、あいにくと山路と村田は服装に無関心のほうだった。

「今日はオープン二日目だったな」

「だからこんなに混んでいるんですね」

「東洋最大のホテルだというので、弥次馬《やじうま》が大勢はいりこんでいるのかもしれない」

「年末だというのに、ひま人が多いものですね」

二人の刑事がそんなことを囁《ささや》きあっていると、シャープなダークスーツをまとった三十前後のやせ型の男が歩み寄って来て、

「お待たせしました。大沢です。このたびはごくろうさまです」

と挨拶《あいさつ》した。二人が大沢と正式に話すのはいまが初めてである。事件が起きて現場検証のとき、駆けつけてきた猪原社長のうしろにチラチラしていたようにおもえる。しかしその時点では自他殺いずれとも判然としなかったので、死体の観察と十六階のチェックに捜査の焦点が置かれて、〝現場不在者〟の事情聴取は本格的には行なわれていなかった。

剖検によって他殺と確定し、捜査会議において大沢の事件発生時の所在不明が問題になってきたのは昨夜のことである。

逃亡の恐れもないので、今朝の聴取になったのだが、迎えた大沢の態度も何一つ身に疚《やま》しいところのないように堂々としていた。

「例の事件のことで本日またおうかがいしました」

名刺を交換すると山路はずばり本題にはいった。

「事件に多少なりとも関係のある方には、すべてうかがっていることなので、あまり気になさらずにお答えください」

「どんなことでしょう。私にお答えできることならば何なりとどうぞ」

大沢は、プロの接客業者特有の訓練された笑顔を向けた。

「ミスター・ソレンセンが落ちた六時五十分から七時ごろにかけて、どちらにいらっしゃいましたか？　ひとつ率直にお答えいただきたいのです」

二人の刑事は大沢の表情に視線を集めた。

「そんな短い時間帯の行動を聞かれると、ちょっと弱ったな」

大沢はあごに手をあてて考えこむ素振りをした。表情には、とくに変化といえるほどのものはうかがえない。しかし感情の起伏を抑えることを商売にしている人間だから信用ならない。

「でも一昨日のあんな大事件のあった時間帯のことですからご記憶はあるでしょう」

山路は追及した。

「いや忘れたということではないのです。五分や十分の短い時間のあいだ、どこで何をしていたかと聞かれても証明できないという意味ですよ」

その申し分はもっともであった。これが何日には何をしていたかとか、何日の夜はどこにいたかということであれば、証明しやすくなるであろうが、五分や十分のアリバイの立証を要求されても、困難な場合が多い。

「するとその時間の居場所は証明できないというわけですか」

山路はそんな事情は斟酌《しんしゃく》せずに一直線に追及した。

「そうです。ちょうどその時間、私は向かいの〈ボングー〉で催されたレセプションへ出席するために、通りを歩いていました。途中まで来ると、通行人がホテルからひとが落ちたと騒いでいるので〈ボングー〉へ行くのをやめて、急ぎ引き返しました」

大沢は悪びれずに答えた。

「そのとき、誰か知っているひとに会いましたか？」

「いいえ」

「社長の第一秘書であるあなたがレセプションに遅れたのはどういうわけですか？」

「明日《あした》の開業準備でこまごました事務が残っていたからです」

山路はうまい釈明だとおもった。開業前夜だから、そのような事務が山積みしていることは、十分考えられるし、こまごました事務ならば自分ひとりで処理したとしても、少しも不思議はないからである。

「しかしね、刑事さん」

この時大沢はにこやかな瞳《ひとみ》に一瞬、鋭い刃物のような冷たい光沢を浮かべた。

「刑事さんは私が事件のとき、どこにいたかということばかりを問題にされて、十六階のミスター・ソレンセンの部屋にいなかったということは少しも考えてくれませんね。ジェネラル・マネジャーがだれかに突き落とされたということは聞いていますが、私がそのとき十六階にいなかったこともたしかなのです。このことは、ステーションの人間や駆けつけた関係者にお聞きくだされればはっきりするはずです。いや、もうすでに刑事さんがよく知っていることではないのですか。その場にいなかった者が、どうして突き落とすことができますか？　事件の起きたとき、その場にいなかったことさえ証明されれば、私が現場以外のどこにいようと問題にはならないんじゃありませんか。それがアリバイというものだとおもいますが」

いままで刑事に一方的に追及されていた大沢が、初めて反撃してきた。しかしそれは、刑事にとってまさに決定的な〝反撃《カウンターブロー》〟であった。

現場にいなかったことが明らかな人間に対して、現場以外のどこにいたかの証明を求めることはおよそナンセンスである。それを承知であえて大沢を追及したのは、十六階に客室をとっていた五人のうち、彼一人だけ事件発生時の所在が明らかではなかったからである。

そこに捜査本部は、不明朗なものを感じたのだ。しかしこれは追及される側にとっては、最高におもしろくないことであろう。

大沢が、自信を持って現場不在を主張するのは、たとえ証人がいなくとも、彼がその時刻ホテルの外部にいたからであろう。

2

「どうおもう？」

大沢が去ってからも、しばらくロビーのソファにすわったまま、山路は村田刑事に聞いた。

「そうですね」

本庁捜査一課のベテランとコンビを組まされた若い村田は慎重にならざるを得なかった。

「大沢の弁明は、いちおう合格ですが、どうもすっきりしないものを感じますね」

「ほう、どんな点かね？」

「大沢は、十六階にいなかったこともたしかなのだといやに自信たっぷりに言いました。たしかにそれはステーションによって確認されております。ふつうアリバイというものは、事件発生時に現場以外のどこかにいたことを証明するものです。だが大沢は、現場にいなかったことが証明されたのだから、現場以外のどこにいたかを証明する必要はないと主張しました。

たしかにそのとおりです。しかし彼はどうしてステーションが自分のアリバイを証明してくれることを知っていたのでしょうか？」

「あとになって知ったのかもしれんよ」

「そうかもしれません。しかしぼくには、彼が最初からステーションが証明してくれることを知っていたような気がするのです。だから、現場以外のどこにいようと問題じゃない。アリバイにはちがいありませんが、ふつうのアリバイとは逆の形になっています。

もしステーションが証明してくれない場合は、大沢は必死になって、オーソドックスなアリバイを証明しなければならなかったはずです。十六階に部屋を取っていた連中で、彼だけが、事件当時の所在が不明なのですからね」

「ステーションが証明してくれたので、安心してしまったのではないかな」

山路はいちおう反対意見を言っているが、それは村田の柔軟な意見を引きだすためである。実は、村田の意見が、だんだん自分の心に抱いていることに近づいてくるのをうれしくおもっていた。

「そこなんですがね、ぼくは一つの仮説を立ててみたんです。もし大沢が何らかの形で事件に関係していたらどうかと。その場合、彼はステーションが自分のアリバイを証明してくれることを必ず知っていたはずです。そうでなければ、ステーションの証明は、まったくの偶然によりかかっているわけですから」

「すると、ステーションが共犯というわけかね？」

そのセンはすでに打ち消されているはずであった。

「いえ、そういう意味ではなく、ステーションが必ずそのように行動するように仕向けたのではないかということなのです」

「――」

「ステーションのボーイが、当夜六時半から〝見張り〟についたというのも、考えてみれば、大沢にとってずいぶん都合よくできています。あの夜は、オープン前夜で、まだ客は泊まっていなかったのです。それにもかかわらず、事件の三十分ぐらい前から、ボーイが目を大きく開いて見張り、彼らの言葉では、スタンバイしていたというのは、どうもできすぎております。現にそれ以前は、ステーションにはいたものの、スタンバイはしていなかったのですから」

「すると、ボーイが見張ったのは、大沢の意志が働いていたということだな」

山路は目の光を強めた。逆の形のアリバイには、何となく不審をもっていたが、ボーイが大沢の道具（共犯や従犯としてではなく）に使われた？　というのは、新しい見かただった。

たしかに、客もいないのに、六時半から急にボーイが見張ったというのは、できすぎている。つまり不自然である。

「もう一度あのボーイを調べる必要があります。彼自身の意志で見張ったのか、それともだれかの命令で見張ったのか」

二人はその足で十六階へ上がった。ステーションは早番、遅番、夜勤の三交代制《シフト》で、西田の班は、ちょうどその日早番で居合わせた。

もっとも当分のあいだは、シフトにかかわらず、全員総出の形で頑張るということだった。

見張りに立った大井は、西田の命令でスタンバイしたと答え、さらに西田は、大沢秘書から、社長や支配人が六時半ごろから館内を見まわるから、スタンバイするようにいわれたと述べた。

「大沢秘書！　ほんとうに大沢……さんだったのですね」

刑事の口調は、抑えようもなく弾んできた。聞込みに初めて大きな手応《てごた》えがあったのだ。

「はい、でもそれが何か？」

西田が怪訝《けげん》そうな表情をするのをさらに、

「それで、社長一行の見まわりはありましたか？」

「いいえ、あんな事件が起きたものですから」

「大沢秘書は、巡視の時間はいわなかったのですか？」

「まもなくということでした」

「いままでも、社長たちの見まわりはありましたか？」

「ありました。社長、総支配人、各セクションの部長や、課長たちまでが四、五十人ほどで、私たちは〝大名行列〟と呼んでおりました」

「その大名行列とやらは、いつも抜き討ち的にやったのですか」

「前ぶれをすることもあれば、いきなりのこともありました。ケース・バイ・ケースです。幹部たちも開業前で神経質になっていたようです」

と言ってから、西田は言わずもがなのことを漏らしてしまった軽い悔いのようなものを、顔に浮かべた。だがそのときは、刑事たちが知りたいことは、ほとんど聞き出したあとであった。

「もう一つおしえてください。その見まわりの連絡は、いつも大沢秘書からでしたか？」

「大沢さんのときもあれば、総務課から言ってくることもありました。これもケース・バイ・ケースでしたわ」

いままでてきぱき答えていた西田の口調が、急に歯切れ悪くなった。刑事たちに対する警戒心が目ざめたらしい。あるいはよけいなことを言って上からにらまれたくないという保身本能のせいかもしれない。

こうなってくると、おもうような収穫は得られなくなる。へたに無理押しすると、事実に反する歪《ゆが》められた供述を引き出してしまう。

さらに関係各部をあたった二人の刑事は、十六階以外のどこの部署も、あの日見まわりが行なわれるという連絡は受けていなかったことを知った。そして現に見まわりは行なわれなかったのである。

それも見まわり中に、事件が突発して中止したというのではなく、最初からまったく行なわれなかったのだ。

「これは一度社長にあたってみる必要があるな」

「それに社長はたしかあのとき、前夜祭のパーティに出席していたんでしょう。そんなところへ出ているひとが、見まわりなんかできるはずはありません」

もし、見まわりの通告が、社長名を僭称《せんしょう》してなされたものだとすれば大沢への疑惑は拭《ぬぐ》いがたいものとなる。

二人の刑事は直ちに行動へ移った。相手が東洋最大のホテルの社長であっても、そんなことは刑事たちには関係ない。これは殺人事件の捜査なのだ。事件に関係のある者は、かたっぱしからあたらなければならない。

しかし容疑者ではないので、相手の都合に従わなければならなかった。秘書課を通して面会を求めると、五分だけなら会うということだった。

「五分か、きざみやがったな」

山路は苦笑した。

「やむを得ないでしょう。相手はこのホテルの中では天皇陛下以上の存在です。それに開業したてで目がまわるように忙しいときでしょうからね」

村田が、社長を弁護する形になった。

フロントの裏手にある「従業員専用《プライベート》」と英語で書いてあるドアを押すと、ふたたび機能本位の荒涼とした区分へはいる。

そこの奥まったところに社長室があった。

そこの内部は、客用区分と同じデラックスで情緒本位の空間があった。前衛のオフィスのタイプライターやテレックスの金属的な雑音は、ドアを閉じると完全に遮断されてしまう。

ホテルでは建物のいちばんよいところは客用にすべて譲ってしまうので、従業員用のオフィスは潜水艦の中のように、窓のないのがふつうだが、ここだけは、壁全体を開口して、特殊な透明度をもった総ガラス仕上げになっている。外部と遮断して部屋をつくりながら、外と一体になっているような感じをあたえている。

前面には、ホテル自慢の日本庭園の芝生が広がって、室内のグリーン調のカーペットの延長のように見えた。

「いやオープンしたてで、戦争のような騒ぎでしてね、あまり時間を割けなくて申しわけありません」

猪原杏平は、〝五分〟というしぶいインタビューに応じたにしては愛想よく椅子をすすめた。大沢の姿は見えず、室内には若い女が一人、すみに与えられたデスクで何か書きものをしていた。

刑事たちの視線を察したのか、猪原は女に向かって、

「きみ、ちょっと席をはずしてくれたまえ」

と命じた。二代目のお坊ちゃん社長にしてはなかなか気がつく。

「お忙しいようですので、早速お尋ねしますが」

山路は前置きぬきで本題にはいった。

「社長は、一昨日《おととい》の事件が起きたころ、社内巡視の予告を、十六階のステーションにするように大沢秘書に命じましたか」

「ああ、そういえば、そんなことを命じたような記憶がありますな。しかしすぐあとでちょうど同じ時刻にレセプションに出る予定をおもいだして、結局巡視は行ないません

でしたよ」

「取りやめの連絡はしましたか」

「とくにしなかったようです。社内的なことで大したことじゃありませんからね」

「大沢秘書は、十六階だけに巡視の連絡をしているのですが」

「それは……きっと私の部屋が十六階にあったからでしょう」

ちょうどここまで話したとき、猪原のデスクの電話が鳴った。送受器をさっと取り上げた彼は、

「みな揃ったか、よし、じゃすぐ行く」

と短く答えてから、愛想よい笑顔を刑事たちに向けて、

「申しわけありませんが、これから重要な会議に出なければなりません。ほんとにごくろうさまです。当ホテル自慢のコーヒーでも取り寄せさせますから、どうぞゆっくりしていってください」

と立ち上がった。育ちのよい笑顔の中には、一つのマンモスホテルを率いる若手経営者の威厳のようなものが感じられた。

二人は、好意だけを受けて、社長室を辞した。さらに人事課や、社内を聞込みにまわって、刑事たちが本部に引きあげて来たのは、冬の日がビルの背後に落ちたあとだった。

3

刑事たちの足で蒐《あつ》めてきた資料が、捜査会議で披露された。一日の捜査の収穫としては、かなりの成果といえた。

まず横渡組が、ステーションの信頼できることと、事件発生時の在室者矢崎弘と奥秋武男に動機といえるものがあったことを報告した。

次に山路組が、大沢の「逆の形のアリバイ」から追及した、ステーションの〝見張り〟が大沢の命令（社長名ではあったが）によるものであったことを話すと、捜査員全員のあいだにざわめきがおこった。

「たしかに猪原社長は、見まわりの予告をするように大沢に命じたことは認めましたが、大沢はそれを十六階だけにしか伝えていないのです。十六階に伝えた直後に事件が起きたのならば、それも納得できますが、彼が西田へ、見張《スタンバイ》りするように命じたのは、六時半すこし前でした。ソレンセンが落ちたのは、六時五十分から、五十五分のあいだです。これだけ余裕があれば、ホテル全館に予告《フレ》ることもできたはずです。それにもかかわらず、大沢は十六階にしか、フレていない。彼にとっては、十六階だけがスタンバイしてくれればよかったのです。自分のアリバイを証明してくれるためにね」

山路に代わって発言した村田は、いままで使っていた見張りという言葉を、「スタンバイ」に換えて、一同の顔を見渡した。一同はそこに山路組の調べ上げたデータに向けた自信を感じた。

「大沢には動機があるのか？」

那須が聞いた。

「残念ながら、いままで調べたところでは、とくに動機といえるようなものを発見できません。しかしどうも不自然な点が多いのです」

「なお、動機を洗ってみてくれ」

那須にしてみれば、多少の不自然な状況から、動機のない人間を追っていって、見込み捜査になることを惧《おそ》れていた。開業前夜のことだ。何十人という従業員が、八方から集まってきて、東洋最大のホテルを開こうという直前のことだから、すべてスムーズに行くとはかぎらない。いやスムーズどころか、さまざまなトラブルがあったにちがいないのだ。

第三者としての冷静な目で見るから、不自然に映るのであって、部内者としての血走った目で状況を見なおせば、不自然でも何でもない、ごく当たりまえな状態であったかもしれない。

那須はよく「プロの目で見すぎるな」と言った。プロの研ぎすまされた目であるがゆえに、一般の無心なしろうと（それが最大多数の）の見かたとちがってしまうことを惧れていたのである。

それで真実を発見できれば文句はないのだが、プロとして深く見すぎることが、幼稚な表面上の現象を見過ごさせることもあるのだ。

村田のあとを受けて山路が、大沢の履歴を語った。

それによると、大沢秀博は現在二十八歳、数年前に私大のF大を卒業と同時に、正規の入社試験を受けてイハラ・グループの中核企業である東都高速電鉄へ入社してきたものである。

入社まもなく、その一を聞いて十を知る切れ味のよい頭脳を留吉にかわれて、社長室付きに抜擢《ばってき》された。

杏平が新ホテルの社長になると同時に、東都高速から移って、第一秘書になった。

生地が北アルプス山麓《さんろく》だったところから、山が好きで、高校、大学を通して山岳部へはいり、リーダーとしてかなり高度な山登りをしていたらしい。入社すると同時に、ふっつりと山はやめていた。山以外にも、スポーツは何でもひととおりかじった。カメラの腕はくろうとはだしで、いつも小型カメラを持ち歩いている。

現在、独身だが、特定の女性関係はない。

「ホテルの人事と、大沢の周辺をざっとあたっただけですから、表面的な、毒にも薬にもならないデータばかりですが、ほじくればもっと何か出てくるとおもいます」

ほじくりつづけようかどうかと那須の判断を仰ぐような顔で、山路は報告を終わった。

最後に口を開いたのは捜査方針⑤の猪原社長と客室部長の山本清之を担当した草場・河西組である。

「私たちは、まだ猪原社長と山本に直接当たっておりませんが」

と河西が前置きした。本人に関係する事項を、本人に直接あたるのは、拙劣な場合がある。すでに周知の事実になっているようなことがらでも、なまじ本人やその間近に聞いたために隠しだてをされることがある。とくに本人の事件に対する立場が微妙複雑なときは、なおさらである。

「これを殺人動機といえるかどうか早計に判断できませんが、ソレンセンと猪原社長のあいだは、最近経営上のことでかなり緊張していたようです」

「ほう」というような声が、どこかに聞こえて、全員の興味が河西の口もとに集まった。

「何でも先代社長とソレンセンのあいだで、経営の実務を任せてくれたら、低金利外資の長期融資のあっせんをするほか、客室を常時九〇パーセント稼働させるという内約がかわされて、それがホテル建設の直接の動機になったということなのです。ところが先代が死ぬと、ソレンセンが急にそんな約束をかわした覚えはないと言いだした。

先代とのあいだの口約束だけだったらしくて、何も証拠がないことをいいことに、ソレンセンは、客室稼働九〇パーセントの維持なんてとんでもない、夢でも見ているんじゃないかとケンもホロロで、そのくせ経営委託料として総売上げの五パーセントは、儲《もう》かろうと儲かるまいといただくというガメツさに、猪原若社長も激怒して、そんないいかげんな相手に経営は委託できない、イハラホテルは日本人だけで経営すると言っていたそうです。

そのため二人のあいだには激しい口論がかわされて、一度ならずつかみ合いになりかかったことがあるということです。従業員の口がかたいうえに、ことがトップのあいだの経営の複雑なからみに関することなので、とりあえずこれだけのことしか、いまの時点ではわかりませんが、なおひきつづいて調べ上げれば、もっとおもしろい事実が浮かんでくるかもしれません」

「ソレンセンと、猪原社長夫人のあいだにスキャンダルはないようかね？」

じっと聴き入っていた那須が目を上げた。

猪原彩子が派手好みの奔放な女で、ソレンセンがかなりのプレイボーイだったことを結びつけて考えたのである。現にソレンセンは、部下の妻とよろしくやっている男だ。美しく奔放で、ハイ・ソサエティの高雅な雰囲気を生まれついて身につけた人妻に国際的プレイボーイがちょっかいを出す可能性は、十分に考えられる。

だが、もしそうとなれば、猪原杏平の動機は、非常に強いものとなる。仕事の上のあつれきに加えて妻までも奪われたのだ。これは十分に殺人の動機を形成する。

いままでは、猪原に絶対のアリバイがあり、ソレンセンとの対立のあったことが浮かばなかった。ために、ソレンセンと猪原の妻の関係《スキャンダル》の存在は、考えていなかったが、捜査の進展とともにプレイボーイの外国人と奔放な有閑夫人とは、いやでも結びつけて考えざるを得なくなってきた。

「残念ながら、まだそこまではたしかめられておりません。ことは社長夫妻のプライバシーに関するだけに、いずれも口がかたくて。しかし時間をかけて、必ず何か探り出してみます」

同じことに目をつけていたらしい河西が、心から残念そうに言った。

「1607号室にいた山本という客室部長のほうはどうだった?」

那須は、先をうながした。

「こちらのほうも、大変な曰《いわ》くつきであることがわかりました。そのことに関しては、直接調べた草場刑事が申し上げます」

河西に代わって、草場が口を開いた。

「従業員の休憩室へもぐりこんで聞きだしたことなのですが……」

草場は、フランスの名喜劇俳優に似たとぼけた風貌《ふうぼう》で淡々と語りはじめた。刑事らしからぬくだけた人なつっこい雰囲気は、どんなかたい口の持ち主でも、知らずしらずのあいだに柔らかくしてしまう。

那須は何となくおかしくなった。草場が、ホテルの従業員休憩室のようなところに、いかにも似合いそうにおもえたからである。

そんな那須のおもわくを知ってか、知らずか、

「山本は元東都ホテルのフロント課長代理をやっていた男ですが、イハラホテルのオープンのために客室部長としてスカウトされたのです。ところがソレンセンが、山本の語学のへたなことを指摘して、適材ではないと言いだしたということです。山本に難癖をつけたのは、ソレンセンが本国から連れて来た部下を山本の椅子につけたかったからだというのが、もっぱらの噂です。NI社との経営委託契約は、従業員の人事権までも任

せてあるので、ホテル側では山本に同情はしても、どうにもならなかったそうです。いちおうまだ部長の肩書はついていましたが、いずれおろされる運命にありました。こんなことなら東都ホテルにいたほうがよかったと、本人はよくこぼしており、それもこれもソレンセンがつまらないことを言いだしたからだと、彼をはげしくうらんでいたそうです」

「それは穏やかではないな」

那須は半眼を見開くようにした。

「すると大沢を除く、当夜の十六階の宿泊者四人すべてに、動機があることになる。いまのところ動機の見当たらない人間は、大沢一人ということになるが、行動に不審な点がある。要するに部屋をもっていた人間は、全部怪しい。ひきつづいて横渡君と林君は矢崎、奥秋のセンを追ってもらおう。山路君の組には大沢だ。彼に特定の女関係がないというのも、どうも気になる。洗えば、何か出るかもしれん。河西君には猪原社長の周辺だ。とくにアメリカのソレンセンの本社との経営上のからみ合いをできるだけ探ってくれ。草場君には、ソレンセンと猪原夫人とのスキャンダルの有無および、山本の動機の掘り下げを担当してもらおう」

さらにその他の刑事の担当を、捜査対象の範囲や難易から割りふって、その日の会議は終わった。

しかし十六階に泊まり合わせた部内者の全員をいちおう疑わしい人物として浮き上が

らせただけで、現場の不可解な状況は少しも解決されていなかった。

屈辱の条件

1

「総売上げの五パーセントの委託手数料なんて、およそわれわれ日本のホテル業者をなめているものです」

山本客室部長が激しい口調で言った。ソレンセンの生前は、死んだようになっていた山本が、彼の死と入れ代わったように元気を取り戻した。

せっかくイハラホテルにスカウトされて、新しい機会をつかんだと勇んでいたところを、アメリカから人事権を握ったソレンセンが乗りこんで来て「待った」をかけられた山本である。彼にしてみれば、自分の機会を握りつぶそうとした人間が死んで、厚い雲が割れ、ふたたび陽の光が射しこんできたように感じたことであろう。

息を吹きかえしたのは、山本ひとりではなかった。ソレンセンが本国から連れてきたNI社の人間に、イニシアティヴを握られて、新ホテルへ移った妙味を味わえなかった。〝日本勢〟は、この機に一気にNI社と〝離縁〟しようと激しい巻き返し作戦に出て来た。

もともとNI社との業務提携は、猪原留吉がソレンセンを通じてNI社と単独に決めたことであった。

「日本のホテル経営は、世界的に優れており、なんでいまさらNI社と提携しなければならないのか理解に苦しむ。NI社と提携しているところは、みなホテル業にふなれな後進国ばかりだ」

と社内にもかなりの反対はあったのだが、猪原留吉の鶴の一声によって沈黙してしまった。

しかしがめつい留吉が、五パーセントのマージンという〝屈辱的〟な条件をのんだ裏には、ある秘密の事情があった。それは留吉とNI社のネルソン社長とのあいだに、ホテル経営とは別立てに、NI社から長期低利の外資を導入する裏の黙契があったのである。

それが留吉が死ぬと、NI社では両社長のあいだの口約束だけで契約書がかわされていなかったことをいいことに、マージンだけは契約どおり要求し、外資導入の件は頬かむりをしてしまった。父からそのことを聞いていた猪原杏平は、裏交渉の履行を厳しく迫った。しかし、NI社はいっこうに誠意ある態度を示さないままに、ホテルはオープンしたのである。

猪原留吉と、NI社との裏の取りきめを知った日本側は、ソレンセンの急死を契機にしてNI社の追い出しにかかった。もともと現社長の杏平は、反《アンチ》NI社であるだけに、いっそう気勢が上がった。

オープン後、いくらも日数がたっていないいまも、むしろ営業の実務的な検討をすべき幹部会議が、もっぱら、NI社の追い出し策に議事が絞られたのは、そのためだった。

ソレンセンが死んでから、急に旗色が悪くなったことを敏感に悟ったNI社側の人間は、この会議に出席していない。

ソレンセンの後任として、NI社極東地区ホテル部長のヘンリー・ストロスマンが近く着任することになっている。ソレンセンと比べると、やや小粒に感じられる人間だが、彼がくればまた社内の勢力分布図は微妙に変わることだろう。NI社側の勢力を叩《たた》きつぶすなら、いまのうちである。

また、ソレンセンの死は、開業前夜のショッキングな事件だったが、さいわいに生活のサイクルの速い日本人は、たちまち忘れてくれたので、ホテルの名前《レプティション》にはあまり影響なかった。

「直ちにNI社との契約は破棄すべきです」

全員の意見は一致していた。

しかし先方に何の契約違反もないのに、一方的に破棄はできない。これに対して、イハラ側が経営を委託したのは、ソレンセンのホテルマンとしてのキャリアと腕があったからである。彼が死んだいま、業務委託契約第十八条A項の「NI社の出向社員が、故意または過失によって重大な損害を与えた場合」の解除条項に該当するものとして破棄しようという強硬意見もあった。

「しかしソレンセンの死を、十八条A項にあてはめるのは、無理です」

と、アンチＮＩ社ではありながら、慎重派の経理担当重役の千草重男《ちぐさしげお》が主張した。結局会議は、十八条Ａ項にあてはまる、いやあてはまらないの意見に分かれて、堂々めぐりをしていた。

感情的には、いますぐにでもＮＩ社と手を切りたいが、契約上の欠陥を見つけることがむずかしい。

アンチＮＩ社の急先鋒《きゅうせんぽう》も、法律的には分が悪いことがわかった。

顧問弁護士の吉山《よしやま》に相談しても、千草と同意見であった。ただ吉山弁護士は、一つおもしろい意見を言った。

〈ソレンセンは殺されたということだが、その犯人がＮＩ社の人間であれば、あてはまる余地がある〉

というものだった。しかし殺人犯人を見つけるのは、ホテルマンの専門外のことである。

結局、会議の結論は、いままでは一方的にイハラ側に不利につくられてあった条件を、ソレンセンが死んだのをきっかけにして多少とも緩和する方向に働きかけようということになった。

2

猪原杏平は疲れていた。出社すれば、開業したての巨大ホテルの社長業務と、父の遺した〝王国の政務〟が山積みしている。

家に帰れば、冷たい妻との荒涼とした乾いた家庭。どこへ行っても本当の自分を回復する場所がないように感じた。

正直言って、杏平にとってはホテルの経営にNI社が介入しようとしまいが、そんなことはどうでもよかった。父の築き上げた王国がどうなろうと知ったことではない。

ただひたすらに、父の権威のおよばないところへ行きたかった。生まれながら、自分は父の傀儡《かいらい》として育てられてきた。ものの観かたや考えかた、価値判断の基準も父が教えてくれた。妻も父が見つけてくれた女だし、イハラ・ネルソンホテルの社長の椅子にも、父が据えてくれたのである。

社長とは名ばかり、何ごとも父の遺志に基づき、父の〝老臣〟どもが、がっちりと自分の周囲をかためていて、彼の口出しをする余地は、ほとんどない。

NI社との契約破棄に関して、老臣どもが何も言わないのは、自分たちの保身にたまたま一致しているからにほかならない。

(もうまっぴらだ！)

杏平は、大声で叫びたかった。しかし、彼には叫び声をあげることも許されていなかった。

杏平のように、巨大企業の首長の息子として生まれついた者は、その好むと好まざるとにかかわらず、父の敷いた路線の上を歩むべく運命づけられていた。

つまり、最初から人間であって、人間でないのだ。

しかし、いままで父の傀儡として甘んじていた杏平は、父が死んでから、人間として急速に目覚めてきた。父の重圧の下に鳴りをひそめていた、杏平の人間としてのあらゆる部分が、一斉によみがえってきたようである。

圧力が大きく、抑圧の期間が長かっただけに、そのよみがえりの勢いは、反動的な激しさをもっていた。

いくら人間として目覚めたからといって、すぐにもその日から好き勝手なことができるわけではない。父は死んでも残した枷《かせ》はあまりにも巨大である。

王国には、社員とその家族を入れて、何千何万という人間の生活がかかっている。

猪原杏平は、父のかけた枷の中で徐々に自分の人間を取り戻そうとおもった。これは父の王国を自分の王国にしてしまうことだ。つまり雇われマダム的王様から、ほんとうの王様になるのだ。

そのためには、自分の前に立ちふさがる者は、かたっぱしから排除してしまう。たとえ、父を扶《たす》けて王国を築き上げた、〝草創の臣〟であろうと、容赦するところではない。

NI社が、イハラホテルの経営にからもうと、からむまいと、どちらでもよいことだが、少なくとも業務提携が父の遺志によるものであるかぎり、NI社の参画には父の遺志がはいっていることになる。

その点で、当面彼らを排除することに、部下たちの意見と一致しているだけだった。

契約を、そう簡単に破棄できようとはおもっていない。

しかし、父がホテルの繁栄のために心血をこめて練り上げたＮＩ社との提携プランを、死後一年といくらもたたぬうちに、破棄あるいは変更しようとするだけでも、痛快である。

これを手初めに父のかけた枷を少しずつ取りはずしてやるのだ。しかしそれにしても、それは激しい疲労の伴う作業だった。

「おれの王国《テリトリー》につくりかえるまで、果たしておれの体力と精神力が保《も》つだろうか？」

杏平は自信がなかった。

3

レジャー産業は、かつて〝暗黒産業〟といわれたほど産業界にとっては未開の分野であった。事実いままでのレジャー産業は、中小企業が多く、水商売的な色彩が強かったのである。

しかし経済成長率第一位、レジャー関連消費支出が五兆円を越える現在、暗黒産業どころか、無尽蔵の金鉱となった。

高度成長によって、かねとひまのできた人々は、従来罪悪視していたレジャー＝遊びを、何ものにも拘束されない自由時間として考えるようになり、余暇の中に生きがいを求めるようになった。

レジャーはすでに余暇ではなく、人生そのものだという考えかたが支配的になったのである。

より多くのかねを儲《もう》けるために、より多く働こうとするよりも、これだけ働いたのだから、これだけ遊ぶというふうに、仕事と遊びを割りきって考えるようになった。もちろん、その遊びには、創造的なものも、享楽的なものもある。こうして国民のレジャー需要は、実に旺盛《おうせい》となり、これまでレジャー産業と無縁だった大企業までが、続々とこの分野に進出して来た。

一口にレジャー産業と言っても、その態様は豊富であり、範囲も曖昧《あいまい》である。パチンコ屋、ソープランド、マージャン屋から、輸送機関、出版、新聞、繊維、自動車、食品産業なども広い意味でのレジャー産業にはいる。

その中でだれの目にも明らかな純正レジャー産業が、ホテル業である。いわばホテル業はレジャー産業の中でサラブレッドだ。

レジャー産業が多種多様であると同時に、これほど栄枯盛衰の激しい分野もない。フラフープ、だっこちゃんが一世を風靡《ふうび》したかとおもえば、その後はアメリカン・クラッカーが天下を取った。かつてのエリート産業、映画は、いまや斜陽産業の代表である。

しかし、この浮沈の激しい分野で、たくましく伸びつづけているのが、旅行であり、「見るレジャー」から「するレジャー」へ高級化、大型化している。こうした傾向の中で、ホテル産業はその地位を高めて巨大化してきた。

万博や冬期オリンピックなどの国際的行事がつづいたり、ジャンボ時代の開幕によって、来訪外人客《インバウンド》が飛躍的にふえ、絶対的に客室数が不足してしまった。そのために外客の集中する京浜地区のホテルは、年間を通して、客室稼働率《オキュパンシー》が九二パーセント以上という、信じられないような数字を記録したのである。

この現状を大資本が指をくわえて見ているはずがなかった。

まず既存のホテル業者が、増設をはかると、私鉄、航空、百貨店、不動産業等の関連業者をはじめ、商社、放送、石油、食品、漁業、銀行等の、これまでホテルにまったく無縁だった資本が、われもわれもと乗り出してきた。

イハラ・グループも、このレジャー産業の開発ラッシュに乗り遅れまいと、いち早くＮＩ社と提携して、業界最大の規模をもつホテルを建設したわけである。

さらにホテル業は一〇〇パーセント資本自由化されている。アメリカの有力ホテル業者も、この経済成長率世界一位、国民総生産自由世界第二位の日本を、魅力ある市場として虎視眈々《こしたんたん》と狙っていた。

ただ日本の地価が極端に高いために、直接進出よりも、業務提携等による間接的な進出の可能性が強いとされた。

ＮＩ社のイハラホテルの委託経営権取得による進出は、その可能性が実現したものであった。業界ではこれを米資の対日進出の布石として強い警戒を見せた。

最初のうちは、業務提携程度であるが、つぎに合弁化し、出資比率を高めて、経営権を奪取するのが最終目的であるというのである。

現にいままで外資が日本企業を乗っ取った例を見ても、最初は日本側に過半数の株をもたせ、のちに増資を申し出て、日本側に増資に見合う支払い能力がないとみるや、株式を買い取ってしまうというやりかたが多かった。

外資側が意図的に合弁会社を事業不振に陥らせたのではないかという節も見えた。いったん不振に落ちれば、巨大な岩石と砂利ほども企業格差がある日米の資本の勝負は見えている。四、五年は全然儲からなくとも、びくともしない米資と、今日明日から稼いでくれなければやって行けない日本企業とは、所詮《しょせん》最初から釣り合わない縁組だったのである。

イハラ・グループが、いくら巨大さを誇っても、NI社と比べた場合、大きな格差があった。

しかし猪原杏平がNI社との絶縁を考えたのは、業界の警戒色に影響されてではなかった。

奇形の閨房《ねや》

1

「こんな時間まで、いったいどこをほっつき歩いていたんだ？」

帰宅すると、夫の敏彦が待ち構えていたように友紀子に嚙《か》みついてきた。耳の斜め下あたりの頰がピクピク震え、目は青白い炎を吹き出さんばかりに光っている。肉がうすく骨の細い敏彦の小柄なからだだが、こんなときは何か別の星の生物のように無気味に感じられる。

これから短くて一時間あまりの地獄の拷問がはじまるのである。友紀子は観念しながらも、

「何をおっしゃるの？　まだ八時前でしょ」

と反駁《はんぱく》した。そうすることが、夫の怒りをますます煽《あお》り、拷問の時間を長くする効果しかないのをよく承知していたが、素直に謝れない気持ちだった。

何も毎日出歩いているわけではない。今日もほんとうに一ヵ月ぶりの外出だった。

結婚前の自分を知る者ならば、信じられないにちがいない。夫は自分が家の中にずっととじこもっていさえすれば満足なのだ。

しかし、どうしてそんなに夫に隷属しなければならないのか。自分は敏彦の奴隷でもなければ人形でもない。生きている女、それもまだ十分に若い肉体をもつ女なのだ。

しかも自分から頼みこんで、妻にしてもらったわけではない。友紀子の心に内向していたものが、悪い結果になることをよく承知していながらも、つい反抗的な姿勢をとらせてしまった。

「何だと！　午後八時という時間が、まともな人妻が帰宅する時間だというのか――」

案の定、敏彦の顔がますます険悪になってきた。前頭部と後頭部の突出した才槌《さいづち》のような顔は、怒るといっそう凄味《すごみ》を帯びてくる。

こんなとき友紀子は、もしかすると殺されるかもしれないという恐怖感を覚える。

(でも一ヵ月ぶりなのよ)

と抗議したいところを危うく抑えて、

「すみません」と謝ったのは、その恐怖のせいである。

「謝ってすむことじゃない。いったいどこへ行っていたのだ？」

「ちょっと買物に……」

「買物に、こんなに遅くまでかかるのか」

「帰りに学生時代のお友だちに偶然出会ったので、ついお茶を喫《の》みながら、話が弾んでしまったんです」

「その友だちの名前は？　学生時代って、大学のか、それとも高校か、はいった喫茶店は、どこのなんという店だ？　それからどこで何を買って来たのかをくわしく言え！」

と根掘り葉掘りきかれる。それはもう常人のすることではなかった。もはや夫という気は全然しなかった。世の中のルールに従って〝同居している男〟にすぎない。

憎しみの感情以外の何ものもない異性と、最初に結婚という契約をかわしたばかりに、これからの一生を〝同居〟しつづけなければならないとしたら、世の中のルールというものは何と非人間的で、残酷なものだろうと、友紀子はよくおもった。

しかし、もし離婚などという言葉を、少しでもほのめかそうものなら、その場で殺されかねない。友紀子はまだ死にたくはなかった。

女と生まれて、生涯の最も実り多い青春にようやく達すると同時に、親の命令でこんな性格異常者のような夫のもとへ嫁がされたまま、その奴隷として空しく朽ちたくはなかった。

生きてさえいれば、いつかはチャンスがあるとおもった。願わくばそのチャンスが、自分の女としての寿命の衰えぬうちにきて欲しい。

ねちねちとさんざん嫌味を言われて、友紀子がようやく解放されたのは、それからきっかり一時間あとだった。

置いているお手伝いも、敏彦の〝発作〟がはじまると、自分の部屋へ隠れてしまう。遠い部屋から夫婦の諍《いさか》いを、息を殺して聞いているにちがいない。

家は、芦屋《あしや》の奥へ敏彦の父が五千万円もかけて二人のために建ててくれたものである。

機能と外観を十分検討した構造は、若夫婦二人には広すぎる空間と、幸福な夫婦生活のためのあらゆる工夫が施されていたが、いちばんかんじんな二人のあいだの連帯が崩れてしまった。

もっともそんなものは、最初からありはしなかった。精神的に欠けているものを、物質で補強しようとした結婚だったのである。それでも夫婦としての生活をつづけているあいだに、愛情がわいてきてうまくいく場合もある。

しかし友紀子の場合は、最初にあった断絶が、時間を経れば経るほどに拡大されてくるだけだった。断絶を埋めようとする努力すらしなかった。

夫婦双方が、もはや夫婦生活をつづけることの困難を悟って、再出発の方法を考えれば、まだ救いようはあったが。

敏彦は、せっかく手に入れた——それも親の威光で——美しい妻を手放す気はまったくなかった。

妻は、自分だけのものであり、他人に手を触れさせるどころか、見させもしない。珍しい道具をもらった子供のように、自分の〝領土《テリトリー》〟の中に閉じこめて、自分だけが愛玩《あいがん》しているのである。

物質だけに恵まれて、情操に欠けた家庭にそだった者の、精神の奇形がそこにあった。

2

友紀子の父は、財界で〝怪物《モンスター》〟と言われるアジア興業社長、浅岡哲郎である。頭頂からツルリと禿《は》げ上がったビリケン頭、血色のよいあから顔の中央にあるかないかの薄い眉《まゆ》と細い目、鼻はひしゃげていて、唇は厚い。

まことに卑しさを絵にかいたような容貌《ようぼう》だが、友紀子のような美しい娘が生まれたのは、学習院最高の美女と言われた旧子爵《ししやく》郷津宗一郎《ごうつそういちろう》の娘を娶《めと》ったせいであろう。

浅岡哲郎は新潟県高田在の貧農に生まれ、小学校を出ただけで郷里を飛び出して上京した。それから腕一本、脛《すね》一本で今日の地位を築いた立志伝中の人物である。

途中兵役に取られるなどの紆余曲折《うよきよくせつ》はあったが、彼の開運のはじまりは、「爪に火を点《とも》すようにして」蓄《た》めたかねで、オンボロ自動車会社を買ったことからである。

これが軍への出入りを認められて急激に伸張した。終戦とそのあとにつづく混乱期が、また彼に幸いした。

浅岡自身がそのころのことは口を緘《とざ》してあまり語りたがらないので詳細はわからないが、軍へのフリーパスをフルに利用して、軍需物資で荒稼ぎしたらしい。

これでかねをつくった浅岡は、凋落《ちようらく》貴族が売り食いに出した邸《やしき》や別荘などを二束三文で買い叩《たた》いた。

そのかねで、今度は経営不振で売りに出ていた田園急行電鉄を買収した。それを母体にして彼は宿願の私鉄業界に進出したのである。

同時に社名をアジア興業と改めた。これまで買収した旧華族の邸や別荘をホテルに改造し、自動車会社を合わせて、私鉄を中心とした総合観光事業としての体制を確立した。

彼の躍進をいちじるしくたすけたものは、このころ同郷の政治家白根鉄之進《しらねてつのしん》と、弁護士品川浩三《しながわこうぞう》の知遇を得たことである。

ことに白根とは小学校の同級生であった誼《よしみ》で親密な接触をもった。白根がのちに大蔵大臣になったとき、浅岡と白根の私室に専用の直通電話が引かれているという噂があったくらいだ。

ある国有地の払下げ問題についても、白根が口をきいて、浅岡に不当な利益を与えた疑いがあると、野党のウルサ型代議士から追及されたことがある。

品川は広島高検の検事長を最後に退官した検察畑の長老である。やはり高田の出身で、浅岡の小学校の恩師の兄だった。

同郷ということ以外にも、浅岡の不屈の性格が気に入ったらしく、とくに可愛がってくれた。浅岡が、かなりあざとい商売を、おもいきってやれたのも、背後に品川がひかえていてくれるという安心感があったからである。

ともあれこの二人の大スポンサーを得て、浅岡は、飛躍的に勢力を拡張した。

だがここで彼の独走に、立ちふさがった者がある。それが猪原留吉だった。

二人の対立は、浅岡が田園急行を買収したときからはじまった。路線が猪原の経営する東都高速電鉄といたるところでぶつかり合ったからである。

もともと田園急行が傾いたのも、東都高速に客を奪われたからだった。浅岡はこれに対しておもいきった新式車両の採用や沿線の総合開発、および本業だった自動車業の全力を投入して、沿線に完全に近いバス路線網を敷いた。

「玄関から都心まで田園急行で歩かずに」このキャッチフレーズは、まだバス路線があまり発達していないその当時、大うけにうけて、一挙に劣勢を挽回《ばんかい》しただけでなく、逆に、東都高速に大きく水を開けてしまったのである。

（たかがポンコツ自動車屋の成り上がりが）

とたかをくくっていた猪原は、浅岡の鮮やかな手腕に驚くと同時に、ひどくプライドを傷つけられて、猛然と巻き返しに出てきた。それはまことに〝猪〟の名にふさわしい勢いだった。

こうなると、どちらも、似たような生い立ちと性格をもっているから、おたがいにライバル意識を剥《む》きだしにして張り合った。

生涯最大のライバルにめぐり逢《あ》った浅岡は、自分の基盤をより確固たるものにするために、芙蓉銀行の融資グループにはいることを考えた。

都市銀行の預金獲得競争は、まことにすさまじいものがある。新しい団地が造設されると、最も多く訪れるのが、銀行の外交員といわれるくらいに、預金集め合戦にしのぎをけずっている。

芙蓉銀行は預金量で東西銀行と常に首位を争っている都市銀行である。

預金集めが銀行競争の表面であれば、貸付けはその裏面である。巨大会社や成長企業には他行を押しのけてもはいりこまなければならない。自行の融資系列の拡大のためには、血を流すのもためらわないほどだ。

トップクラスの銀行の預金量の差が紙一重で、常にシーソーゲームを演じているような現状だから、銀行の優劣は、融資系列の質量から測られるようになる。

銀行としてはぜひとも優秀企業を融資系列に組み入れたいのだ。

一方、企業も一流銀行のバックアップを得ることは、その存続発展のために必要なことである。

浅岡は、猪原が東西銀行に接近しているのを知って、東西のライバルたる芙蓉にアプローチした。

彼はそのための布石として、芙蓉銀行の頭取の是成信彦の次男敏彦に娘の友紀子を嫁がせたのである。

資本の結合という、しごく物質的な関係の前に、およそなま臭い性の結合を先行させたのは、皮肉であった。所詮《しょせん》は人間の操るものであるから、結局このような〝媒体〟が結合の〝楔役《くさび》〟を果たすのである。

しかし楔にさせられる人間は、いい迷惑であった。彼らの人間性は、一片もみとめられない。会社のためにとか、大勢の人間の幸せのためにとかいう口実で、おおかたの場合はそのような口実すら必要とせずに、結局はごくひと握りの人間の野心や欲望のために犠牲にされてしまう。

是成友紀子も、父と、その事業のために犠牲にされた女だった。デラックスなウェディング・ドレスを身にまとい、一流ホテルで式をあげても、中身は、封建の時代の「お家のため」の結婚とまったく同じだった。

「それがおまえにとっていちばん幸せなのだ」

悪いことに父はそのように信じていた。

「結婚する前の好きとか嫌いだとかいう感情は、結婚したあとの長い生活に比べれば、泡みたいなもんさ。おまえには、あの男がいちばんふさわしいのだ。おれが選んでやった相手を信じろ」

哲郎は自信たっぷりに言った。父に反抗することなどおもいもよらない。生まれたときから父の道具にされるべく運命づけられていた友紀子は、〝二代目〟の悪いところだけを露出したような是成敏彦と一度だけ見合いし、それから一ヵ月後に彼の妻となったのである。

結婚披露宴は、二人のあいだに欠落しているものを補うように盛大をきわめた。友紀子の身の毛もよだつような生活は、その夜からはじまったのである。

3

「きみはほんとうにぼくが初めてなのか？」

初夜の宿で終わったあと、敏彦は疑わしそうにきいた。

相手に悟られたら、そのときのことと覚悟を決めて応じた友紀子だったが、敏彦の確信のなさそうな疑いかたに、何も自分から不利なことを告白することもないと、

「もちろん初めてですわ。どうして？」

とそらとぼけた。

「きみほどの女性が、いままで恋人の一人もいなかったなんて信じられない」

どうやら彼は、交えたからだの感覚から疑ったのではなさそうだった。それならそれで別の扱いようがある。

「それは、ボーイフレンドと呼べるような存在ならば、おりましたわ」

とつい答えたのがいけなかった。敏彦の表情が急に険悪になって、

「何だって！　どうしてそれをいままでかくしていたのだ？　仲人《なこうど》は何も言わなかったぞ。きっときみはその男と深い関係にあったんだな。いったいどんな男なんだ、そいつは」

目をひき攣《つ》らせて追及してきた。友紀子は相手の飛躍について行けなかった。

「ただのボーイフレンドですわ。べつにそんな関係じゃないわ」

友紀子は抗議した。ボーイフレンドとの関係を疑われたことに対してではなく、ボー

イフレンドが一人もいないのはおかしいと言っておきながら、それではそのような存在があったと答えると、深い関係にあったにちがいないと一方的に極《き》めつけてくる、相手の身勝手な論理の飛躍に対して抗議したつもりである。

友紀子の周囲には、いままで敏彦のような男性はいなかった。すべてを友紀子中心に考えてくれる洗練された男ばかりだった。独身時代の彼女は、父の偉大な権力と富を背負って、あらゆる意味で〝王女〟だった。

だから、敏彦のように自分本位に飛躍的にものを考える男に初めて会って、怒るよりは、驚きの気持ちのほうが強かった。

あるいはこれが、妻にした女に向けた、男のほんとうの姿なのかもしれない。その時点では、愛もなければ、憎しみの感情もなかった。親の都合で無理やりいっしょにさせられた人形どうしの違和感だけがある。

「ただのボーイフレンド？　ふん、そんなこと信じられないね」

敏彦は、耳の下あたりの頰をピクピクふるわせて笑った。唇と眉《まゆ》のあいだの広い間のびした顔が猜疑《さいぎ》のかたまりになっている。

「男と女のあいだにセックスを意識しない関係なんてあり得ないんだ。きみにはボーイフレンドがいた。それも複数らしい。彼らがぼく一人のものであるはずのきみのからだを、ぼくより前に貪《むさぼ》っていたのだ。ぼくは絶対に許さないぞ」

「そんなひどいわ、あなたのお説だと、女はすべてのボーイフレンドと深い関係にあるように聞こえますわ。私のお友だちは、学生時代のクラブ活動のお仲間です。そういうお友だちなら、だれでももっているんじゃないかしら」

友紀子は、話していながら馬鹿らしくなってきた。いったいこれが新婚の夫婦の初夜の褥《しとね》でかわす会話であろうか？　まだおたがいに初めての儀式を終わったあとの裸身のままなのである。

いったいこの男は？　今日から自分の夫になった男に対する疑惑が、友紀子の胸に萌《きざ》してきた。それは男女間におこり得る種類の疑いではなく、相手の人間そのものに対する疑いであった。

「接吻《せっぷん》ぐらいしたろう。いや必ずしたはずだ。きみと友だちになって、指一本触れないなんて信じられない」

「そんなひといません！」

「むきになって否定するところを見ると、接吻されたんだな、だれなんだ、そいつは」

友紀子はだんだん悲しくなってきた。相手は何と言っても納得してくれない。彼女の言葉を悪いほうへ悪いほうへと解釈して、何が何でも接吻させたいらしいのだ。

口を開けば、相手に次の言いがかりのタネを与えるので、彼女は黙っていることにした。

「なぜ黙っている、どうして返事をしないんだ。黙っているということは、そういう事実があったからだな。おまえは何という女なんだ。ぼくが知らないのをいいことに、そらとぼけようたってそうはいかないぞ。良家の娘の仮面をかぶって、昨日まで大勢のイカレた男たちと遊びまわっていたんだろう。いいかげんにほんとうのことを白状しろ」

敏彦の目がギラギラ血走ってきた。友紀子はかたくなに沈黙を守った。

――きっとこの人は、純情すぎるんだわ。結婚式やら、初めての夫婦の営みやらですっかり逆上してしまったのだわ。きっと明日《あした》の朝になれば、穏やかで優しい夫になって、今夜のことをわびるにちがいない。

友紀子は強いて楽観することにした。それに彼女は、相手に強く出られない弱味があった。

相手が童貞かどうかわからなかったが、少なくとも、これだけ熟している友紀子のからだから〝過去〟を感じ取れなかった相手が、性の経験の未熟なことは察知できた。少なくとも、セックスにおいては、友紀子のほうが敏彦よりもはるかにベテランだった。

それが彼女の立場を弱めていた。

4

何を言っても、友紀子が蓋《ふた》を閉じた貝のようにとじこもってしまったので、さすがの敏彦も、これ以上嫌味を言いつづけることの無意味さを悟ったらしい。

友紀子はいくらかホッとした。

ともかくこれで朝までの時間を稼ぐことができる。千人もの来賓を招いての結婚披露にひきつづいて、そのまま新婚旅行にたって来た疲労が、一瞬の緊張の弛緩《しかん》とともに爆発するように吹きだした。

下半身を風が吹きぬけるようなうそ寒い感触に友紀子はハッと目覚めた。かたわらにいるはずの敏彦の姿が見えなかった。

――あなた――とまだ呼びなれない言葉で呼ぼうとした友紀子は、次の瞬間、夫の〝居場所〟を知って愕然《がくぜん》となった。

何と彼は、掛布団の下半分をまくり、自分のあられもなく押し広げられた両脚のあいだに、猿のようにうずくまっているではないか。

――何をしているの?――と詰《なじ》ろうとした声は、敏彦が手に握っているものの正体を知って、全身から吹きだした圧倒的な羞恥《しゅうち》によって打ち消された。

彼が手にもっていたものは、懐中電灯だった。宿が非常時用に部屋の柱に取りつけておいたものを、はずしたらしい。

「きみが自分の口から白状しないので、ぼくの目できみのからだを検査したんだ。夫が妻のからだを検《しら》べるのは、当然だからな」

敏彦は、友紀子の目覚めたのを知ると、悪びれもせずにうそぶいた。友紀子の声帯が、ようやく動いた。それは抗議の言葉ではなく、ほとばしるような悲鳴をあげさせた。

彼女は、心の底から恐怖を感じた。この男、ふつうではない、狂っている。どこかが狂っている！　ここにいる男は、自分の夫ではない。

閉鎖的な名門の中で、近親結婚を重ねた結果の、澱《よど》んだ血液のかたまりなのだ。愛し合う男女のあいだだったら、たがいのからだをたしかめ合うことは、少しも異常ではない。

しかし、相手をよく知らぬうちに、強引に結婚させられて、その初夜の床で、妻が眠ってから、妻の〝過去〟の決め手をつかむためにそのからだをライトを照らして秘《ひそ》かに調べている男。――恐怖は友紀子に理性や羞恥も忘れさせて、衝動的な行動をおこさせた。

友紀子は床の上にはねおきるや、全裸に近いからだのまま、部屋の外へ飛び出してしまったのである。

ふつうの結婚ならば、これで十分に破談になる。しかし彼らの背後には、彼らのからだの結合に、大資本の存続と繁栄がかかっていた。夫婦の人間的な和合など問題ではないのである。

要するに、形式だけでも夫婦として存続してくれればよかった。友紀子も最初は自分の役目をよく承知して、べつに抵抗も覚えなかった。

しかし是成敏彦と夫婦としての生活をはじめてみて初めて、自分の歩み入った道が、想像もつかない異常の世界であることをおもい知らされた。

正常の世界であれば、歩んでいるあいだに最初に感じたなれぬがゆえの違和感は、少しずつ解消されてくる。異常の世界になれるためには、自分自身が異常になる以外にない。

　しかし友紀子には、そうなれなかった。

　敏彦といっしょに暮らすうちに、憎悪と違和感だけが拡大されてきた。最初は、二人のあいだに欠けていたものを補うはずだった豊かな財産が、彼らの断絶に拍車をかけた。結婚して一ヵ月目に友紀子は、敏彦に強引に申し出て寝室を別にしてもらった。敏彦がそれを承諾したのには理由《わけ》があった。

　彼の奇妙なくせは、旅行から帰って来てからすぐにはじまった。

　彼は夫婦の寝室に、手あかでうす汚れた赤ん坊ぐらいの大きさのあるウサギの縫いぐるみをもちこんできた。それを二人のベッドの中に入れようとしたので、友紀子が、ギョッとなって、

「それ何ですの？」

　と咎《とが》めると、さすがにそのときだけ敏彦はてれくささそうな笑みを浮かべて、

「ぼくのペットなんだよ。小さいときから、こいつを抱いて寝ているので、これがないと眠れないんだ。旅行のあいだは、これをもっていかなかったんで眠れないで困った」

　と言いわけした。

「私という妻ができても？」

　友紀子は呆《あき》れ声をだした。べつに妻とおもってくれなくともけっこうだが、新婚ホヤホヤのベッドにペットの人形を引っ張りこむというのは、どういう神経だろう？

「長年の習慣なんでね」

夫婦のベッドの中に縫いぐるみのウサギが、赤いガラス玉の義眼を光らせていつも割りこんでいるのは、無気味な眺めだった。

友紀子は、敏彦に抱かれているときも、そのウサギの動かない目でじっとにらまれているような気がした。

営みが終わると敏彦は今度は、ウサギに顔をすりつけて、クンクンとその手あかにまみれた匂いをかぎながら寝入ってしまうのである。そんなときの彼は、頭の鉢だけが大きい子供のように見えた。

「おねがいだから、もうウサギは連れこまないで！」

友紀子は何度も強く要求した。一度か二度は彼女の求めを容《い》れて敏彦は、ウサギを遠ざけた。しかしその夜は輾転反側《てんてんはんそく》してついに一睡もできなかったらしい。

眠れなければ、若く性欲だけは旺盛《おうせい》な夫のすることは決まっている。ついに友紀子のほうが音をあげた。

とにかく自分が眠るために、敏彦の営みを最少限に抑えるには、友紀子はウサギの〝同衾《どうきん》〟を認めざるを得なかった。

子供のころからウサギを相手にして育った敏彦は、友紀子よりも、ウサギのほうにより親しさを感じるらしい。ウサギで癒《いや》せぬセックスの飢えを、友紀子によって満たし、人間的な肌《スキンシップ》のふれ合いによる愛情は、ウサギから得ているようであった。

これは情緒不安定な幼児に見られる指しゃぶりや、爪噛《か》みなどの異常行動《チック》の一種であろう。いや子供のころのチックが、そのまま固定して、おとなになっても残ってしまったのだ。

最初は気味悪かった友紀子も、彼のチックを口実にして、寝室を別にすることを提案した。

「ウサギにいつもにらまれているような気がして、このままではノイローゼになってしまうわ」

ウサギを捨てるか、寝室を分けるかと、友紀子は、敏彦がウサギを手放せないことを承知して迫った。

敏彦も自分の幼児じみたくせを恥ずかしくおもったらしく、ついに友紀子の要求を容れた。彼女のおもうツボにはまったわけである。

寝室を分けることに成功した彼女は、徐々に営みの間隔をあけるようにしていった。新婚の夫は、妻のからだを毎夜求めた。三度に一度は、敏彦のノックを聞こえないふりをして友紀子は扉を開いてやらなかった。

「友紀子、おい友紀子、もう寝たのか、ぼくだ。開けてくれ」

お手伝いの耳を意識して、声を押し殺して呼びつづける夫に背を向けて、友紀子はベッドの中で身をかたくしていた。

それは惨めな気持ちだった。しかし扉の外の敏彦はもっと惨めな気持ちだったであろう。

「彼にはウサギがいるわ、でも私には何もない」

友紀子は頭から掛布《キルティング》をかぶって、唇を嚙みしめた。

不倫の符合

1

年末年始はあっというまにすぎ、寒さが徐々に和らいできたが、捜査のほうはいっこうに進展しなかった。

十六階の、大沢を除くすべての宿泊者に動機はあっても、彼らの犯行の不可能性も動かしがたかった。

まず１６２０号室の猪原と１６０７号室の山本の二人は、ソレンセンの落ちた六時五十分から五十五分にかけて向かいの〝栄信ビル〟のレストラン〈ボングー〉にいたことが大勢の人間によって証言されている。

次に１６５１号室の矢崎と１６８０号室の奥秋は、その時間にかけてソレンセンの部屋に行けなかったことが、ステーションによって証明された。

これはもはやどうにも動かしようのない確固たる証明だった。

次に動機の問題だったが、まず奥秋を取り調べた横渡組が、彼がきわめつきのマジメ社員で、自分の仕事にかけては絶対の自信をもっており、納得がいかないかぎりだれが何と言おうと一歩も譲らない職人気質《かたぎ》の男であることを知った。

事件の少し前に空調《エア・コンデイション》の温度のことで、ソレンセンと派手にやり合ったが、奥秋の頑固さにソレンセンが閉口して折れたので、その場はおさまったことが、あとの捜査でわかった。

しかし奥秋は、その頑固さをいかんなく発揮して、その夜は自分のからだで〝人体実験〟をしてみると言いだして、ソレンセンがもういいと言うのを振り切って、泊まりこんだというものである。

「おれがなぜマネジャーを殺さなければならんのだ？　仕事のことでひとと衝突したことは、数え切れないほどある。そのたびに殺したとしたら、おれは殺しの世界記録をつくるよ。馬鹿も休み休みにしろ」

奥秋は刑事から疑われていると知ると、真っ赤になって怒った。

まことにそのとおりだった。激情型の人間の発作的な犯行ということも考えられるが、それにしても奥秋を容疑者の一人に加えることは、無理だった。

ソレンセンは途中で折れているうえに、奥秋は恨みをふくむタイプの人間ではなかった。

次に矢崎の動機が問題になった。だがこれも捜査が進むうちに薄れてきた。

たしかに矢崎の妻ジュリアとソレンセンのあいだにはスキャンダルがあった。だがジュリアは生来の尻軽《しりがる》で、アメリカ本国にいたころから、相手はソレンセン一人ではなかった。

しかも矢崎にジュリアを世話したのは、ソレンセンだったそうである。矢崎も二人の関係を承知のうえでもらったのだ。

「つまり上役のおふるを下げ渡してもらって、その反対給付として特別の引き立てをしてもらったってわけだ」

横渡は唾《つば》でも吐きそうな口調で言った。矢崎の行為は、潔癖で通る彼には、がまんならない不潔な人間の計算である。

だが矢崎は、それによって確実にソレンセンに引き立てられていた。日本人は絶対に上へ上がれないという外資の会社で、外人エリートのスポンサーを得ることは、保身と将来のために絶対に必要なてだてなのかもしれない。

それにしてもその代償として、上役がさんざん貪《むさぼ》ったあとの、いわば食い残し《レフトオーバー》のような女を妻にして、しかも妻にしたあとまでも、上役との関係の持続を黙認している神経は、尋常ではなかった。

だが矢崎は、それに耐えられるような方策をちゃんと講じていた。矢崎とジュリアのあいだはとうの昔に冷えきっており、夫婦とは名ばかりだった。

そしてジュリアに好き勝手なことをさせている反面、自分は若いエレベーター・ガールをちゃっかりマンションに囲って、よろしくやっているのだ。

集団就職で入社した自分の娘のような女の子を、新入社員訓練の講師となった彼は、英語の個人教授をしてやるという名目で、他の教授をしてやったのである。

東京といえば、修学旅行のときぐらいしか来たことがないその娘は、見るもの、聞くもののすべてが珍しく、プレイボーイの本場で鍛えた矢崎のソフトタッチに、いとも気前よく自分の最も貴重なものを与えてしまった。

矢崎は目下、そのエレベーター・ガールに夢中であった。ソレンセンが死んだとき、すでにその娘との関係ができていた。

「若いピチピチした女の子を手に入れたばかりのときに、わざわざ自分の大切なスポンサーを殺してまで、さんざんに食い荒らされた古女房を守ろうとするはずがない」

矢崎の行動と打算は唾棄《だき》すべきものだったが、殺人の動機という点から考えると、除外せざるを得なかった。

それにジュリアとのからみ合いが動機だとすれば、複数の男との関係《スキャンダル》の存在がわかっている現在、選《え》りにえって、ソレンセンだけ殺した理由がわからない。

こうして残されたのが猪原杏平と山本清之である。だが猪原夫人とソレンセンのあいだには、いくら草場と河西が緻密《ちみつ》に調べても、スキャンダルは浮かび上がらなかった。となると、経営上のからみ合いということになるが、それではソレンセン一人を殺したところでどうなるというものでもない。

契約はイハラ・グループとNI社とのあいだにかわされたものである。ソレンセンはたしかにNI社の有力な人材にはちがいなかったが、トップではなかった。NI社にしてみれば、極東の〝出店〟の〝出向社員〟にすぎなかった。

そんな彼一人を排除したところで、契約に影響を与えることもできなければ、経営上のからみ合いをすっきりさせることも不可能なはずである。

殺人の動機としては、いかにも曖昧《あいまい》であった。

最後に残った山本清之は、たしかに個人的で、具体的な動機だったが、ソレンセンが死んでも、人事権は依然としてNI社にあり、契約そのものが変更されないかぎり、ソレンセンを殺しても、根本的な解決にはならなかった。

ソレンセンの個人的な思惑から、山本がホサれようとしていたのだから、別の支配人がくれば、またべつの機会が開けるかもしれなかった。しかし要するにそれも相手の腕しだいである。

そんな将来の曖昧な期待《プロバビリティ》の下に、殺人を犯す人間があろうとはおもわれない。

結局、はじめは動機のあった四人が、次々に打ち消されてしまったのである。

こうなるとおかしなもので、最初から動機をもっていなかった大沢秀博の存在が、いやでも大きく浮かび上がってこざるを得ない。

最初から大沢を焦臭《きなくさ》く感じていた山路・村田組は、執拗《しつよう》に彼の周辺を洗っていた。

2

「あとは尾《つ》けられなかったでしょうね」

しばらく逢《あ》っていなかった飢えを、性急な抱擁によって癒《いや》した二人は、終わったあとの弛緩《しかん》からくる無為と不安をまぎらせるために、まず女のほうが口を開いた。

女は、男の若いからだがすぐに回復することを知っている。そうでなければ、そんなもったいない抱擁で、せっかく蓄えられた男の体力を消耗するようなことはしない。

「大丈夫ですよ。だいいち警察は、奥さんとソレンセンとのことばかり疑っていて、ぼくなんかには目をつけていません。尾けられるとしたら、奥さんのほうですよ」

男は、汗ばんでいるからだを、そっと女の肌から離した。からみ合ったまま、次の導入へはいるには、今日はおたがいに少し時間がかかることを知っている。

所詮《しょせん》、からだの欲望だけで、つき合っている男女は、逢うたびに新鮮味が衰え、回復に時間がかかるようになるのだろう。

「私が尾けられる？　そんなヘマはしないわよ」

女は、はすっぱに笑った。猪原彩子である。

「どうしてそんなに自信をもてるのですか？」

男がきいた。大沢秀博だった。

「ふふ、なれているからよ」

彩子はこともなげに答えた。

「なれている、尾けられることに⁉」

「警察にじゃあないわよ、夫はいままでも私を疑って、どうやら何度も尾行をつけたらしいわ。私が他の男と逢っている現場を突き止めて、それを口実に離婚するつもりなの、よ。でもそうはいかない。私も猪原を憎んでいるわ。私たち最初から結婚すべきじゃなかったのよ」

「だったら離婚に応じたらいかがですか？」

「いやよ。私、もう帰るところがないわ。娘の幸せよりも、財界の名門としての名前を大切にする父は、性格不一致などという理由で協議離婚した娘を、決して受け入れてくれないわ。私、貧乏な生活はできないように育てられているのよ。別荘や宝石のない生活なんて考えられない。猪原といっしょにいるかぎり、そういうものには不自由はしないわ」

「ぼくは別荘や宝石のほんの小さな代役というわけですか」

大沢の口調に皮肉っぽい響きがこめられた。

「大沢さん！」

彩子はやや開きなおったような声をだした。

「私たち、納得ずくのおとなのつき合いだったわね。おたがいに迷惑をかけない、どちらか一方が飽きたなら、それでジ・エンドにする。そういう約束だったわね」

「そのとおりです。いまでもそのつもりでおりますよ」

「だったら、そんな皮肉はいわないでちょうだい。あなただって、自分の欲望を処理するためだけに、私と逢っているんでしょう。おたがいに自分がもっていない肉体の部分を交換して愉《たの》しむ。それだけで十分じゃない。私たちの交際のキーポイントは、だれにも知られないこと。そのことだけには、十分神経を使ってちょうだいね」

「大丈夫ですよ奥さん。ぼくだって奥さんと、このような楽しいおつきあいをできるだけ永続させたい。尾けられるようなヘマはしません」

「だったらもう一度抱いて。私はまだ全然満足していないのよ」

彩子は急に甘え声になって、下肢をからませてきた。大沢の欲望にもふたたび火が点《つ》いていた。宝石と別荘の代役でもかまわない。

この閑《ひま》とかねにあかして磨き上げた美味の肉体を、存分に飽食できる機会を与えられて、なにを文句をいうことがあるか。

たとえ二人の関係をだれかに知られても、自分にとって、失うものはほとんどない。

大沢の胸に、急に残忍なものが、衝《つ》きあげてきた。男に宝石の代役ぐらいの機能しか認めない女。それだったらこっちも、相手を完全に物質視して責め苛《さいな》んでやろう。

今度こそ本格的な、貪婪《どんらん》な飽食の構えをとって、大沢はよく熟れた女体を引き裂きにかかった。

おたがいに肉の快楽の媒体以外の価値を認めない。完全な道具として接し合う男と女のからだは、かえってＳＭ的な異常な昂《たか》ぶりを示すようである。

ベッドの上から彩子を引きずり落とした大沢は、床のカーペットに、その裸身を存分に押し広げて思いきって汚なく貪り散らした。

大沢を焦臭いとにらんだ山路と村田は、彼の周辺に執拗な張込みをつづけた。その結果、彼が最近月二、三度の割りで、昼の二時ごろから二時間ほど空白の時間をもつことがわかった。

3

刑事たちは尾行するにあたってそれを気づかれるようなヘマはしなかった。しかし、気づかれた様子もないのに、そのときの大沢の用心は周到をきわめた。

タクシーを何度か乗り換える。いったん電車に乗りこんで発車どき、ドアが閉まるまぎわに飛び降りる。デパートへはいって、エレベーターを何度か上下する。

これをやられると、どんなに優れた尾行者もお手上げだった。FBIがよく使う、人海作戦によって、被尾行者の立ちまわりそうな行く先々に人を伏せておく方法があったが、人手不足の捜査本部でその真似はできなかった。

しかし、大沢は尾行者の有無をたしかめもせずに、いきなり背中のすべてを目にしたような警戒の構えをとった。

ということは、彼がこれから出かけて行く先は、絶対にひとに知られたくないという事実を示すものである。その行く先がどこか？　そこにだれが待つのか、かいもくわからぬながらも、大沢がそのような行く先へ、月二、三度出かけて行くという事実がわかったことは、収穫にはちがいなかった。

これと並行して、猪原彩子とソレンセンのつながりをたしかめるために、その周辺を探っていた河西と草場のコンビは、彼女がやはり、月二度ぐらいの割りで所在不明になる事実を突き止めた。

ちょっと外出するにも、名前の売れだしたタレントや歌手を、美しい孔雀《くじゃく》のように侍《はべ》らせている彩子は、さぞや乱れた男関係の存在をと想像させた。しかし実際にあたってみると、たしかに六本木や赤坂のナイトクラブやゴーゴースナックで、かなり派手に遊びまわっていることはわかったが、特定の男との具体的な関係は、浮かんでこなかった。美しく奔放な外観をまとっていても、それはあくまでも外観だけにとどまっていたのである。

しかし河西らはあきらめなかった。彼女の外観からたしかな不貞のにおいを、刑事のカンで嗅《か》ぎ取っていた。

そしてひそかに内偵しているうちに月二、三回の所在不明になる事実を突き止めたのである。彼女の尾行に対する警戒は、大沢以上に神経質だった。

その情報は直ちに捜査会議に出されて、大沢の所在不明の時間と照合された。二つの空白時間が完全に一致したとき、本部では初めて大沢と彩子のあいだにつながりがあるという状況を得たのであった。

「彼らがどんなに警戒しても、時間はごまかせなかったわけだ。いつも二人が同じ時間に行方不明になるということは、偶然ではない。尾行は撒《ま》くことはできても、時間は埋めようがないからな」

那須が言った。

「しかし彼らのあいだにつながりがあるということは、ソレンセン殺しにどんな関係をもちますか？」

林刑事がきいた。殺されたのは、ソレンセンである。ソレンセンと彩子のあいだに関係があれば、女をめぐる情痴のすじが考えられるが、いまのところ彼らの関係は発見されていない。

ということは、大沢が彩子と通じていても、ソレンセンに対して動機をもたないことになるのだ。

「そこだよ」

山路が、林の疑問を受けた。

「大沢と彩子の関係は、べつべつにたぐっていたすじから偶然探りあてたんだ。それも、まだ決め手はつかんでいない。われわれは、まさかこの二人に関係があろうとはおもわなかった。

しかし大沢が焦臭《きなくさ》い存在であり、彩子がソレンセンと出来ていたのではないかという疑いは最初からもっていた。つまりこの二人は、この事件《ヤマ》の最初からの〝関係者〟だよ。事件の関係者が出来ていたということは、見すごしにはできない。

大沢にはいまのところ動機が発見されないが、彩子を通して何か新しいものが、浮かび上がるかもしれない。もともとやつのアリバイには、曖昧《あいまい》なところがあるんだ。彼らのスキャンダルがソレンセン殺しにどう関係をもつかわからんが、二人、とくに大沢の状況を、いっそう黒くすることはたしかだね」

「そのとおりだ。とにかく彼らの仲がつづいているあいだに、現場をおさえることだな。とくに大沢の周辺の監視は強める必要がある。やつが、事件のときに現場にいなかったことは、たしかめられている。そのかわりどこにいたのかわからない。

　この空白の時間に、猪原彩子と忍び逢《あ》っていたという推測は無理だ。まず時間が短すぎるし、それに、大沢の不明時間のあいだ、彩子は、向かいのビルのレストランで夫といっしょにパーティの客をもてなしていたのだ。

大沢が主張する〝逆のアリバイ〟においては、彼はどこで何をしていたか、ますますわからなくしている。当分、彼の行動を追ってみよう。彩子との関係が浮かび上がったいま、彼を集中的に追っても、見込み捜査になる心配はないだろう」

　那須は、自信のある口調で言った。諸事慎重な彼にこれだけの心証をもたせたことも、動機の点で、いままで捜査線から最も離れていた形の大沢が非常に黒くなってきたことを示すものだった。

4

木《こ》暮《ぐれ》雄《ゆう》市《いち》は、いち早く大沢の姿を認めた。大沢が彼に気がつかなかったのは、彼が背後ばかり気にして、前方に注意していなかったからであろう。

声をかけようとして、危うく喉元《のどもと》でこらえたのは、相手のなにやら曰《いわ》くありそうな様子をさとったからであった。

いま声をかけたら、きっと大沢に気まずいおもいをさせるにちがいないということが、長いあいだ下積みのサラリーマンとして、上役の顔色だけをうかがってきた木暮には、直感的にわかったのだ。

しかも大沢は、自分に好意的で何かと引きたててくれる同じ社のエリート社員である。社長の懐刀として、重役連からも恐れられている彼のせっかくの好意を失ったら、長い冷や飯のあとに、ようやく微笑みかけたチャンスを失ってしまう。

とっさに判断した木暮は、ものかげに身を隠した。こちらのほうが、気づくのが一歩早かったので、先方では木暮がいることも知らず、相変わらず後方をキョロキョロしながら通りすぎて行った。

――だれかに尾《つ》けられているのだろうか？

(それにしても、大沢さんがこんなところに何の用事があるのか？)

そんな疑問が湧いたのは、彼をやりすごしてからである。ここは渋谷から私鉄で数駅はいった目黒区の住宅街で、木暮のアパートがあるところだった。大沢の住所はたしか中野のほうのマンションだと聞いている。

ただばったりと行き遇《あ》ったのであれば、そんな疑問は抱かなかったのであろうが、何やらわけありそうな大沢の様子に、好奇心が湧いてきた。

大沢が去って行った方角、すなわち木暮がやって来たほうには、駅とタクシーのたまり場があるから、彼はそこで電車か車をつかまえるつもりなのであろう。

しかし大沢が来た方角には、サラリーマンの小住宅と会社の寮と、最近できたいくつかのマンションと、それから、わりあいこぎれいなホテルがあるだけである。

（きっと知人の家へでも遊びに来たのかもしれない）

いくら考えたところでわからないので、木暮は強いてそうおもいこむことによって自分の好奇心を納得させることにした。

それに大沢が何かの用事で、自分の住んでいる近くへ来たとしても、木暮には関係のないことだった。

木暮は一日の勤務で疲れていた。彼はイハラホテルの雑品倉庫の検収係長である。検収係とは、出入り業者から日々納められてくる、さまざまなホテル用品を、納品書と照合して、員数をたしかめる役目だった。

肉、魚、酒等の食料品から、ベッドや椅子、デスク等の家具類、タオル、石鹸《せっけん》、トイレットペーパー等の雑品まで、およそ人間の生活に必要なありとあらゆる品が持ちこまれた。

本来ならば、彼は雑品だけの検収でよいはずだった。ところが、開業直後の業務分担がてんやわんやの時期だったために、そんなことを言っていられなかった。

その日に持ちこまれた品物を、その日のうちに検収できないために、トラックに積んだまま、雑品倉庫にいったん入れて、翌日に繰り越すことも珍しくない。

しかし前にいたホテルとちがって、新ホテルでは、係長である。大ホテルだけに部下の数も多い。平《ひら》時代とちがって、やりがいがあった。

彼は、十年前、都内のある老舗《しにせ》ホテルの用度係（仕入係）としてホテルマンのスタートを切った。

多少英語をかじっていたので、本当はフロントで働きたかったのだが、年功序列の厳しい老舗ホテルで、まして大学出ばかりでかためているエリートの巣のようなフロントへは、彼のような高卒者はなかなか入れてもらえなかった。

ホテルでは、人事とか経理などのような直接客に接しない部署のことをバックと呼ぶ。その意味で、用度という、いつも倉庫の隅でゴソゴソと品物の員数を合わせている人間は、バックの中のバック、最も日の当たらないセクションであった。

せめて品物の仕入権でももっていれば、出入り業者に大きな顔ができたが、もとより彼にはそんな権限は与えられない。

昇進の望みもほとんどないし、くさりきっていたときに、偶然知り合ったのが当時イハラホテルの開業準備室にいた大沢であった。

都心の喫茶店でだれかを待ち合わせていたらしい大沢は、約束の時間になっても相手が現われないので、席を立った。狭い通路を通って表の出口へ向かおうとした彼は、すぐ隣りのボックスにいた木暮のテーブルのグラスに上着の裾《すそ》をひっかけてしまった。グラスは倒れ、テーブルにあふれた水は、木暮の膝《ひざ》にしたたり落ちた。

彼らはこれを機縁に知り合った。大沢がくれた名刺によって、彼の身分を知った木暮は、「新しい舞台へ移って精いっぱい働いてみたい」という希望をもらした。

これは人集めに躍起になっていた大沢にとっても、渡りに舟の申し出であった。

「ちょうど検収の経験者がいなくて困っていたところです。当座、係長というところで来てもらえませんか。もっといいポストを提供したいのですが、他のひととのかねあいがありましてね。折を見て、私から上のほうへもっといいポストへつけるように働きかけますから」

ということで、何の未練もなく、新ホテルへ移って来たのである。前のホテルでは係長すら、定年までになれるかどうかわからない。

とにかく木暮に新しい機会を与えてくれたのが、大沢である。「折を見てもっといいポストへ」と言ってくれたのは、嘘ではなく、近く課長代理への昇格の内意を受けたばかりである。

検収課の課長代理といえば、課長の代行とはいえ、物品の仕入権もある。イハラホテルの物品仕入権といえば途方もない権力である。

出入り業者約三百、仕入品目約一千アイテム、彼がノーといえば、品物を納められなくなるのであるから、業者にとっては、木暮の機嫌を取りむすぶことに、死活がかけられてくる。

贈賄でなく、業者からの儀礼的な挨拶《あいさつ》だけでも、莫大《ばくだい》な余禄《よろく》になる。長い冷や飯食いの生活から自分を拾い上げてくれた大沢のためならば、木暮は誇張ではなく「水火も辞さない」気持ちになっていた。

その大沢が何やらわけありそうな様子で通りすぎて行った。彼の不利益になりそうなことには、かまえて近づかないことが、そのヒキを受けた者の当然の礼儀であるとおもった。

途中、スーパーによって、朝出勤時に妻から頼まれた買物をした。彼の家には子供がいないので共稼ぎだった。妻は、ある新聞社の電話交換手をしている。

そのためにどちらか早く帰宅するほうが、夕食の買物をすることになっていた。今日は妻は〝遅番〟で帰りは八時すぎのはずだった。

前のホテルにいたころは、共稼ぎをして乏しい家計を助けてくれる妻に感謝したものだが、課長代理の椅子を眼前にすると、急に鼻息が荒くなって、買物や夕食の支度が億劫《おっくう》になった。

「おまえ、もう会社やめてもいいぞ」

と言うのだが、今度はかなり古顔になって会社の居心地がよくなってきた妻が、やめたがらない。

妻が書いてくれたメモに従って、夕食の材料を買い集めていると、何だか男の落伍者《らくご》のようなみじめたらしい気持ちになってくる。

（もうどうしても共稼ぎはやめさせなければいけない。だいいち、課長代理になってから、部下にこんな姿を見られたら、いっぺんに権威を失ってしまう）

食料品や野菜の包みをかかえて、スーパーから出たとき、木暮はかたく心を決めた。

わずか夫婦二人分の食料だが、数日分を買いためるので、かなりの重さになる。

何度か手を換えて、アパートの近くまでようやく辿《たど》り着いたとき、むこうから一人の若い女が歩いて来た。

地味なスーツに装い、できるだけ目立たないようにしているらしいが、輪郭のはっきりした花やかな面立ちは、通りすがりの男たちを、振り向かせるだけのものをもっている。

顔を隠すため、うすい色のはいったサングラスをかけているが、かえって有名芸能人のおしのびのような、人目を惹《ひ》きつける効果をだしていた。

しかし木暮が、その女に目を惹かれたのは、そのせいではない。彼はその女の顔に見覚えがあったのだ。といっても彼のほうが一方的に知っているだけで、女にとって木暮は、まったくの見知らぬ他人《ストレンジャー》のはずであった。

彼の記憶に誤りがなければ、女はイハラホテルの猪原社長夫人である。開業時のレセプション・パーティで、美しい孔雀《くじやく》のように夫に寄り添って、天下の名士ばかりを集めた来賓ににこやかに挨拶をしていたのを、はるか遠くから覗《のぞ》き見た。

たしか、東西銀行の副頭取の令嬢だと聞いている。自分などは足もとにも近寄れない雲の上の女性が、こんな中途半端な時間に、この場末の町をひとり人目を避けるようにして歩いている。

(人ちがいか？)

と一瞬おもったものの、

(いやまちがいない、絶対に社長夫人だ)

と木暮は自信をもった。あの美しく花やかな顔に見誤りはない。

(しかし社長夫人が、どうしてこんなところを？)

周囲を見まわしても、車を待たせている様子はない。彼女が車ももたずにひとりでこのへんをさまよっているなんておよそ信じられないことだった。夫人が木暮に気づかなかったのは、彼を知らないからではなく、背後ばかりを気にしていたからである。そうでなければ、ひととき、まじまじとみつめた彼の視線に気づいたはずだった。

木暮は、何となく道のかたわらの電柱のかげに身を寄せて彼女をやりすごそうとした。

彼がハッとしたのは、その瞬間である。

つい少し前、いまと同じような行動をしたことをおもいだしたのだ。彼をハッとさせたのは、自分自身の行動の類似性ではなく、彼に同じような行動をとらせた相手の様子の類似性にあった。

大沢も社長夫人も、人目を避けるようにして、歩いていた。うしろのほうばかりに気を配って、前方がおろそかになっていた。

声をかけたら気まずいおもいを与えそうな感じも同じだった。

あれは一様に尾行者を警戒している様子である。尾《つ》けられている人間は、背中ばかりに注意して、前方を見ないので交通事故に遭いやすいという話を、ある事件でホテルへ聞込みに来た刑事から聞いたことをおもいだした。

(社長夫人と大沢さんが、同じ場所で、ほぼ時を接して尾行者を警戒しながら歩いている)

――これは決して偶然ではない。

木暮の心の中に推理が発展した。

(社長夫人と、大沢さんが、まさか⁉)

推理が行き着いた先の一つの想像を、木暮はいったんは打ち消した。

関係を知られたくない男女が、忍び逢《あ》いの場所へ、別々に来て、別々に帰ることは、常套手段《じょうとうしゅだん》になっている。

ホテル業者は、これを「別到着《セパレートアライバル》、別出発《アンド・デパーチャー》」と呼んでいる。ホテルマンのはしくれだけに木暮の連想は早かった。

二人がやってきた方角には、設備がよくてこぢんまりしているので、有閑階級の隠れた情事にはもってこいのようなホテルがあったのだ。

いったんは打ち消したものの、すべての状況が彼らのスキャンダルを物語っていた。考えてみれば、社長夫人と社長秘書は、最も通じやすい仲ではないか。

社務に忠実な夫にかえりみられない妻と、夫の秘書は、しばしば接触する機会があったはずである。

片や自分の絶対の支配者の妻であり、片や夫よりも若く逞《たくま》しい秘書、大沢も社長夫人も、支配者であり仕事の鬼である社長に復讐《ふくしゅう》するようなつもりで通じ、たがいに貪《むさぼ》り合ったにちがいない。——木暮の推理はますます発展した。

しかし、もしその関係を社長に知られれば、夫人には物質に恵まれた名流の妻の座を、大沢はエリートのポストを同時に失う。彼らが尾行者に全神経を集中したのも、このように考えると、当然である。

二人が後方にばかり注意するあまり、前からやって来た木暮に気がつかなかったのは、皮肉だった。

「これで大沢さんにはまた一点貸しができたな」

木暮はふとほくそ笑んだ。

第二の死者

1

ソレンセン墜死事件の捜査は、いっこうに進展しないまま時間が空しく流れ、季節は陽転した。そのあいだ、何人かの人間が浮かび上がっては、消えて行った。

結局、大沢秀博の状況が最も怪しいということになったが、ソレンセンに対する直接の動機は何も浮かばないまま、猪原彩子との不倫の関係を浮かび上がらせただけで、捜査本部はその先へ一歩も進めなかった。

現場の不可解な状況も解明されなかった。解明の糸口すらもつかめない。

十六階から大勢の目撃者の見守る中を、人間が突き落とされ、時をおかず十六階の現場は閉鎖状態にされたが、犯人の姿はないのである。

飛び降り自殺でないことは、目撃者の証言と、死体に残された抵抗の痕跡《こんせき》から明らかであった。つまり犯人は、被害者を突き落としていながら現場から、煙のように消えてしまったわけである。

そんな馬鹿なはずはなかった。しかし現実にそれは起きていた。

本部に焦燥の色が濃くなってきた。大沢秀博が行方を晦《くら》ましたのは、そんな矢先である。

「なに！　大沢が昨日退社したまま家へ帰っていないだと」

その情報が最初に本部にもたらされたとき、さすがものに動じない那須も、少し顔色を変えた。

そろそろ十一時近くである。九時出社のはずが定刻になっても姿を現わさず、その後何の連絡もないので、彼に用事のあった猪原社長は、第二秘書に中野の自宅へ連絡させたところ、マンションの管理人が出て、昨日から帰っていないという返事だった。

大沢は昨日は定時に退社している。出社も常に時間厳守《パンクチュアル》だった。今日欠勤するというはなしも聞いていない。大沢は、彼が今日出社しなければ、社長が困るということを十分承知しているはずだった。

彼は非常に几帳面《きちょうめん》な男で、無断欠勤や遅刻をしたことは、東都高速に入社して以来、一度もなかった。

猪原杏平は、どうしても大沢に聞かなければわからない業務事項があったので、部下に手分けさせて、彼の立ちまわりそうな先を、かたっぱしからあたらせた。

しかしその行方はつかめなかった。警察側としても、彼に注目してはいたものの、被疑者ときまったわけではないので、刑事が始終張り込むほどの監視をしていない。

(彩子と逢っているのではないか？)

という那須の疑問は、すぐ、彼女は、昨夜から今日にかけて、一歩も自宅から外出していないという事実がわかって打ち消された。

彩子が大沢の行方を知っている可能性もあったが、彼女と大沢の関係は、まだ猪原は知らないはずなので、表だって質問するわけにはいかない。それに二人のスキャンダルは、あくまで警察の推測の域を出ていないのだ。

だがまだこの段階では、警察もホテル側も事態をあまり重視していなかった。だれでも一晩ぐらい蒸発することは、あり得ることだったからだ。

まして若い健康な独身の男ならば、行きずりの女に誘われるまま、どこかへ沈没して、つい寝すごしてしまうということは、十分考えられるのである。

しかし昼をすぎても、大沢の行方はつかめなかった。もちろん彼からの連絡もはいらない。該当する交通事故のニュースもなかった。

「こんなことは過去一度もなかった」

とホテル側では断言した。ホテルそのものは、まだ開業して日が浅かったが、大沢にはそれ以前の東都高速社員としての履歴がある。

警察側もようやく事態を重視して、山路刑事が大沢のマンションをあたったところ、前日の朝、出勤したときのままで、とくに長い旅へ出かけた様子もなかった。

八十万ほど残額のある貯金通帳と時価五百万ほどの有価証券も手つかずに残されている。年齢のわりに、かねをもっているのが気になったが、いまは一流会社の社員になると、そのくらい蓄《た》めこんでいる者がある。服も衣装簞笥《だんす》の中にそっくり吊《つ》るされていた。

旅行用具も持ち出されていない。大沢はN社のセダンをもっているが、それは駐車場に戻されていない。

「彼はここへ戻って来るつもりで家を出たんですよ」

捜査本部へ帰って来た山路刑事は言いきった。ここにおいて、事態はがぜん重視された。

「夕方には帰宅するつもりで家を出た人間が、退社したまま、すでに二十時間近くなるのに、依然として消息を絶っている。過去こういうルーズなことをしたことは一度もないという几帳面なエリート社員が、無届けで行方不明をつづけているという事実は、彼が連絡したくともできない状態におちいっていることを示すものかもしれないな」

那須の言葉に、捜査員はみな不吉な連想をした。

もし彼らの不吉な連想があたると仮定すれば、当然それはソレンセン殺しに関係するものだろう。

大沢はやはり「何か」を知っていたのだ。彼の「逆のアリバイ」は不自然であった。猪原彩子との関係も、もっと追及すべきだった。

もし大沢が、知っていた何かのために消されたとしたら、ソレンセン殺しの不可解な状況は、ますます解明のしようがなくなってくる。

刑事たちは、連想の先に、絶望と疲労感を覚えた。

その日の夕刻、車だけ中野区大和町《やまとちょう》のある路上に乗り捨てられているのが発見された。

車内に犯罪の行なわれた痕跡はなかった。

2

四月二十日火曜日午前七時ごろ、大阪府茨木市《いばらき》に住むサラリーマン井手達男《いでたつお》は、国鉄茨木駅へ急いでいた。

いつものことながら、サラリーマンの朝の出勤は憂鬱《ゆううつ》である。ラッシュに一時間近くもまれてはるかなる職場へ行っても、何の変わりばえもしない仕事が待っているだけだ。彼の勤め先は天王寺《てんのうじ》区の自動車会社なので、大阪駅から地下鉄に乗り換えなければならない。

彼が給料からせっせと貯めたかねで、ここに建売りを買ったころは、まだ周囲に十分に田や畑や緑が残されていたが、最近は、エネルギッシュにふえる住宅によってだいぶ蚕食されてしまった。

彼自身の建売り住宅も、その緑を蚕食して建てられたものだから文句は言えないが、この調子で家がふえたら、いまに日本中から、緑がなくなってしまうような不安を覚える。そういえば、今年の桜の花は、いつ咲いたのか、ほとんど印象に残っていないようだ。

井手の家から駅前の通りに出るまでのあいだ、小さな溝川《どぶがわ》に沿って歩く。メタンガスと孑孑《ぼうふら》の温床になっている汚ない川だが、細々ながら水の流れがある。子供の落ちる危険性があるので、人家が両側に迫った個所は、市がコンクリートの蓋《ふた》をしたが、人家が切れたところは、〝開放〟されたままだった。

一度、井手は酔って帰ったとき、そこへ落ち込んだことがあった。意外に深く、ヘドロの匂いがからだにしみついたようになかなか脱《ぬ》けないで弱ったものである。妻からもひどく文句を言われた。それ以来、夜はなるべくその道は通らないようにしているが、駅へほんの少々近道になるので、朝だけ利用している。

それに朝ならば、まさか溝へ落ちることもないだろうとおもった。

(たしかこのへんだったな)

彼はいつも、落ちたあたりに来ると、溝のほうへ視線が行くのが、習性になってしまった。

「おや?」

何気なく向けた視線が、固定した。ヘドロの中に人間がうつ伏せに長々と横たわっていたからである。

その人間は黒っぽい背広を着ているためにとくに注意して見なければ、ヘドロの色に吸収されて、見分けにくかった。

(何や朝から〝先客〟か?)と井手はいったんおもいかけたが、その人間の、顔を泥の中に埋めている姿勢に愕然《がくぜん》となった。酔って落ちたにしても、そんな姿勢でいたら窒息してしまう。

「もし、あんた！　もし」

　井手は何回か呼びかけたが、ピクリとも動かない。ひとの好《よ》い井手は、事態の容易ならないのを知って、汚れるのもかまわず、溝の中へ飛びこんだ。

　抱きおこしてみて、完全に絶息しているのがわかった。

「酔っぱらいですか？」

　あとから同じ道をやって来たらしい通勤者が声をかけた。

「大変だ、死人や、警察へ知らせてください」

　井手の言葉に、あとから来た弥次馬《やじうま》気分の通行人は顔色を変えた。

　茨木署は、そこから目と鼻の距離にあった。急報によって駆けつけて来た宿直の刑事は、死者の血のこびりついた後頭部や、暗紫赤色に脹《ふく》れ上がった顔と、その首すじに明らかに残る絞めた痕《あと》を認めて、多少残っていた眠気を完全に吹き飛ばされた。

　改めて府警本部にも急報され、捜査一課の刑事や現場鑑識の係員が押っ取り刀で駆けつけて来た。

　静かな朝の住宅街は、にわかにものものしい雰囲気に包まれてしまった。

　死者は、年齢三十前後、筋骨型で絞殺による苦悶《くもん》と、水中に放置されたために人相はかなり変わっているが、彫りの深い造作をもつかなりの男前と見られた。

　名刺、定期入れ、背広のネーム等の死者の身元を示すいっさいのものが剝《は》ぎ取られているために、身元の割出しには時間がかかりそうだった。

ポケットには、二万六千円ほどはいっている革の財布、パーカーの万年筆、ハンカチ等の身の回り品が残されていた。犯人は死者の身元を示すものだけを、抜き取ったらしい。

現場は、茨木市下中城町《しもちゅうじょうまち》の一角で、幅二メートルほどの堀割りの中である。もともと畑だったところに民家が進出して来た地域で、民家と畑が不規則に入りまじっている。駅への近道にあたるため、電車があるあいだは、かなりの人通りがあるが、終電から始発までのあいだは、ぱったりと人影が絶えてしまう。

（どこか他所《よそ》で殺して、ここまで運んで来たのかもしれない）

所轄署の老刑事波戸《はと》はおもった。しかし彼は本部から来た若い連中の手前、自分の考えをすぐに表明することは避けた。

本部に遠慮したのではなく、殺人事件の捜査の場合、あまり早急に自分の判断やカンを表明しないほうがよいことを、多年の経験から知っていたからである。

ほんの何気ない一言が、若い刑事に先入観をもたせて、捜査を誤った方向へ導くことがあるのだ。

現場は幅三メートルぐらいの道が堀割りに沿って走り、十分車がはいることができる。しかしここ数日の好天気で道は乾ききっており、タイヤの痕などはわからない。

死体は検視のあと、解剖に付されることになった。

同時に警察庁および各府県警の鑑識に指紋による身元照合と、捜査願いの出されている家出人などの照会が行なわれた。これによって死者の身元は、意外に早く割れることになった。

午後解剖の結果が出た。それによると死因は、索条《ひも》を首にまわして頸部《けいぶ》圧迫による窒息。いわゆる絞殺である。輪状軟骨に骨折が認められる。なお後頭部に鈍器で撲《なぐ》ったような陥没があるので、犯人は第一撃をそこに加えたのち、とどめのつもりで喉《のど》を絞めたと推定された。死亡時間は前夜、すなわち十九日の午後九時から十二時までのあいだと推定された。死体が水中に放置された時間も、きわめて短く、死体がまだ新鮮であったため、この推定時間には、まずまちがいないと執刀医は自信のほどを示した。

垂直の死角

1

木暮雄市は、大沢が殺されたというニュースを聞いたとき、なぜか心の芯《しん》のほうから湧き上がって来る慄《ふる》えを覚えた。

それでいて「やっぱり」という、不吉な予感が当ったったような気もするのである。彼はべつにはっきりと大沢の死を予感したわけではない。それは漠然とした不安感といってもよかったかもしれない。

それではどうしてそんな不安を感じたのか？　大沢秀博は、イハラホテルで将来を約束されたエリートである。何の不安もあろうはずはなかった。

しかし現実に木暮は、それを感じていた。そして彼の死が他人事《ひとごと》に見えないのである。自分の〝スポンサー〟である彼の不慮の死を悼んでのことではない。彼の死が、そのまま自分のそれにつながるような気がしてならなかったのだ。それが木暮を慄えさせたのである。

（そんな馬鹿な！　大沢さんが死んだからといって、自分には何の関係もないはずだ）

木暮は、自分の原因のない恐怖を打ち消した。しかしそれは打ち消そうとすればするほどつのってきた。

「あなたこのごろおかしいわ。会社で何かあったの？」

と妻に問いつめられるほど、彼は大沢の死によって取り乱していた。

「何でもない」

と言うそばから、目は焦点を失って、自分だけのおもいに沈んでしまう。会社でもミスが多くなって、課長からは注意されるし、部下からは軽蔑《けいべつ》したような目を向けられる。

「きっと私のほかにいい女《ひと》でもできたんでしょ」

とついに妻にあらぬ疑いをかけられてしまった。

「馬鹿！　そんなんじゃない」

とどなりつけると、妻の猜疑《さいぎ》に満ちた目は、ますますとげとげしいものになってくる。夫婦仲は、大沢が死んでから険悪なものになってしまった。

（いったいこの恐怖感は、何に原因するものなのだろう？）

とうとう耐えきれなくなった木暮は、自分の心の底にわだかまるものを徹底的につきつめてみようとおもった。

もともとものごとを考えることは、苦手である。ホテルマンの仕事なんて、およそ散文的で、客の顔色さえ見ていれば勤まる。木暮の場合は、直接客に応接しないバックなので、客の代わりに上役の顔色を見ることで明け暮れする。

その彼が、初めて本格的に腰を据えて、事物を分析してみようとおもい立ったのは、この不安の原因を突き止めたかったからである。

——自分は、大沢と社長夫人の関係を偶然覗《のぞ》き見てしまった。

(本当の意味の現場ではないが、まず彼らがあのホテルで不倫の情事に耽《ふけ》っていたことはたしかだ)

——そのことは、今度の事件に関係がないだろうか？

木暮は、分析のきっかけを、一週間ほど前垣間《かいま》見た大沢と社長夫人の〝怪しい状況〟に置いた。

(関係ないどころか、大いにある)

——もし社長がこの事実を知ったなら、カンカンになって怒るだろう。妻を愛していれば、妻を盗んだ男を激しく憎むはずだ。しかも盗んだ相手が、いままで自分が特別に目をかけてやった秘書だとわかれば、その憎しみは、いっそう激しいものになるにちがいない。

(これは警察のいう〝動機〟というやつにならないか？)

——なる。大いになる。

(しかしその動機が、自分の恐怖感にどうつながるのだ？)

ここで木暮の自問自答は一時切れた。思考が途切れたからである。ものを考える習慣のない人間には、一つのことに長く考えを集中するということは、骨の折れる作業だった。

中断されて自由になった思考は、連想へと飛んだ。

——女房にうらぎられたくらいで、男がひとを殺すか？

（それはその人間が、どのくらい女房を可愛がっているか、その度合いによるだろうな）

——しかし社長夫妻は、親の都合で無理やりに結婚させられたために、あまり仲がよくないというもっぱらの噂だ。

ぼんやりした連想は、とりとめがないが、心のしこりにいつのまにか到達するといわれる。その自由連想の効果かどうかわからないが、木暮は、ふと過去のあることをおもいだした。

いままでは、深く考えてもみなかったことだが、大沢が死んだいま、そのことが網膜に映った強い光の残像のようにくっきりと浮かび上がってくる。

彼は、大沢からホテルがオープンする前夜、あることを頼まれた。

頼まれたというより、そのときは業務上の命令として聞いた。なぜそんなことをするのか、軽い疑問すらもたなかった。

それは事実、木暮の職務として日ごろよくやっていることであった。その直後ソレンセンが何者かによって突き落とされて死んだのだ。そのときも木暮は、大沢から命じられたことと、事件とを結びつけて考えようとはしなかった。

軽い疑念を抱いたのは、大沢からそのことに関して口止めをされたからである。それも、

「よけいな疑惑を招きたくないから、あのことは黙っていてくれ」

という大沢の頼みに、あのことは事件とはまったく無関係なのだろうとすぐ思いなおしたのである。

木暮に課長代理の内意がおりたのは、それからまもなくだった。この昇進に大沢が大いに動いてくれたことがわかった。

スポンサーのために、木暮は忠実にそのリクエストを守った。守ったというよりも、忘れていた。

しかしそのスポンサーが殺され、しかも彼が、あの夜あることを木暮に頼んだ直後に、やはり殺人事件が発生したとなると、いやでもその関連を考えざるを得ない。

(大沢があの夜自分に頼んだあることは、ソレンセンが死んだことに何か関係があるのではないだろうか？)

——関係があるとすれば、大沢はソレンセン事件に関係している。

(大沢はそのために殺されたのではないだろうか？)

いままで視界を遮っていた霧が、一気に晴れた。だが木暮は、目の前に開いた新しい展望に、慄え上がらなければならなかった。

（大沢がソレンセン事件に関係しているために消されたとすれば、大沢を通じてあの事件に間接的に関係している自分はどうなるか？　犯人にとって大沢は危険な存在になった。だから消した。すると大沢が自分に命じたあることは犯人にとってどんな意味があるか？　もしそれに犯人に危険な要素があれば、それをなした自分も、大沢同様に……？）

木暮は、大沢の死を知ったときの慄えの原因を突き止めた。それは故もない恐怖や不安ではなかった。根拠があったのである。

（自分はいままであのことの意味を知らなかった。いまでもよくわからない。ただあのことがソレンセン事件に何らかの関係をもっているらしいという推測をいま得た。もし犯人が、その推測を自分が得たということを知ったなら、自分の抹殺をはかるかもしれない）

——しかしそれにしても、犯人はだれか？

——その問いに対して、木暮の心に浮かび上がる人間が一人いた。

彼はさんざん迷った末に、自分が大沢から頼まれたあることを、捜査本部に打ち明けることにしたのである。

消されてからでは遅い。それに自分に口止めをした大沢もすでにいない。

2

木暮雄市がもたらした二つの新たな証言は、捜査本部に大きな展開を与えた。

とくにその中の一つが、ソレンセン事件の不可解な状況を解明するきっかけを与えたのである。

「何だって、それは本当か⁉」

最初、木暮の証言を聞いたとき、那須は目を剝《む》いた。

「どうしてそれを早く言ってくれなかったのですか」

彼に嚙《か》みつくように言われた木暮は、おどおどしながら、

「とくに事件に関係あることとはおもいませんでしたので」

「その直後に、同じ場所へ人間が落ちて来てもですか？」

「同じ場所だからといって、そのときは関係があるとはおもわなかったのです」

「関係があるかないかは、われわれが判断する！」

那須はどなった。もう少し早く木暮が、この証言を提供してくれれば、事件はもっと別の進展を示したはずである。

那須はせっかくの協力者に憎悪を覚えたほどだった。

直ちに会議が開かれた。

「驚くべき新しい事実がわかった」

那須が木暮証言を披露すると、一同にどよめきがおこった。

「この新しいデータが、事件にどのように影響するとおもう？」

那須はくぼんだよく光る目で捜査員の顔を見わたした。すでに彼は彼なりの解答をもっている顔であった。会議を開いたのは、自分の考えに妥当性があるかどうか諮る目的もある。

「すると、ソレンセンが落ちる直前の六時四十分ごろ、木暮に大沢から電話がはいって、ハネムーンベッドから納入された未検収のベッドソファを積んだトラックを、雑品倉庫の横へまわせと命ぜられたというのですね」

山路が、証言の意味をよく咀嚼《そしゃく》するためにくりかえした。

「そうだ。それはその日の検収のために運ばれて来たものだが、検収係の手が足りなかったために、翌日の検収へ繰り越されてトラックへ積まれたまま検収庫の中へ駐《と》めておかれたそうだ」

「そいつを大沢は、ソレンセンが落ちた池の前に、つまり１６１７号室の真下へもって来るように木暮に指示したんですね」

「そうだ」

「しかし、われわれが駆けつけたときは、そんな車はすでになかった」

「だれかがかたづけた。だれがかたづけたか？　そしてその車のもつ意味をみなで考えてみてくれ」

「ベッドソファはトラックの荷台に山積みしてあったのですね」

河西が口を開いた。那須は無言でうなずいた。

「それはクッションになりますね」

「もしかしたら……」

何人かが同時に口を開いた。彼らはようやく現場の不可解な状況を解明する糸口をつかんだようであった。

「ちょっと待ってくれ、だれかが十六階からソファの上へ飛び降りたと考えているらしいが、ソレンセンは現に死んでいるんだぜ」

山路が異議をはさんだ。たしかにソレンセンの死体がそこにあるかぎり、危険を冒して飛び降りることは無意味なのだ。

「なぜベッドソファを、ソレンセンが落ちる直前に現場へ運ばせたか、私はこれには必ず何かの意味があるとおもいます」

「いったいどんな意味があるのか？」

河西の言葉につづけて、草場が、

「その前に、ソファをクッションに利用したと仮定して、だれかが飛び降りたとしたら、いったいどんな利益があるか考えてみてはどうかな」

「うん、読めてきたよ」

今度は横渡が梅干のように小さくまとまった顔を上げた。全員の視線が彼に集まる。

「かりにだれかが十六階からクッションの上へ飛び降りる。なぜそんな危険なまねをしたのか？　もちろんその目的はただ一つ、そのときソレンセンが落ちたと見せかけるためだ。目撃者もひとが落ちたのを見ただけで、ソレンセンが落ちたとは確認していない。ということは、そのとき落ちたのは、ソレンセンではない。しかしなぜそんなことをしたのか？」

「私にもわかってきました」

林刑事が横渡のあとを引き継いだ。

「ソレンセンを突き落とした人間にアリバイをつくってやるためでしょう」

「どうやらみんなにも読めてきたようだな」

那須はわが意を得たという表情になった。捜査員たちの意見は、彼の推理と一致したようである。

「木暮がソファを積んだトラックを現場へ移動してきたのは、ソレンセンが落ちる直前だった。しかしそれは直後かもしれないのだ。だれかがソレンセンを突き落とした。犯人は突き落としたあとで、現場から逃走してしまう。それから少したってから、共犯者が衆人環視の中で飛び降りて見せる。建物基部に置かれたクッションは、目撃者には見えない。目撃者は、当然そのときにソレンセンが落ちたと考える。しかも彼が落ちたところは、池の中で、血液の凝固状態などから、精密な死亡時間を割り出せなくなっている。それでは犯人の代わりに飛び降りたのは、だれか？　この場合、それに当てはまるのは一人しかいない」

那須が見まわすと、一同の目は、明らかにそれを知っている表情を伝えた。

「そうだ、大沢秀博だ。彼はあのとき、現場から出た姿をだれにも認められていないのにもかかわらず、そこにいなかった。われわれも、ホテルのステーションの連中も、彼がだれも見ていないときに下に降りて行ったのだろうとおもっていた。しかし彼はみんなに見られながら降りていったのだ。飛び降り役をやったのが彼にちがいない。彼は学生時代、山岳部のリーダーをつとめたというから、高所にはなれていただろう。その他のスポーツも万能だったそうだから運動神経も発達していたにちがいない。彼が犯人を庇《かば》うために飛び降りたのだ。ベッドを積んだトラックは、大沢が飛び降りたあとで、元へ戻したのだろう」

那須の推測の言葉が、しだいに断定調になってきた。それだけ彼の自信のほどが示された。

「ベッドのソファぐらいで、十六階から飛び降りた人間のものすごい加速度を緩衝できるでしょうか？」

村田が疑問をだした。

「何枚も重ねれば、できると思う。それに地形の関係で実際の高度差は八階だ。しかしこれは確かめてみよう」

「ソレンセンが落ちたのはどうして、気づかれなかったのでしょうか？」

村田の疑問はつづいた。

「おそらくホテルの壁面に光の十字架が点じられる前だったからだろうな。元来あの側《サイド》は、ホテルの裏側にあたり、ふだんはあまりひとは注意しない。それに注意していても、あの夜、月は出ておらず、付近にネオンもないから、人間が落ちたとはわからないだろう」

「しかしそれにしても、大都会のまん中の高層ビルの壁面です。そこからひとを突き落とそうとするからには、かなり大勢の人間の目を意識しなければなりません。犯人は大沢に危険な〝代役〟までやらせて犯罪を隠蔽《いんぺい》するくらいなら、最初からもっと安全な犯行手段を選べたとおもいます。

それからもう一つ、大沢が代役をかって飛び降りたとしても、彼がだれかに突き落とされたらしい状況が何人かの目撃者によって認められているのです。いったいだれが大沢を突き落としたのか？　共犯者の芝居か、もしそうだとすれば、なぜそんな芝居をする必要があったのか？　その共犯者はどこへ消えたのか？　ソレンセンの部屋へステーションの主任が駆けつけたときはだれもいなかったのです。大沢が犯人を庇うためにスタンドインをつとめたのであれば、飛び降り自殺を偽装すべきだとおもうのですが」

「そいつはおれにもいまのところはわからない。いまの村田の疑問に答えられる者はいるかな」

那須は捜査員たちに応援を求めたが、答える者はいなかった。

村田の疑問は保留するとしても、現場の密閉状況は打破されたのである。残る一つの、

そして最大の問題は、すなわち、

「犯人はだれか？」ということだった。

木暮がもたらしたもう一つの証言も、捜査本部を喜ばせるものだった。猪原夫人と大沢のあいだに不倫の関係の存在を推定できても、その現場をおさえられなかった本部は、早速、目黒区にある問題のホテルをあたったところ、たしかに彼らが月二回ほどのわりあいで〝休憩〟したという事実を得たのである。

もし猪原がこの事実を知っていたならば、当然、大沢に対して動機をもつことになる。その動機にソレンセン殺しの共犯者の抹殺という動機が重なった？　と見られないこともない。ソレンセンに関してはいままでの捜査でわかったとおり、ビジネスのうえの軋轢《あつれき》による殺人としては、無理があった。

動機が弱いというよりも、ソレンセンを殺す意味があまりないのだ。

が、ともかく木暮の証言によって、猪原杏平のソレンセン事件におけるアリバイはないことになった。ソレンセンが落ちたのが、六時五十分よりも前（おそらく光の十字架が点じられる六時三十分より前）ということになれば、六時五十分ごろ、向かいのビルのレストランにいたということは、少しもアリバイにならない。

自分でソレンセンを突き落としてから、〈ボングー〉へ行って、すました顔でレセプションに出席することができる。ホテルから〈ボングー〉まで精々十分もあればよい。

こうなってくると、むしろアリバイのあった人間のほうが怪しくなってくる。

しかし那須警部は慎重だった。

「猪原社長は、大沢殺しに関しては動機がある。しかし、いまのところいちおうアリバイがある。大阪で大沢の死体が発見された朝、猪原は東京にいたのだからな。ソレンセン殺しでは、アリバイはなくなったが、動機が曖昧《あいまい》だ。しかも事件の鍵《かぎ》を握ると目される大沢が消されてしまったので、猪原をソレンセン殺しの犯人に擬するのは無理だ。木暮にクッションを置かせた命令も、大沢からであって、それが猪原の意志から出たものかはっきりしない。当面、茨木署と協力して大沢殺しのアリバイを徹底的に洗う以外にないな」

那須は結論を出した。

深夜の空白

1

動機が濃厚だったので、直接猪原自身にアリバイの有無が聞かれた。この際、相手の社会的地位の考慮などはしていられなかった。

もしかすれば、連続殺人事件になるかもしれないのである。しかし、いちおう相手の立場を考えて、那須自身が取調べにあたった。

任意の形で捜査本部へ出頭を求めると、猪原は気軽にやって来た。今度の事件での、自分の微妙な立場を十分承知している顔であった。

「率直におうかがいしますが、われわれはあなたの奥さんと大沢さんに不倫の関係があったものとにらんでおります。あなたはそのことをご存知でしたか?」

「もし私が知っていたとすれば、大沢君に対して、いわゆる動機があるということになりますね」

猪原は悪びれずに那須の顔を正面から覗《のぞ》きこんだ。日本人にしては彫りの深い面立ちは、いかにもサラブレッドらしく端整そのものである。知的ではあるが、表情に乏しい。

しかしそれはこのような場面においては、内部の感情を隠すのに役立った。

「よろしいでしょう、隠してもはじまらない。決定的な証拠はつかんではおりませんが、彼らのあいだに不倫の関係があることは、察しておりました」

猪原は他人事《ひとごと》のように淡々と語った。

「どうして察したのですか？」

「時折用事があって家に電話すると、家内の留守のことがありました。そんなときふと、大沢の姿が見えないことに気がつきました。最初のうちは偶然かとおもっていたのですが、何度か同じことが重なるうちに、これは偶然ではないとおもうようになったのです。それからは意識して注意していると、二人はいつも同時に行方を二、三時間晦《くら》ますことがわかりました」

猪原は、警察の推測と同じことを言った。

「証拠をおさえていないというのは？」

「何度か腕ききの私立探偵に尾行させたのですが、きまって撒《ま》かれてしまうのです。尾《つ》けられていることを知っているのですな」

那須には、大沢や彩子の尾行に対する異常なばかりの警戒が初めてのみこめた。あれは、猪原のつけた尾行者に鍛えられていたのだ。

「しかし何かのレセプションやパーティで彼らが顔を合わせる機会は、少なくありませんでした。そんなときの彼らの表情は、明らかに不倫の存在を物語っていましたよ。どんなにうまくやっているつもりでも、肉体関係のある男女は、態度に現われてしまいます。しかも彼らは私が知っているということを知らないで、私の哀れな男ぶりを嘲笑《あざわら》いながら、二人だけに通じる微妙な合図を送り合っていましたよ。かえって私に冷静に観察されているとも知らずに」

「さぞや憎かったでしょうな」

「勘ちがいしないでください。妻とは政略結婚で、いずれ協議のうえ離婚するつもりでした。ですから、大沢と通じていると知って、離婚の理由ができて、私はむしろ彼に感謝したいくらいでした。はは、しかしこれは警察に対しては通りませんな。私はやはり腹心の部下に妻を奪われたコキュで、その部下を殺したいほど憎んでいた。――とおもわれる」

「残念ながらそのとおりです。大沢さんが殺されたいま、われわれとしてはやはりあなたは動機を保有すると見ないわけにはまいりません。それで……」

「アリバイというわけですか」

「これはものわかりが早いですな。一つご協力してください。動機のない方でも、事件に多少なりとも関係のある方には、すべておうかがいしていることです」

「動機動機とおっしゃいますが、私は犯人ではありませんよ。もし犯人だったら、家内と大沢の関係に気がついていたなどと言うはずがないじゃありませんか」

「とにかく、四月十九日午後九時から十二時までのあいだ、どちらにいらっしゃったかうかがいましょうか」

那須は一直線に追及した。こんなときの彼は、仏像のように無表情でありながら、一種の凄味《すごみ》を帯びてくる。

2

「家内をめぐるからみ合いから、当然そのことは聞かれるとおもっておりました。その夜は八時から一時間ほど行きつけの銀座のバーで飲んで、麴町《こうじまち》に買ったマンションへ帰って寝てしまいましたよ」

「そのバーとマンションの名前は？」

「バーは〈ローレル〉、並木通りのスターライトビルというビルの五階にあります。マンションは〈麴町ハイム〉、セカンドハウスのつもりで最近買ったのです」

「証人はおりますか？」

「〈ローレル〉のマダムが覚えていてくれるとおもいます。しかし〈麴町ハイム〉のほうは、フロントへ寄らずにまっすぐ部屋へ通りましたから、証人といわれても困りますなあ」

「フロントとは？」

「ああ、〈麴町ハイム〉は、ホテル形式になっておりまして、フロントでキーの受け渡しをするのです。私はキーを持ってきていたので、フロントへ寄らなかったんですよ」

「そのまま朝まで、その麴町何とかとやらにおられたのですか？」

「いえ、一眠りしたら目がさえてしまったので、時折行ったことのある青山の終夜営業のボーリング場〈セントラル・ボールズ〉へ行って、スリーゲームほどやってきました。いやさんざんな成績でしてね」

「それは何時ごろのことですか？」

那須はボーリングの成績なんか興味ないといった表情でひたすらに追及した。

「ちょっと、たばこを喫《す》わせてください」

猪原は、ポケットから細巻きの葉巻を取りだした。葉巻用の太軸のマッチでゆっくりと火をつける。

これで猪原は那須の気をはずしたつもりだった。火をつけ終わってから、那須にもすすめると、

「いやけっこうです。自分のを喫いますから」

と、最近使いはじめたダンヒルのブライアー・パイプを取り出して、船来銘柄のミクスチュアーを詰めた。

猪原はちょっと目を見張った。刑事といえば、薄給で底のすりへった靴を履いて、新《しん》生《せい》やいこいを喫っているものとおもいこんでいた猪原は、那須がいかにも堂に入った態度で高級パイプをふかしはじめたものだから、意表をつかれたような気がしたのである。

那須の趣味はなかなかハイブラウである。捜査報告書しか読まないような無表情をしていながら、ムーディなフレンチサウンドの大ファンだと知ったら、猪原はもっと驚い

たであろう。

ともあれ、せっかく那須の鋭気をそらせたつもりだったが、このちょっとしたやりとりでまた彼のペースに乗せられてしまったようなぐあいになった。

取調べにおける、取調官と被取調人のあいだのイニシアティヴは、このようなほんのちょっとした気合《きっかけ》によって握られたり、逆転したりする。

「さっきの質問に答えていただけませんか」

那須は紫煙を美味《うま》そうにふかすと、聞いた。

「たしか四時ごろでした」

「朝の四時？　これはまたずいぶんお早いことですな」

閉じているのか開いているのかわからなかったような那須の目が鋭く光った。

「もともと朝は早いほうでして、早朝ゴルフや早朝ボーリングにはよく出かけております」

「なるほど」

那須はまた元の無表情に戻ってうなずいた。彼は、この午前四時という半端な時間の意味を考えていた。

大沢の死体が大阪の茨木で発見されたのが午前七時、解剖によって死亡推定時刻は前夜九時から十二時のあいだとされた。

まだうらづけは取っていないが、猪原の申し立てが真実であるとすれば、彼は同じ夜の九時までは銀座のバーにいた。そして翌朝四時に青山のボーリング場へ姿を現わした。

この間七時間、東名《とうめい》と名神《めいしん》を休まずに吹っ飛ばしても、東京―大阪を往復することは無理である。

東京で殺したにしても、大阪まで死体を運ぶことはできない。

――しかしこの七時間という空白は、どうにも焦臭《きなくさ》い。

と那須はおもった。

が、ともあれ、猪原の申し立てのウラを取らないことには、それから先へ進むことができなくなった。

「ボーリング場では、だれかに会いましたか」

「たぶんフロントの人間が覚えているでしょう。顔なじみになっておりますから」

「わかりました。今日のところはこれまででけっこうです。またいずれご足労願うか、こちらから出かけるなりして、おたずねしなければならないことができるとおもいますが、その節はよろしく」

「喜んで。私にできることなら、何なりとご協力いたしましょう。いつまでも宙ぶらりんに置かれるのはいやですからね、はは」

猪原は鷹揚《おうよう》に笑って立ち上がった。那須はその笑いの底に猪原の自信のようなものを感じた。

――この捜査は長びくかもしれない。

那須はいやな予感を覚えた。

3

猪原の供述のウラはすぐに取られた。その結果、彼の言ったことは嘘ではなかったことがたしかめられた。

〈ローレル〉のマダムとホステス二人および〈セントラル・ボールズ〉の従業員数名が、たしかに彼がその時間に姿を現わしたことを証言した。

バーは七時五十分ごろ来て、九時少し前まで。ボーリング場のほうは四時ごろ現われて、六時ごろまでいたことがたしかめられた。

「どうしてそんなに正確な時間がわかるのだ？」

と聞いた刑事に対して、

「社長さんは、このごろ時計が狂いやすくなったとかで、時間を時々聞いたからです」

と彼らは答えた。これは怪しい状況の一つになった。

なお、猪原が九時から四時まで眠ったという、麴町のハイムのほうには、だれも一人として彼の姿を見た者はいない。つまりこの七時間は、まったくの空白になっていた。

捜査本部としては、この空白を見すごしにはできなかった。

妻と通じていた秘書が殺された夜に、その夫であり社長である男が、七時間も不明になっている。本部にとっては、実に〝魅力ある空白〟といえた。

しかしそれを真に魅力的なものにするためには、越えなければならない時間の壁があった。

大沢が東京、大阪のいずれか、あるいはその途中のどこかで殺されたとしても、大阪まで往復する時間が必要である。

東名と名神を制限速度で走りづめに走って、東京から大阪まで七時間はかかる。休まずに走るということは、事実上ほとんど不可能であるうえ、これは片道の所要時間である。

高性能のスポーツカーで飛ばせば、五時間ぐらいに短縮できるが、交通機動隊《パトロール》にすぐにつかまってしまう。うまいことパトロールを撒《ま》けたとしても、七時間の往復は無理だった。

当然、空路の利用が考えられた。まず日本航空のフライト時間がチェックされたが、これは東京発大阪行最終便が午後九時、大阪発東京行の〝始発〟が午前七時三十分であることがわかってはずされた。

次にローカル航空があたられたが、国内航空に東京発二十三時、大阪着零時五十五分という便《フライト》があった。これだったら、銀座のバーで九時まで飲んでいても、悠々乗りこむことができる。

しかし被害者の死亡推定時刻は、午後九時から十二時までのあいだである。猪原が犯人だとすれば、東京で殺して、大阪まで死体を運ばなければならない。

飛行機にそんな危険な〝荷物〟をもちこめないことはもちろん、銀座のバーに九時までいて、それから人間一人を殺して、十一時の飛行機に乗りこむというのは、時間的には可能性がないでもないが、現実に果たして可能であろうか？

さらにこの便で大阪へ行っても、帰りの便がなかった。大阪発の始発は午前五時で、東京着は六時二十分である。

猪原は午前四時にはすでに青山のボーリング場へ姿を現わしていたのだ。

「帰路だけ自動車を使ったのではないか？」という疑いが出されたが、死体を飛行機で大阪へ運ぶことはまったく不可能であった。

念のために、国内航空の予約と、四月二十日の当該便に乗務した客室乗組員《キャビンクルウ》にあたったが、猪原の記録も足跡も発見されなかった。

その便の乗客は、すべて身元がはっきりしており、猪原と関係のある者は、一人もいなかったのである。

空路が打ち消されてみると、共犯のセンを考えざるを得なくなった。

しかしこれには理論的な難点《ネック》があった。猪原を犯人と仮定した場合、彼の動機は、妻を盗まれた恨みのほかに、ソレンセン殺しの鍵《かぎ》を握ると目される大沢を抹殺した状況が強いのだ。

ソレンセン殺しの犯行を隠蔽《いんぺい》するための、大沢の排除に、新たな共犯を使うというのは、解せなかった。

「しかし、猪原はソレンセン殺しに関係ないかもしれない。そうだとすれば、彼の動機は妻を盗まれた恨みだけになるから、共犯を使う可能性もある」

という意見が出されて、猪原杏平の周辺に共犯者を求めて、従来以上に捜査陣の厳しい視線が注がれていったのである。

空間の盲点

1

五月晴れの空が、目にまぶしかった。非常に優勢な高気圧が、本州上空をすっぽりおおっているので、全国的な好天に恵まれている。

まだ朝の八時というのに、もう飛び立って行く機が見える。

「絶好の〝有視界日和〟だ」

猪原杏平は、目にしみる青空を見上げてつぶやいた。

——これで少なくとも、これから二時間は、すべてのことから解放される。

と猪原はおもった。空を飛んでいるときだけが、本当の自分を回復できる。事業からも、人間の軋轢《あつれき》からも、そしてうるさく嗅《か》ぎまわる警察からも解放されて、文字どおり〝孤独の空間〟を翔《と》びまわれる。

そのためにも有視界飛行でなければならない。管制から高度や空路の指定を受けずに、どこへでもおもいのままに飛びまわれるのだ。

クラブルームに顔を出してから、気象室へ寄って気象のチェックをする。改めて全国的な好天の確認をした猪原は、はずむ心を抑えてふたたびクラブルームへもどった。

顔見知りのメンバーが、

「お久しぶりですね、今日は名古屋までの単独飛行《ソロ・フライト》ですか」と話しかけた。

「しばらく飛んでないので、ちょっと不安なんですよ」

「猪原社長のような大ベテランが何をおっしゃいますか。私も早く社長のようになりたいとおもってます」

とそのメンバーは真剣な表情をして言った。しかしクラブ員に猪原が言ったことは、嘘ではなく、しばらく操縦桿《そうじゅうかん》を握っていないので、ひさしぶりのソロ・フライトには、興奮と軽い不安を覚えていたのである。

自分の愉《たの》しみとしてだけではなく、二カ月に一度ぐらいは、技量保持のために、どうしても飛ばなければならなかった。

いつもならば妹婿の木本が同乗するのだが、車を運転中、かるい人身事故をおこしたために、目下謹慎中である。

「車と飛行機は関係ないのだから、気晴らしにどうか」と誘ったのだが、本人はその気になれないらしかった。

今日の目標は名古屋である。一直線の飛行は避けて、海岸線に沿ってルートをとるつもりだった。

万一の緊急事態が発生しても、海岸線なら比較的容易に不時着地点を見つけられるからである。

航務課にフライトプランを提出して、駐機場へ向かった。今日の使用機は、パイパーPA28チェロキーである。

軽飛行機業界で老舗《しにせ》をほこるパイパー社の野心的な普及型軽飛行機で、機体構造は徹底して簡易化がはかられている。

近く、猪原が同社から買い入れることになっているパイパー・チェロキー・アローは、これの〝兄貴株〟の機種である。埼玉県の上尾《あげお》のほうに目下造設している自家用滑走路が、できあがると同じころに、アメリカから着くことになっている。

彼は現在、自家用機としてセスナ172をもっているが、ディーラーに定期点検をさせていた。クラブの飛行機を使用《チャーター》するのも、そのためである。

飛行機は整備員によって完全に整備点検されていたが、自分の目でさらにチェックポイントを一つ一つ点検する。

異常なし、燃料は満タン。操縦席にすわって安全ベルトをしめる。ちょうど午前十時だ。

マスター・スイッチを入れて、ブースター・ポンプをオンにする。消火員が消火器を手に待機している。

「コンタクト」と地上員に叫んで、マグネット・スイッチをレフトにして、スターター・ボタンを入れた。

プロペラが回転をはじめ、小きざみな律動が機体を伝って、からだをゆする。

猪原はいつもこの瞬間に性的興奮をおぼえるのであった。

無線で管制塔《タワー》を呼びだして、地上滑走《タクシング》と離陸《テイク・オフ》の許可を求める。滑走路末端で離陸前の最終点検を行なう。

「パイパー離陸してよし《クリアード・フォー・テイク・オフ・オーバー》」

離陸許可が出た。滑走路の中心に機軸を合わせて、猪原はスロットルをいっぱいに入れた。


猪原が自家用機のライセンスを取ったのは、大学時代である。教育も趣味も、結婚すらも、父親が規制したものだったが、これだけは彼が自分の意志で取ったものであった。最初は大した情熱をもってしたことではなかったが、規制の多い地上から逃げ出すつもりではじめたところが、空の魅力にとり憑《つ》かれてしまった。

空を飛んでも、うるさい地上の制約から完全にのがれきることはできない。航空法や管制のさまざまの規制を受けながら、限定された空間を飛ぶわけである。

それでもやはり空は大きかった。飛んでいるあいだは、ひとりになることができた。晴れて静かな空の中にひとり浮かんでいるときでも、彼を取り囲む空間は、すべて死を孕《はら》んでいる。

いま次の瞬間に緊急事態が発生するかもしれない。自分を空中に押し上げているものは、機械の力である。

多くのスポーツが、その主要な部分を自分の肉体で行なうのに対して、航空は、機械に頼ったスポーツである。自分のからだよりも機械を信頼しなければならない。人間よりも機械を信じるということも、猪原の気に入った点であった。

猪原は安定した気流の中に機体を置いたとき、そのまま睡眠薬を服《の》んで眠りこみたいような、ほとんど避けがたい誘惑を覚える。

それは孤独で、よく晴れた空の色のように明るすぎて暗い眠りになることだろう。

ボードレールの詩に、

――心の自由な人は、永遠に海を愛するだろう――というのがあるが、猪原はこれを勝手に、

――心の孤独な人は、永遠に空を愛するだろう――と変改して愛唱していた。

十時二十分平塚《ひらつか》、同三十七分熱海《あたみ》、右手に箱根山群、そのかなたに富士が全容を露《あら》わしている。伊豆半島のつけ根を横断して駿河《するが》湾へ出る。なだらかな白い海岸線を境界に光を砕いたような海と、やや煙霧にけむる地上。

高度六千五百フィート、時速百マイル、風向二百三十度、風速十五ノット、静岡上空で位置通報《ポジション・リポート》、岡崎《おかざき》が視界にはいるころから徐々に高度を下げる。名古屋市街はうすいスモッグにおおわれていた。

やがて小牧《こまき》空港が視野にはいる。タワーに着陸指示を求める。

場周飛行をしつつベース・レグに向かってから、フラップを二十度おろして降下姿勢にセット、ファイナル・レグへ向かって最終旋回、そのままアプローチをつづける。パワーを絞って操縦桿を引く。

主輪が接地した軽いショックが、機体に伝わった。軽くブレーキを踏んで徐々にスピードを落とす。

腕時計を覗《のぞ》くとジャスト十二時、ちょうど二時間の飛行だった。猪原は急に狼になったような空腹を覚えた。

2

猪原杏平が小型自家用機の操縦免許をもっているという聞込みを得たのは、林刑事である。

自家用飛行機というのは、新しい発見だった。旅客機利用のセンが打ち消されてから、小型機やヘリのチャーターはいちおう考えたが、これにはパイロットのほかに整備士や空港関係者等の大勢の共犯がいる。

推理に飛躍があったが、とにかく理論のうえで可能性があるかぎりあたってみようということになって、東京周辺の小型自家用機のメッカ、調布《ちょうふ》飛行場へ聞込みに行った林刑事が、その情報をとらえた。

たしかに自分が操縦できれば、パイロットの共犯はいらない。自分の飛行機ならば、死体を積みこむ（東京で殺したとすれば）ことも、わりあい容易にできそうだ。

本部は林のもたらした情報に色めきたった。

「もしかりに自家用機を操縦したとすれば、空港を使用した記録や、空を飛ぶための、いろいろな法律的な手つづきを取ったあとが残されているかもしれない」

ということになって刑事たちは、運輸省の航空局をはじめ、調布や東京周辺の軽飛行機が発着する飛行場を手分けしてあたった。

パイロットは飛行計画《フライトプラン》を空港事務所を通して、運輸省に提出することを法的に義務づけられている。

このフライトプランには、飛行機の無線呼出符号、飛行方式、出発飛行場と目的飛行場、飛行経路、時間などが記入されてある。

しかし問題の四月二十日（十九日の夜もふくめて）には、猪原からフライトプランは提出されていなかった。

猪原杏平は東京の調布空港内に所在するイーグル・フライングクラブの古参メンバーで、大学在学中に自家用操縦士の航空免状《ライセンス》と単独飛行に必要な三等航空通信士の資格と計器飛行証明を取得していた。

東京周辺には、羽田をはじめ運輸省や自衛隊、米軍、民間の管理する大小飛行場が、十数個所ある。

しかしこれらいずれの空港も、猪原が使用した形跡はなかった。軍関係の飛行場を民間機が使用することはできないし、緊急事態の発生によって使用すれば、すぐにわかる。自衛隊所管の飛行場は、使用願いを出して許可された場合にだけ使用できる。猪原はそんな申請はしていなかった。

一方、着陸した場所として考えられるのは、大阪の八尾《やお》飛行場であった。しかし茨木署の捜査本部が調べたところ、猪原の記録は発見できなかった。


調布空港に本拠をもつイーグル・フライングクラブを当たったのは、横渡と林のコンビである。同クラブは昭和三十一年に航空スポーツ愛好者が集まって発足したもので、会員数は少ないが、マン・ツー・マン方式のキメの細かい指導で定評があった。クラブ員の数に比べて機材が多く、練習がやりやすいというメリットがある。クラブ員にはわりあい経済力の豊かな者が多かった。

「フライトプランを出さずに飛行するということはできますか？」

クラブの事務室で、横渡は理事の肩書がある小森《こもり》という男に聞いた。

「それはできません。航空法で義務づけられていますからね」

小森は言下に言った。

「しかしそれはあくまでも法的な規制であって、違法を覚悟でやったらできるんじゃないですか？」

「そんな乱暴なことをやったひとの話は、聞いたことがありませんね。だいいちプランを提出せずにいきなり飛んだら、まずレーダーに正体不明の〝飛行物体〟としてとらえられて、自衛隊の戦闘機などから追跡をうけますよ」

小森は呆《あき》れたような顔をした。

「そんなもんですかねえ、この広い空を一機ぐらい無届けで飛んでもわからないような気がしますがね」

「いや空は決して広くありませんよ。航空路というものが一定しており、むちゃくちゃに飛びまわれるわけではありません。コースの途中で、位置の通報もしなければならないし、飛行の方式や方向によって、高度も定められております」

「飛行の方式というと？」

「有視界方式、つまり目で地上の目標を見ながら飛ぶか、あるいは計器飛行方式といって、計器を頼りに飛ぶかということです」

「夜間飛行の場合は、当然計器飛行になりますね」

猪原が飛んだとすれば、午後九時から午前四時までのあいだである。

「夜間にかぎらず、視界が悪ければ計器に頼るほかありません」

そして小森のつけ加えた説明によると、夜間でも地上の灯火や月や星の位置を頼りに飛ぶことができるが、これはきわめて熟練を要し、それに気象状態が悪ければ、これらの目標も見えなくなる。

したがって現用機に最も利用されるのは、地上の電波施設から発信される電波の帯を伝って行く無線航法だということだった。

「それがつまり計器飛行というわけですね」

「そうです」

「計器飛行で地上に気がつかれずに飛ぶということは、無理ですか？」

「絶対に不可能です。所定の位置通報点《ポジション・リポート》で連絡しなければならないし、地上の管制機関から要求のあったときは、いつでもその位置を通報しなければなりません」

「故意に通報しなかったり、答えなかったら？」

「緊急事態が発生したものとして、大さわぎになりますよ」

「どうでしょう、まったく飛行場や地上の諸施設に知られずに飛ぶ方法はないものでしょうか？」

「ちょっと考えられませんな。VFR、IFR、つまり有視界と計器飛行のことですが、そのいずれにしても、離着陸時に空港の指示を受けなければなりませんからね。まず空港でひっかかりますよ。まあ管制塔のない自家用の飛行場だったら、べつですがね」

「自家用の飛行場？」

横渡は、小森が何気なく言った言葉に目をキラッと光らせた。

「そんな飛行場があるのですか？」

「民間で所有している飛行場はありますよ。たとえば大利根《おおとね》飛行場とか、玉川《たまがわ》読売とかです。しかしこれらは正式には飛行場ではなく、〝場外離着陸場〟と呼ばれていますがね」

「個人で所有している飛行場……いやその場外離着陸場とかいうのはありませんか？」

「そうですね」

小森はちょっと首をかしげた。心当たりがありそうだった。ややあって、

「館林《たてばやし》にOさんというモーレツなヒコーキ野郎がいますが、このひとが開拓農地に簡易舗装をして自家用の飛行場を造りましたよ。いま航空局の認可待ちをしています。この認可がおりれば、個人飛行場のナンバーワンでしょうね。畑の上を手づくりの飛行機で飛んでいますが、これだったら、飛行場は自前ですから自由に離着陸できます」

もし猪原が秘密の自家用飛行場をもっていれば、公的機関に記録を残さずに少なくとも離着陸はできる可能性がでてきた。

ところが刑事の気負いに水をさすように、小森は、

「いや、やはりまったく自由というわけにはいきませんね、未公認の飛行場への離着陸には、その都度、航空局の許可が必要です」

「しかし一度や二度ぐらい内証でやってもわからないでしょう」

「それは……たぶんわからないでしょうね。近所のひとが密告でもしなければ」

近所の人間は、未公認飛行場の持ち主が、使用の都度許可を受けているかどうか知るはずがない。だから密告するはずもなかった。

「しかし、これはその飛行場の周辺だけを飛ぶ場合ですよ。少し遠くへ飛んだり、横断飛行《アウトバウンド》をやれば、必ずわかります」

「アウトバウンドとは？」

「たとえば調布から出て、名古屋の小牧へ降りるというように出発飛行場と目的飛行場が別の場合です。調布から出て、調布へ帰って来るような飛行は、ローカルと呼んでいます」

「たとえばですね、地上のレーダーとか、管制機関のないようなところだけを選んで飛んだとしても、わかりますか？」

「そりゃあ、まあ……レーダーにひっかからないような低空を、主要飛行場や管制を避けて飛べば、地上の目をかすめられるかもしれませんが……」

執拗《しつよう》に食いさがる刑事に、小森はしだいに自信のなさそうな口調になった。

横渡は逆に自信をもってきた。

（この広い空の中へ小型機が一機フラフラと迷い出たところで、地上の管制がそう神経質になるとはおもえない。小森は杓子定規《しゃくしじょうぎ》に考えすぎているのだ）

「ちょっと待ってください。現役のパイロットを呼んで来ます」

小森はついに兜《かぶと》を脱いだ。

3

まもなく小森は、やせて目の鋭い精悍《せいかん》な感じの男を連れて来た。

「うちのクラブのベテラン教官の長井《ながい》君です。飛行の実務のことだったら、何でも聞いてください」

　と刑事たちに紹介した。

「お忙しいところをすみませんね」

　今度は林刑事が質問役にまわった。長井はいかにも現役のパイロットのように歯切れのよい口調で答えた。

「フライトプランは、VFR（有視界）、IFR（計器）にかかわらず必ず提出しなければなりません。ただし、三マイル以内のローカル飛行はその提出を免除されております」

「三マイル以内のローカルを擬装して遠くまで飛んだ場合は、どうですか？」

「降りて来てからおこられるのを覚悟だったらできますね」

「それじゃあ、その覚悟があれば無断で飛び立てますね？」

「しかし飛行場の管制塔《タワー》にひっかかりますよ」

「タワーのない自家用の飛行場だったらどうですか？」

「それだったらできますね」

「どうでしょう、降りる場合のことはいちおう保留して東京付近の自家用飛行場からVFR飛行で大阪あたりまで、地上の管制や公的機関に知られずに飛ぶことができるでしょうか？」

　林は質問の核心にはいった。

「それは十分できます」

長井は小森とはちがった答えをした。林と横渡はおもわず身を乗りだした。

「レーダーなんかにひっかかって、国籍不明の飛行機ということで、自衛隊機から追跡を受けるようなことはありませんか？」

「日本の低空には小型機がうじゃうじゃ飛んでいますからね、レーダーに映ったところでどれがどの機だかわかりゃしませんよ。それに国籍不明機としてとらえられるのは、もっと高空です。だいたいソ連機ですが、彼らの飛ぶルートは、ほぼ一定しています」

「所定の位置通報点で通報しなくともあやしまれませんか？」

「高高度を飛ぶジェット機などは、位置通報を義務づけられておりますが、ＶＦＲで飛ぶ軽飛行機は、通報をしたほうが望ましいといわれているだけで、ほとんどしていないようです。私などもあまりしませんね」

「ＩＦＲの場合は？」

「その場合は必ずします」

「東京から大阪までのあいだでは、位置通報はどこでするのですか？」

「館山《たてやま》・大島・浜松・河和《こうわ》の上空で行ない、この通報は久留米《くるめ》にある東京センターと呼ばれる航空路管制所に集約されると考えてよいでしょう」

「夜間は必ずＩＦＲ飛行ですか？」

「とはかぎりませんね、天気がよくて地上が視認できれば有視界で飛びます。計器飛行というのは、パイロットにその資格が必要ですし、飛行機にそれだけの設備がなければなりません。軽飛行機が計器飛行をするとなると、積雲があろうが、天気が悪かろうが、計器《ラジオ・コンパス》が示すとおりに突っこんで行かなければなりませんから、ほとんどの場合は有視界で、雲や悪天候は避けて飛びますね」

「ところで軽飛行機は正規の飛行場のほかに小学校や、海岸などに降りられますか？」

「必要な着陸距離さえあれば、どこへでも降りられます。ただしその都度、航空局の許可を受けなければなりませんよ」

「ところで、おたくのクラブ員の猪原さんですが、あのひとの腕はどうですか？」

「ウチのメンバーじゃ、トップクラスの腕ききですよ、飛行時間も多いほうでしょう」

「もちろん単独飛行の資格はもっていますね」

長井はうなずいた。

「猪原さんは自家用機をもっていないのですか？」

「たしかセスナをもっていたはずですよ。近く、パイパー・チェロキー・アローを買い入れる予定だと聞きましたが、それが何か？」

長井は、急にうさんくさそうな顔をした。いままでの飛行機に関する一般的な質問が、特定の個人のものに変わったので、不審におもったようである。

「いやべつに、あの方がきわめつけの飛行機フリークだと聞いたものですから」

林はかるくいなして、

「猪原さんは、自家用飛行場はもっていないのですか？　あの方ぐらいの財力があれば、飛行場をもてるとおもうのですがね」

「そう言えば、埼玉県の上尾付近の所有地の一部を滑走路にしようかなどと冗談言ってたことがありましたよ。チェロキー・アローを仕入れれば、自前の飛行場があったほうが便利です。調布の場合は米軍が管理していて、駐機許可《ランデング・パーミッション》を取るのに米国防省《ペンタゴン》まで申請が行きますからね」

「セスナで東京―大阪を往復するのに、どのくらいの時間がかかりますか？」

「セスナにもいろいろな機種がありますが、最も普及型の１５０で、行きが三時間半、帰りが二時間半ぐらいでしょうか」

「行きと帰りで時間が違うのですか？」

「飛行機の場合、常に風を計算に入れなければならないのです。かりに時速百六十キロぐらいで飛んでいて真正面から二十ノット、つまり約四十キロ弱の向かい風を受ければ、速度は百二十キロに減殺《げんさい》されるし、追い風の場合は、逆のことが言えます」

「東京から行く場合は、向かい風になるわけですか」

「地球の自転の関係で常に西風が吹いています。季節によって、ちがってきますがね」

「四月末ごろはどうでしょう」

「三月までは冬の季節風が強いのですが、四月末ならば二十ノットぐらいですか。一ノットは一時間に約一・八キロですから、三十六キロぐらいの風ですね」

「そういう条件をすべて考慮して、東京―大阪をセスナで七時間、いや六時間以内で往復することは可能なわけですね？」

「天候がよければ可能です」

「五時間ではどうでしょう」

林は、飛行場と現場までの往復の時間を差し引いたのだ。

「ちょっときついけれど、腕と機の性能がよければできるとおもいます」

長井のもたらした情報は、猪原のアリバイを崩す曙光《しょこう》を投げかけるものだった。

軽飛行機が自家用飛行場からＶＦＲ方式で飛び立てば、だれにも知られずに飛行できる可能性のあることがわかったのである。

しかも、猪原はセスナをもっており、上尾付近に滑走路になるだけの土地を所有しているらしいのだ。あるいはもう滑走路に造成したかもしれない。

残る一つの壁は、着陸地であった。飛び立つことはできても、着陸できなければ、猪原のアリバイはくずれない。それも記録を残さず、だれにも知られずに、降りなければならないのだ。

「猪原さんが、大阪のほうに自家用飛行場をもっているという話は聞いたことがありませんか？」

「さあ、知りませんね、まあイハラ・グループの御曹子だから、土地ぐらいもっているかもしれませんが、それにしても一人で二つの飛行場をもっているなんてひとは聞いたことがありません」

「大阪周辺の飛行場以外の場所で降りられそうなところを知りませんか」

「着陸距離さえあれば、どこへでも降りられます。そういう場所へ降りたことがないので、ちょっとおもいあたりませんね」

長井から聞くべきことは、おおかた聞きだしたので、二人の刑事は礼を言って彼を解放した。

その後さらに数人のパイロットや、空港関係者に確認して、彼らは本部へ帰って来た。

捜査本部では、横渡と林のもたらした情報にもとづいてさらに調べた結果、猪原杏平が〈スカイホーク〉と呼ばれるセスナ172のデラックス型をもっている事実がわかった。〈スカイホーク〉は150型《シリーズ》よりも一段とレベルアップされており、最大速度二百二十四キロ、巡航速度二百十一キロ、航続距離九百九十キロだから、長井が言った所要時間をもっと短縮できる可能性がある。

さらに猪原は埼玉県上尾市郊外の所有地に長さ六百メートル、幅二十五メートルほどの轍圧《てんあつ》簡易滑走路を造設して、現在東京航空局に認可を申請中であるという事実をつかんだ。未公認ではあっても、十分使用できる〝飛行場〟である。

東京から上尾まで約四十キロ、車で往復一―二時間見ればよいだろう。猪原は、この自家用飛行場から大阪を往復する可能性をもっている。着陸地さえ解決できればのことであるが――。

4

猪原が八尾およびその周辺の空港へ降りていないことはたしかである。

林刑事は、彼が飛行場外のどこかへ降りたのではないかと考えた。それも場外離着陸場として飛行場の体裁を備えているところではなく、小学校の校庭とか、野外の空地のようなところである。

もちろんこのような場所へ離着陸するときも、いちいち航空局に届け出て、その許可を受けなければならない。だが猪原からそんな届けは出されていないから、無断で降りたのにちがいない。

セスナ172の離着陸距離からすると、四百メートルほどの滑走路があればよい。大阪、とくに茨木近辺にそのような空地があるか？

しかし八尾空港へ問い合わせたところ、彼の着想は、手もなく粉砕された。

つまり、小学校の校庭や空地へ、着陸距離さえあれば、降りることはできる。しかし夜間着陸用の照明設備がないというのだ。

飛行場には、その性質から遠距離からその所在を示す飛行場灯台や、飛行場上空に来た飛行機を滑走路へ誘導降下させる進入灯などの各種照明施設があるが、場外へ夜間着陸する場合でも、滑走路の部分を示す進入灯は、絶対に必要であることがわかった。

猪原の場合、着陸したと考えられるのは、午後九時から午前四時までのあいだである。

現場へ往復の時間を差し引けば、その時間帯はさらにせばめられる。

ということは、彼は深夜の着陸を、飛行場の設備をまったくもたない場所へ強行したことになる。

それに問題の四月二十日（十九日夜を含む）は、下弦の月が新月に向かって最も痩《や》せかかっているころであった。月光を頼りの強行着陸というのは、どう考えても無理だった。

しかし飛行機を利用しないかぎり、猪原のアリバイは崩れない。猪原が自家用セスナと自家用機のライセンスを保有し、上尾市郊外に簡易滑走路をもっていることがわかった現在、飛行機のセンをどうしても捨てられないのである。

飛行機だけが、この不可能な犯罪を可能にするものだった。

(小学校の校庭に灯火をたけないものだろうか？)

林は、執拗《しつよう》にその可能性にしがみついた。

しかし、小学校には住込みの用務員がいるだろう。そんな真夜中に校庭に赫々《あかあか》と焚火《たきび》をたかれて、飛行機が轟音《ごうおん》をたてて舞い降りて来たら、どんなによく眠っていても、目を覚ましてしまうにちがいない——。

(とすれば、空地を使ったことになるが、茨木の近くに四百メートル前後の都合のいい空地があるか？)

林は、二万五千分の一の地図を綿密にしらべたが、そんな空地はなさそうだった。地元署や八尾の空港関係者も、おもいあたらないという返事である。

それに、この着想には、地上で灯火を用意する共犯者を要するという最大の難点《ネック》がある。滑走路の所在を示すための灯火だから、長い滑走路に沿っていくつも置かなければならない。

林は、以前映画かテレビで見た夜間不時着のために直線道路の両端に油を撒《ま》いて、それを炎々と燃え上がらせて飛行機を誘導したシーンをおもいだした。

燃やしたあとは、当然消さなければならない。一人や二人でできる作業ではない。現にそのシーンでも、大勢の人間が働いていた。

（道路！）

林は、ふと自分の行き当たった言葉に、愕然《がくぜん》となった。

たしか映画のシーンでは、飛行機が道路の上に降りて来た。アスファルト舗装のされている直線道路だったら、かっこうの滑走路になってくれるはずである。

照明も場所によっては、連続の道路照明がある。東名高速の場合、東京から川崎まで連続照明になっている。道路の両側に一定の間隔をおいて整然と配列されている照明は、上空から見おろすとき、まさに滑走路進入灯のように見えるだろう。

林は、自分のおもいつきに興奮した。しかし、横渡が冷酷に水をかけた。

「なるほど道路とは、おもしろい考えだ。だが道路には車が走っているよ。滑走路になるくらいの道路だったら、道幅も大きいだろうし、車の量も多いだろう。そいつをどうやって止めるのだ？」

「それは……」

　一瞬ぐっとつまりながらも、林は、

「深夜だから、車が途切れることだってあるでしょう」

「だめだね、東京—大阪の幹線道路で車の途切れることなんかないよ。かりに万一、あったとしても、それは偶然だ。そのあいだ上空でのんびり待っているのか？　それにもう一つ」

　横渡は冷酷なとどめを刺すように言った。

「着陸したその道路から、茨木の死体発見現場まで死体を運んでいくあいだ、飛行機をどうするのだ？　まさか、道路へ駐機しておくわけにはいくまい」

「それは共犯者に渡したら？」

　林は苦しまぎれのように言った。共犯者ということには、最初から難点があり、いままでの捜査でも、猪原の周辺にそれらしき人物は浮かんでいない。

　しかしこの際、林としては、そのように答える以外になかった。

「共犯者ね……ふん」

　横渡は猿面に意地の悪い笑いを浮かべた。本人は意地悪くしているつもりはないのだが、こんなときの彼の顔は、ひどく意地悪く映る。

「それでも無理だね、いいか、セスナ１７２の航続距離は巡航速度九百九十キロ、満タンにしたって、途中で給油しなければ、東京—大阪の往復は不安だろう。まして夜間飛行なんだから、パイロットとしては、ぜひ給油したいところだとおもうよ。いつ車がやって来るかわからないハイウェイでのんびりと給油などしていられるかね」

林は、ついに沈黙してしまった。難点《ネック》を、次々に都合のよい偶然で埋めていったとしても、そのネックがあまりにも多すぎた。

四百メートル以上の直線道路はいくらでもある。上空から眺めて、車の途絶えたそれらの一つに降りることは可能かもしれない。夜でも車の絶えたことは、ヘッドライトの列によってわかる。

しかし行き当たりばったりに降り立っても共犯の車が、都合よくそこへ駆けつけて来ることはできない。道路を利用する以上、そこに駐機できないのだから、猪原は、死体を茨木まで運ばせる共犯者が必要となってくるのである。

「やっぱり飛行機はだめか」

気負いこんだだけに落胆は大きかった。

飛行機が打ち消されてみると、もはや猪原のアリバイは、不動のものとなった。

東京―大阪を七時間で往復する方法は、高速度交通機関が発達している現在でも、ほかになかったのである。

協力捜査の形になった茨木の捜査本部のほうでも、新しい材料は何も出なかった。地まわりの不良やチンピラ、前歴者はすべて洗われ、ナガシのセンも消された。

捜査はここで完全に頓挫《とんざ》したのである。

業務委託契約第十二条B項

1

会議は重苦しい空気に包まれてしまった。すでに二時間にわたってつづけられていながら、何の結論も出ない。これ以上話し合ったところで、新しい対策が出るわけもないことを、一同はよく知っていながら、彼らは会議をやめることができなかった。

「これは明らかにネルソン側の契約を悪用したトリックであり、悪質きわまる擬装行為です」

ホテルの法律顧問である吉山弁護士が、さっきから何度となく繰りかえしているせりふをまた言った。

「それはもうわかりました。問題は彼らのトリックに対してどう処するかということです。契約違反として、即時ネルソンとの業務委託契約を解除して、ストロスマンを解雇すべきか、どうか、その点に関する法律家としての意見を聞きたいのだ」

経理担当常務の千草重男が苦りきって言った。ふだん高い顧問料ばかり取っていながら、いざというときに少しも役に立たない弁護士が腹立たしかったのである。

「だからさっきから擬装行為だと言っている」

「ほんとうにそうなのですか。それはあなたの感情論ではないのですか。外資《てき》はあくまでも契約絶対主義ですから、すぐに擬装とわかるような契約違反をやるでしょうか？」

と千草に突っこまれると、吉山も自信なさそうであった。

「とにかく法律のことは私に任せてもらいましょう。対処する方法については、私は経営者ではないので、何とも申し上げられない」

吉山はプライドを傷つけられたような気まずい顔をして口をつぐんだ。

「法律は吉山先生に任せて、即時、ネルソンの契約を解除すべきです。彼らとの屈辱的な契約を破棄するまたとないチャンスじゃないか。社長、ためらうことはありません。ストロスマンをクビにして、イハラホテルをわれわれの手に取り戻しましょう」

と強気なのは、専務の木本栄輔を中心とする、東都高速から来た一派である。それに対して主力銀行たる東西銀行から派遣された千草派は、消極的だった。ストロスマンはソレンセンのあとにＮＩ社が派遣した支配人である。

はっきりした法律的な裏づけのないうちに、強硬手段に出て、法廷闘争になってから敗北すれば、当然大きな損害賠償金《ペナルティ》を要求される。

銀行派遣重役としては、消極的にならざるを得ない。それには法律顧問の吉山のはっきりした意見が聞きたい。ところが、吉山は経営問題に関することだからと、判然とした解釈を下さないのだ。

彼としても、下したくても下せない初めてのケースなのである。とにかくやってみなければ、どうなるかまったく判断はつかなかった。

こうして二時間あまり、千草派と木本派、これに吉山がからんで、実りのない討論がつづけられていた。

事のおこりは次のようなものである。


猪原杏平の父、留吉はイハラホテルの建設に際して、建物と株をイハラ側が握って、つまり全額出資の形で、その業務と人事をアメリカのネルソン・インターナショナル社に委託した。契約期間は二十年である。

イハラ側は、業務委託料《マージン》として最初の五年間売上げの五パーセントを、損益のいかんにかかわらずネルソンに支払うというものである。木本が屈辱的と言ったのも無理のない条件だったが、猪原留吉としてはネルソンの名声と、世界的なホテルチェーンがあるから、そのくらい出しても損はないとソロバンを弾《はじ》いたらしい。

ところがこのソロバン、開業してみると、見事にはずれた。

まずネルソンの世界的ホテル網による送客が予想をはるかに下まわった。次にネルソン関係の無料優待客《コンプリメンタリ》が多いうえに、ネルソンチェーンの団体客に特別値引を適用するので、売上げが客数のわりに伸びなかった。最後に総売上げの七〇パーセントぐらいは占めなければならないはずの料飲収入（料理飲食代）の比率が少なかった。

つまり猪原留吉が最初見込んだネルソンの名声が、さっぱり威力を示さず、かえって利益を圧迫する因子となったのである。

さらにくわえて、当初予定した二百億円の建設費が、予算をはるかにオーバーして二百五十億円に達してしまった。一日の支払い金利だけで一千万円近くになる。保有客室が満室になっても一千四百万円であるから、金利を払うだけでも毎日七〇パーセント以上の客室がふさがらなければならない勘定になる。

もちろんこの七〇パーセントの中には、ネルソン関係の無料客や優待客は含まれない。

東京の絶対的ホテル不足に刺激されて、巨大ホテルを建設したのはよかったが、同じ狙いの大資本がわれもわれもと大規模なホテルをつくったので、最近は過当競争気味で、客室稼働率《オキュパンシー》があまりよくない。最近目立ってきたマンションのホテル化も、客を奪った。

さらに加えて、致命的な痛手は、親会社の東都高速電鉄が、いたるところで路線がぶつかり合う、ライバルの田園急行電鉄に客を奪《と》られて、不振におちいったことである。

もともとホテルは猪原留吉が社内の総反対を押し切り、東都電鉄の社長をオリて、ホテル社長に専念しようとしたほどの情熱を燃やしたものである。イハラ・ネルソンホテルを建設するにあたって、数十年にわたって蓄積した総力をそそいだ。

だから新ホテルがペイしないとなると、イハラ・グループは崩壊するおそれがあった。

いわばイハラ・グループのドル箱ともいうべきホテルの経営が、青息吐息のところへ、グループの本拠が傾いてきたのだから、ダブルパンチどころか、四面楚歌《しめんそか》といった感じだった。

ともあれこのような状況のさなかに、NI社が突如、アメリカ航空業者の大手WWA（ワールド・ワイド・エアラインズ）と合併したのである。

NI社は以前から有力な航空会社との提携を考えていた。その理由として世界的な旅行ブームがある。

世界の旅行人口は一九七〇年には三億五千万人に達した。そして七四年には約五億人以上が飛行機に乗って世界を旅行すると予想されている。

まさに地球の人口の六分の一が航空旅行をする勘定になる。航空機はますます大型化して、一機で三、四百人も運んで来るジャンボ時代になった。

こうなると客を運ぶだけで、客のためにホテルを確保してやれない航空会社は、敬遠されてしまう。ホテルと直結しなければ、航空券を売れなくなってきたのだ。

一方、ホテル側も世界のあらゆる部分から客を運んで来てくれる航空会社と結ぶことは、手がたい送客を確保することになってメリットが大きい。

つまりホテルと航空会社は、〝相思相愛〟の仲だった。

こうしてNI社がかねてからアプローチしていたのが、WWAだったのである。NI社側では合併の条件を少しでもよくするために、東洋最大の規模をもつイハラホテルを、合併前に何としても自己のチェーンに組み入れたかった。

東京、いや日本の橋頭堡《きょうとうほ》としてのホテルをもつのともたないのとでは、大きなちがいがでる。ネルソンはこのような下心をもって、猪原留吉を口説いたのだった。

もともとホテル業界の事情にうとい留吉は、ネルソンの名声と、その甘い口説に参った。ＮＩ社がこのような汚ない下心を隠しているとは知らずに、嬉々《きき》として屈辱的な条件をのんだのである。

このような事情だったから、ＮＩ社とＷＷＡとの合併工作は、極秘裏に進められていた。

もちろん合併に際しても、ＮＩ社はイハラ側に対して一片の挨拶《あいさつ》もしなかった。イハラホテルの親会社たる東都高速は、日本の航空業者の大株主でもある。これらのライバルであるＷＷＡの傘下にイハラホテルが組み入れられてはたまったものではない。イハラ側は激怒した。

ＮＩ社との業務委託契約第十二条Ａ項に「当事者は相手方の事前の書面による同意を得ずして、本契約およびこれから生ずる権利をいかなる方法においても他に譲渡、もしくは、移転してはならない」という特約がある。つまり相手に無断で合併などしてはいけないということだ。

木本専務の強硬派は、この条項をたてに、屈辱的な契約を一挙に解除してしまえと強調した。

それに対して千草常務は、第十二条Ｂ項にある留保条項をもっと慎重に検討してから対処すべきであると主張した。

問題のＢ項は、

「ただし、各当事者の自己あるいはその関連会社によって完全に所有され、かつ完全に支配される子会社に関しては、この限りではない」というものである。

つまり子会社に譲ったり、移転したりするのは自由だというわけだった。

ここでNI社はWWAとの合併に際して手のこんだ〝芝居《トリック》〟を打っていた。

NI社はまず、一〇〇パーセント出資した同名の子会社をつくって、これにすべての有形無形の資産を譲ったあと、脱殻《ぬけがら》になった親会社が、WWAと合併したのである。

イハラ側から見れば、たしかにNI社は存続するが、その実体はすでになく、実質的にはライバルのWWAに業務委託をした形になってしまった。

これはイハラ側にとってはがまんならないところであった。イハラ側はNI社にいっぱい食わされたと受け取った。

しかし〝芝居〟だと映るのは、イハラ側の感情的な目に対してだけかもしれず、法廷闘争にもちこまれたら、どういう判断が下されるかわからない。

慎重派の千草は第十二条B項の留保にひっかかった。

「旧ネルソンが新ネルソンへ権利いっさいを譲渡するのは、B項に該当する可能性がある。もし該当すれば、相手方、つまりイハラ側の同意はいらないことになる」と彼は主張した。

吉山は契約を悪用した悪質な欺瞞《ぎまん》だと言ったが、それはあくまでも感情論であって、NI社の行為は、すべて法律的には有効なのである。

旧NI社から新NI社へいっさいの権利を譲渡したことが、イハラ側を欺くためのトリックであることはわかっても、契約そのものは無効にはならない。

吉山弁護士も、欺瞞だとか擬装だとは言っても、無効とは極《き》めつけていない。極めつけられないのだ。

「ともかく任せろ」と吉山は言う。しかし彼に任せて法廷で負けた場合、弁護士が代わりにペナルティを払ってくれるわけではない。

懐を痛めるのはいつもこっちなのだ。

どちらも譲らず、会議は堂々めぐりになった。

「社長はどうお考えですか」

「社長の意見を聞かせてください」

出席者の疲労がきわまったときに、木本と千草が同時に言った。

ぼんやりして一同の議論を聞くともなく聞いていたような猪原杏平は、急に二人の重役から声をかけられて、われに返った。

彼には自分の会社のことでありながら、大して興味はなかった。むしろどうでもよいことだった。最初のあいだは、父の王国を、自分の王国につくり変えようという野望をもった。しかしそれが最近文字どおり、とほうもない野望であったことがわかった。父の王国は、そんな簡単につくり変えられるものではなかった。

要するに父が遺《のこ》したものは、自分のものであって自分のものではない。死んだあとも、つねに父が君臨していた。父が偉大であればあるほど、父が遺したものが巨《おお》きければおおきいほど、その子は無能であり、小さいのだ。

「この際、ネルソンと手を切って、若社長の腕を見せてやりましょう」

木本が何気なくか、あるいは意識してか、つけ加えた言葉が、どうでもよかった猪原の心を決めた。父がつくったものは、すべて壊すのだ。

「ストロスマンを早速解雇しよう」

会場にどよめきがおこった。二代目ではあっても鶴の一声である。長い会議はようやく終わった。猪原杏平にしてみれば、最初から開く必要のない会議だった。

2

六月一日、イハラ・ネルソンホテルは、ネルソン派遣総支配人ヘンリー・ストロスマンを解雇し、ホテルの名称をイハラ・スカイホテルと変えた。

そして社長猪原杏平は、NI社とWWAとの合併は、NI社の背信行為であるから、業務委託契約を破棄すると宣言した。

イハラ側の処置は迅速かつ徹底的であり、六月一日をもって、銀器《シルバー》、食器などの什器《じゅうき》から、封筒、マッチに至るまで、ネルソンの名前を駆逐した。電話交換手にも六月一日午前零時をもって、「イハラ・スカイホテル」と名乗らせて、客を驚かせた。

イハラ側では、NI社側に二週間の猶予期間を与えて、WWAとの合併を白紙に戻すように申し入れたのであるが、期間が経過しても、ＮＩ社から誠意ある回答が得られなかったので、この挙に出たものである。

このイハラ側のおもいきった処置は、資本の自由化による外資攻勢におびえていた産業界から拍手をもって迎えられ、マスコミも好意的だった。

翌二日、イハラ側は東京地方裁判所に対して、旧イハラ・ネルソンホテルの総支配人およびＮＩ社派遣社員全員に対する立入り禁止の仮処分命令を申請した。

一方、ＮＩ社側も負けてはおらず、第十二条Ｂ項を盾にとり、ＷＷＡとの合併は契約違反ではないとして、逆にイハラ側に対する業務妨害禁止の仮処分を申請して、当初予測したとおりに法廷に闘争がもちこまれたのである。

3

「法廷闘争はまず勝ち目はないでしょう」

日ごろ尊大に構えている吉山が、品川の前で、〝借りて来た猫〟のようになって報告した。

「わしもそう見ているよ。それで木本と猪原二代目社長とはその後どうだ？」

「もちろん木本は、腹に大いに含んでいます。細君にかなりハッパをかけられている様子です」

「そりゃそうだろう。二代目にまったくやる気がなさそうなんだから、妾腹《しょうふく》とはいえ、自分が野心をおこすのも無理はないな」

　品川がうすく笑った。笑ったことによって、よけい冷徹な感じが強調される。すでに喜寿に近い高齢で、鋭角がいっこうに消えないのは、その人生の大半を、人間を弾劾することに費やしてきたからであろうか。

「それで例の工作は順調に進行しておりますかな」

　かたわらから浅岡哲郎が栄養の行き届いた顔をテラテラと光らせた。

「万事計画どおり動いておりますよ。二代目を追い落としたあと、社長に据えてやるという約束で、留吉が二代目が勝手に蕩尽《とうじん》できないように一族に適当に分散した株を、木本が口説いてせっせと買い集めています。まさかその資金が浅岡さんから出ているとも知らずにね」

「それからまさか吉山先生が、品川先生の教え子だということも知らずにですな。吉山先生がイハラホテルの顧問をしていると知ったとき、この戦い、勝ったとおもいましたよ」

「いずれ東京地裁は判断を下しますが、まずイハラ側が負けるでしょう。その際イハラ側はＮＩ社側から莫大《ばくだい》なペナルティを要求される。それに加えて、社名変更に伴う費用がまったくむだになってしまう。何せ、家具からマッチのマークまで変えてしまったのですからな。これが全部むだになったうえに、もう一度、ネルソンの名前に改め直さなければならない。この費用はちょっと測れないほどに巨きな額になります。イハラホテルはガタガタになります。その機を狙って買い集めた株の名義書換えを一気に請求する。

そのときの猪原や木本の顔が早く見たいものです、はは」

吉山の笑いは、まんざら品川や浅岡に対する追従笑いでもなさそうであった。

ここは、浅岡が買収した箱根山中のホテルの奥まった一室である。そこに集まった三人の男たちは、いまようやく射程距離内にはいった巨大な美しい獲物を狙うハンターのような目をして密議をこらしていた。

浅岡哲郎が猪原留吉としのぎをけずり合うようになってから、すでに十年は経過している。田園急行を買収して以来、まっこうから対立した。つづいて沿線の総合開発事業を通してことごとに張り合って、「財界の謙信《けんしん》と信玄《しんげん》」とまで言われた。

浅岡がレジャーブームの到来を予想して、次々にホテルを買収して、一大ホテルチェーンをつくりつつあるとき、猪原はアメリカのＮＩ社と提携して東洋最大のホテルを建設、オープンした。

部屋数においては日本一の〝ホテル王〟を自ら誇っていた浅岡は、三千室を一つの建物に保有するイハラ・ネルソンホテルの出現に、業界のイニシアティヴを奪《と》られてじだんだ踏んでくやしがったものである。

それに浅岡のホテルチェーンは、数こそ多いが、すべて地方の保養地《リゾート》に散在する小粒のものばかりである。

彼としては中央に、アジア興業の本拠にふさわしい、本格的なホテルをどうしてももちたいところだった。

たんに猪原との意地の張り合いだけでなく、東京のホテルの絶対数の不足は、まだまだ十分に割りこむ余地があると計算して用地を物色していた折に、猪原留吉がまことにあっけなく死んでしまった。

浅岡としては、当初肩すかしを食わされたような気がしたが、たちまち、もちまえのアクの強さを取りもどして、この機会に一気に積年のライバル・グループを駆逐しようとした。

強烈な個性《キャラクター》をもったワンマンに率いられた集団は、そのワンマンが君臨しているあいだは、比類ない結束力をもっているが、彼がいなくなったあとは四分五裂してしまう。イハラ・グループも、猪原留吉という偉大なリーダーを失って、独裁集団の脆《もろ》さを露呈した。

留吉のあとを継いだ杏平にはまったくやる気がないようだ。妹（妾腹の）婿の木本栄輔は、そんな杏平を追い落として、自分が〝政権〟を握ろうと、虎視眈々《こしたんたん》として、機会をうかがっている。

これに、腹ちがいの兄弟の猪原進一の野心がからむ。

その他何人かいる弟妹たちや親族の仲もよくない。なまじ巨大な遺産を残されたために、それぞれの思惑が生まれて、醜い争いをはじめたのである。

浅岡は、絶好のチャンスが到来したのを悟った。

株式会社を支配する最も単純な論理は、株の過半数を握ることだ。証券民主化で株の分散度の高い日本の会社では、二〇パーセントも握れば、大株主になれる。株を握って経営を支配したほうが、新たにホテルを建てるのよりも、格段に安上がりである。

猪原留吉が生きているころは、独禁法の手前、株は名義だけ親族間に適当に分散してあったが、実質的にはほとんど全部彼個人の完全な所有下にあった。

しかし彼が死ぬと、名義上分散してあった株は、実質をもった。留吉は万一の場合に備えて、自分がいなくなったあとでも、特定の遺族に、自分が心血を注いで築き上げた〝王国〟を自由に処分できないようにしておいたのである。

そのかぎりにおいて、それは賢明な処置であった。杏平名義の株は、分散された株の中では最も大きな部分であったが、全株の中では、何十分の一かにすぎない。

彼にどんなにやる気がなくても、イハラ・グループそのものを〝処分〟することはできなかった。

そこが浅岡哲郎の付け目だった。遺族が喧嘩《けんか》をしているあいだに、静かに手をまわして株を集めた。

猪原一族は、留吉が打ち建てた強大な王国が、秘《ひそ》かに蚕食されている事実に気がつかなかった。

浅岡にとってまことに好都合だったことは、イハラ・グループとネルソンとの喧嘩である。猪原側はただ感情論から一方的にネルソンへ離縁状をつきつけた。

ＮＩ社とＷＷＡとの合併が契約違反でないことは、冷静に業務委託契約を検討すればすぐわかることだ。それがわからないように品川の教え子である吉山にたきつけさせた。猪原側では、まさか顧問弁護士にまで浅岡の手がまわっているとは知らない。これもリーダーを失ったあとの集団の脆さを示すものだろう。

NI社も契約の範囲内で巧みにやってはいるが、この合併がたしかに契約を悪用した、たちの悪いトリックであることは、重々承知している。猪原側では冷静にそこを突いて、屈辱的な条件を少しでも緩和する方向へもっていくべきであった。猪原側にしてみれば、これは契約条件を変更する絶好のチャンスだったのである。

それを、いたずらに感情に走ったために、みすみすチャンスを逸してしまった。そのあとに来るべき大きな反動と、浅岡がしかけた罠《わな》の深さも知らずに。

吉山を通して、株は着実に浅岡の手に集められていた。買占めの最初の橋頭堡《きょうとうほ》である、少数株主権もすでに確保した。

浅岡にとっては、イハラホテルがNI社に業務委託しようと、WWAの傘下にはいろうと、どうでもよいことだった。要はその巨大な美肉の実質を、がっちりと捉《とら》えればよい。

腐乱した居住者《オキュパント》

1

六月十一日午前九時ごろ、神谷修平《かみやしゅうへい》はどろんとした眠りから覚めた。かたわらにはミキがまだいぎたなく眠りこけている。

昨夜遅く帰って来て、からだを交えたままの体位で眠ってしまったらしい。ベッドの掛布《キルティング》がずれ落ちて女のあふれるばかりに豊満な胸から下腹が、神谷の目の前に惜しげもなく露出されている。

キルティングを少しまくってさらにその下部の女の秘やかな部分をしばらく鑑賞していても、ミキはいっこうに気がつかずに眠りを貪《むさぼ》っている。

夜の遅いこの女の職業にとっては、まだこの時間は早朝なのであろう。

「おい」

多少眠ったことで体力を回復していた神谷は、いまミキの煽情《せんじよう》的な姿態を観たことによってふたたび欲望に点火された。

肩に手を当てて何度か軽くゆすると、ミキはようやく薄目を開けて、

「何よう、もう少し寝かせて。おねがい」

ともうろうとした口調でつぶやいて、くるりと反対側を向いてしまった。

「チェッ」

神谷は苦笑したが、女が完全に目を覚ますまでいっしょにベッドにつき合っている気にはなれなかった。

(この種の女は、寝起きが悪いのが、玉に瑕《きず》だな)

神谷は内心つぶやいて、ベッドから滑り出た。ミキが目を覚ますまでのあいだに、新聞を読んでおこうとおもったのである。

神谷の商売にとって、新聞を読むことは、欠かせない。彼の職業は「旅行プロデューサー」である。レジャーブームを背景にして生まれた新しい職業で、独創性《オリジナリティ》のある旅行プランを開発して、商品化し、大手旅行社に売りつけるのだ。

このように旅行ブームになると、客も旅行ずれして、ありきたりのプランでは乗ってこない。そこで旅行プロデューサーが登場して、日本全国から世界のあらゆる隅々を実地に歩いてオリジナリティのあるプランをつくってやるのである。

神谷のプランは、ほとんどヒットするので、目下この業界では最高の売れっ子である。公然とはできないが、かねとひまのできた中年男のために豪華観光船をチャーターして、それぞれ一人ずつ女をあてがって、世界周遊《ワールド・クルーズ》をさせたこともある。船内で合意のうえ、パートナー・チェンジするのは自由である。

この企画は大いにうけて、いまでも委嘱を受けた大手旅行社の秘密のドル箱になっていた。

商売がら、いつも旅行をしているが、たまに東京にいるときも、家族のいる東京・下北沢《しもきたざわ》の自宅にもあまり帰らず、もっぱら女と過ごす。

女と寝ることも、彼の商売の一つなのだ。このマンションも、女との情事用に最近買い入れた秘密のアジトだった。

〈新宿スカイハウス〉は、最近流行《はやり》のホテルタイプの分譲マンションで、ある不動産会社が、「ビジネスマンのセカンドハウス」として売り出したものである。

値段もふつうのマンションと比べて手ごろであり、何よりも諸事機能的なのがよかった。神谷の部屋は、一階で、二階にあるフロントを通らずに部屋を出入りできるのもありがたい。

室内の広さと調度設備はホテルのシングルとおなじである。だいたいここの部屋を買った男たちの多くは、仕事部屋と称しているが、そのほとんどは〝情事用〟だった。

〝男のひとりだけの空間〟などとカッコいいことを言っていても、要は本宅のうるさい妻の目からのがれて、思うさま情事を愉《たの》しみたいだけである。

設備はホテルとまったく同じだが、一人部屋《シングル》に女を連れこんでも、ホテルのように文句を言わない。それに女との合意が成立して、いざ鎌倉というときになって、ホテルの予約が取れず、みすみすチャンスを逃がすこともなかった。

さらにホテルと同型式のキーを見せると、女が好奇心から尾《つ》いてくるというメリットもあった。

昨夜ベッドを共にした新宿のバーのホステス、ミキは、神谷がこのマンションを買ってから連れこんだ十何人目かの女だった。

神谷は、昨夜フロントへ頼んでおいた新聞を取るついでに二階にあるレストランへ行って、軽く何か胃袋へ入れてこようとおもい立った。チェーンロックをはずして廊下へ出る。

午前九時すぎというのに廊下に人影はなく、静かなものだった。男の隠れ家だから、この時間にはもうだれもいないのであろうか。

各部屋には表札も出ておらず、どんな人間がいるのかまったくわからない。マンションとちがって、生活の本拠にしていないので、生活の臭いというものが、まったく感じられない。

階段のほうへ行きかかった神谷の足が、ふと止まった。何か妙な臭いを嗅《か》いだような気がしたからである。神谷の嗅覚《きゅうかく》は人なみはずれて鋭敏だった。他の人間だったら気がつかないような微《かす》かな臭いだったが、それは汚穢《おわい》を濃縮したような、何とも言えぬいやな臭いだった。こんな近代的な建物の中にそんな臭いがただようはずがない。

（ネズミの死骸《しがい》でもあるのだろうか？）

神谷は、ネズミの腐った死体から、無数の蛆《うじ》が蠢《うごめ》き出て来るさまを想像して、ぞっとなった。

（蛆におれの部屋へでも這《は》いこんで来られたらたまらない）

彼は鋭い鼻をきかせて悪臭の源を追った。どうやら臭いは、彼の向かって右隣りの部屋から出てくるようである。

入居してから、まだその部屋の居住者《オキユパント》の顔を見たことがない。もっとも神谷は、どの部屋の居住者の顔も知らなかった。

フロントですれちがう人間も、どの部屋の持ち主かはわからない。

悪臭は、その部屋に近づくにつれて強くなった。しかしそれ以上のたしかめようはない。扉にはまったく隙間がないのである。シリンダー錠だから鍵穴《かぎあな》はふさがっている。

まことに情事には理想的構造になっているのだ。扉と床のあいだにほんのわずかな隙間がありそうなので、彼は床に顔をつけて室内を覗《のぞ》きこもうとした。

しかし頬骨がつかえて、目が隙間へ届かない。室内の様子は見えなかったが、隙間から強烈な臭いが吹き出してきて、悪臭の源は、たしかにその部屋であることがわかった。

「何をしているんですか？」

いきなり背後から尖《とが》った声を浴びせられた神谷は、驚いて振り向いた。部屋の持ち主の一人らしい四十前後の男が、うさんくさそうな顔をして立っている。

一瞬、神谷は狼狽《ろうばい》したものの、すぐに立ち直って、

「ぼくはこの部屋の隣りの住人ですがね、何だかこの部屋から妙な臭いが漂ってくるよ

うな気がしたものですから、どうです、あなたには臭いませんか？」

「私にはべつに何も臭いませんがね」

その男は、神谷の言いのがれだとおもったらしく、ますます訝《いぶか》しそうな表情を強めた。

「もっとこっちへ来てください。ほら、臭うでしょう、何かが腐ったような」

「そういわれれば、妙な臭いがするようですな」

男は鼻をクンクンさせた。

「しかし気のせいかもしれない」

「いや気のせいじゃありませんよ。ほら、ここへ鼻を寄せてみてください。ひどい臭いです」

神谷は、男をメールボックスの投込口のそばへ引っ張った。

「どうです？」

「たしかに何か臭うようですな、しかし前の食物の食い残しが腐ったのかもしれない。ここに住んでいるわけじゃないでしょうから」

男は大して興味を惹《ひ》かれた様子も見せなかった。

「いや、これはたんに食物が腐った臭いとはちがいますね。ネズミか何かの死体が腐っているらしい」

「もし気になるのだったら、フロントへ言って調べさせたらいかがですか。私は急ぎますので失礼します」

男はうさんくさそうな表情からニベもない顔つきになって立ち去ろうとした。

(たとえ、人間の死体が転がっていたとしても、この男を引き止めるのは、むずかしそうだな)

神谷は苦笑しかけて、途中でその笑いを硬直させた。何げなくおもったことが、恐ろしい連想を誘ったからである。

(まさか!)

彼は慌てて打ち消した。だがいったん湧いた連想は、もはや心裏に固い根をおろして動かなくなった。悪臭はその連想をさらに煽《あお》り立てるかのようにますます強くなるようである。

神谷はフロントへ知らせることにした。ミキに対する欲望は、いつのまにか消えていた。

2

新宿区左門町《さもんちよう》にあるホテル形式のマンション、〈新宿スカイハウス〉の112号室に男の変死体があるという急報が所轄署へはいったのは、六月十一日の午前九時半ごろである。

発見者はそのマンションの住人で、問題の部屋の隣室113号の居住者神谷修平と、従業員安原道夫《あんばらみちお》だった。

神谷から妙な臭いがするという報《しらせ》を受けた安原は、合鍵《あいかぎ》でドアを開けたところ、たしかに異常な悪臭をみとめた。さらにかけられていた防犯用のチェーンロックをこわして内部へはいり、死体を発見したのである。

時をおかず現場へ急行した所轄の四谷署の係官と現場鑑識は、死因に疑わしい点ありと判断して、本庁捜査一課に連絡した。

男たちの〝静かな隠れ家〟は、にわかにものものしい雰囲気につつまれてしまった。

現場は、皮肉なことに四谷署のすぐ裏手にあたる住宅街の一角で、最近建設されたマンションの一室である。

問題の部屋は、一階のはずれに近い112号室だった。部屋の内部の造りは、ホテルのシングルとまったく同じである。値段は三百九十万円ということだった。

内開きのドアを開けると、すぐ右側にユニット組込み式のバス、トイレがある。部屋の内部は、五、六坪の広さ、出し入れ自由のデスクが壁に面して取りつけられてあり、ベッドは窓ぎわにある。窓はサッシュで内側からかたくロックされている。

壁も、ドアも厚く気密性は完璧《かんぺき》だった。

死体は、ビニール布に包まれたうえに、登山などに使う寝袋《シュラフ》の中に入れられ、このベッドの上に置かれていた。腐乱状態から、鑑識は死後一、二カ月と一応の推定をした。

室内は綿密に検索されたが、凶器らしきものや、薬物類は何も発見されなかった。犯人の存在を推定させる指紋や遺留品類もない。

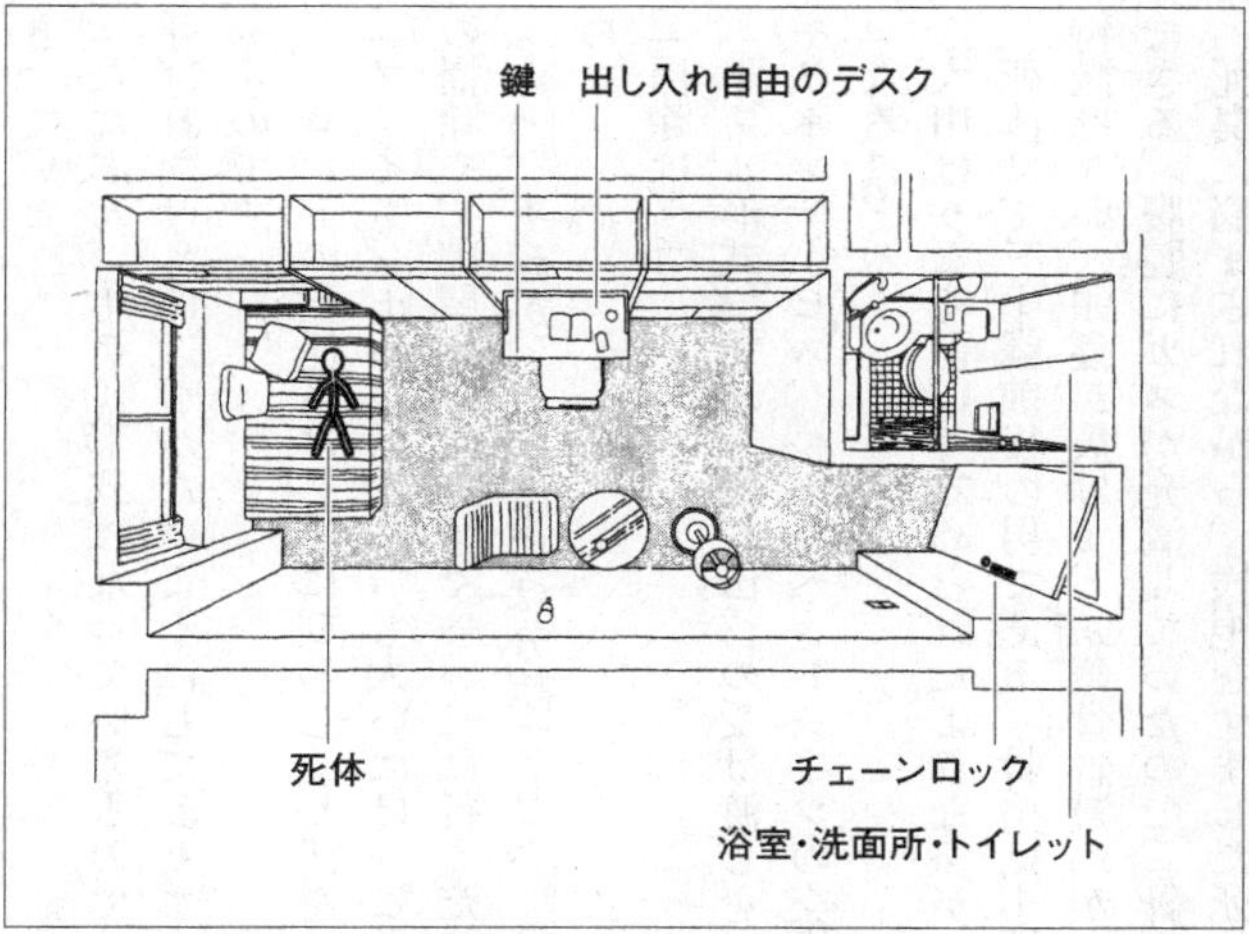

新宿スカイハウス112号室

湿度の高い梅雨期を、室温の中にビニール布にくるまれて放置されたために、死体は腐敗の進行が早かったが、ビニール布とシュラフに死臭が遮断されて発見が遅れたらしい。

部屋の完璧な気密性と住人の相互無関心がそれを助長した。

「それにしても、人間の死体が一ヵ月以上もマンションの中に転がっていたのに気がつかないというのは、いったいどういうことなんだ？」

本庁から駆けつけた大川《おおかわ》刑事は苦り切った。いくら都会の人間が無関心族でも、限度を越えているとおもった。発見者の神谷の人一倍鋭敏な嗅覚にひっかからなかったら、いまもって発見が遅れたかもしれない。

マンション側ではすっかり恐縮し

きっていた。

「なにぶん、ホテル形式になっているものですから、お客様のプライバシーを尊重して、呼ばれなければ近づかないようにしております。お客様どうしのおつき合いもございませんので」

フロントの責任者は、額にびっしょり汗をかいて弁解した。

「プライバシーの尊重とやらも大いにけっこうだがね、限度があるんじゃないか。部屋の掃除や、部屋代の取立てぐらいには行くだろう？」

「はっ、それが、お部屋代は分譲でして、入居時にお支払いはすんでいるものですから」

「掃除は？」

「ホテル形式ですが、鍵や伝言《メッセージ》の受け渡しをフロントでうけたまわるだけでして、掃除やリネンサービス、つまりベッドシーツの交換などはしておりません、はい」

「なるほどね」

大川はうまく言いくるめられたような気がした。

死体は、三十歳前後の男である。骨格は小柄で華奢《きゃしゃ》である。からだにはこれといった特徴はない。頭髪が抜けて、頭蓋骨《ずがいこつ》骨質がかなり露出しているが、人相は辛うじて判別できる。腹腔《ふくこう》にガスが充満していたので、針を射しこんでガスを抜いた。

死臭に悩まされながら、検視をすました死体は、解剖されることになった。

死体は下着だけで、身元を示す何ものも身につけていなかった。もちろん室内にも何もない。安原も神谷も初めて見る顔だと言った。

当然部屋の居住者が問題になった。ところが驚いたことにマンション側は、持ち主についてほとんど何も知らないのである。

「いちおうフロントにレジスターされている名義は岩瀬《いわせ》光夫《みつお》さんとなっていますが、その方を一度も見たことはありません」

「しかしあんたたち、フロントで鍵を預かってるんだろう」

さすがに大川は呆《あき》れ声をだした。

「いえ、お客様ご本人がキーをおもちですと、ほとんどフロントにお立ち寄りになりませんので」

「112号室へ入居したのは、いつのことだね？」

「昨年四月にマンションが完成しまして、五月の中ごろでございます」

「だったら入居のときに会っただろう」

「それが契約やキーの引き渡しは、すべて本社のほうで行ないまして、私たちはそれ以後お客様に会っていないのです」

「昨年五月の中ごろの入居といえば一年以上たっているんだぜ。そのあいだまったく会ったことがないのかね」

「お客様がフロントへお立ち寄りにならない以上、いちいち首実検するわけにはまいりませんので、それに112号室は、一階にあって、駐車場から直接お部屋に出入りできるのです」

フロントの責任者は、丁寧だが、小馬鹿にしたような口調になった。構造上、このマンションホテルのフロントやロビーは二階にあり、問題の部屋は一階にあるため、鍵さえもっていれば地階の駐車場から直接部屋へはいれるようになっている。

「伝言とか手紙類は来なかったのかね」

「それが112号室にはまったくありませんでした」

これがふつうのホテルだったら、こんな馬鹿なことは起こり得ようはずがなかった。いつまでも部屋に閉じこもっていれば、客室係《ルーム》のメードやボーイが疑いをもつ。外出時には必ずキーをフロントへ預けるたてまえになっているから、キーがまったくフロントへ戻ってこなかったら、フロントのほうでも部屋を調べる。

部屋代がたまれば、会計係《キャッシャー》も請求に行く。

ところが、形式はホテルでも、実質はマンションだから、客室は入居者の持物である。ホテル式サービスは、部屋代の一部に含まれている。だからマンション側は、入居時に分譲価格の支払いさえすんでいれば、ホテルのようにやかましいことは言わないのである。

かねさえ払えば入居者が偽名を使うのも自由だ。本社をあたる前に、大川はいやな予感をもった。

入居以来、一年間、フロントにまったく姿を見せない入居者が、すんなりと本名で契約しているとは考えられなかったからである。

男の仕事場としてよりも、男の隠れ遊びの巣のような匂いの強いマンションだから、マンション側も、プライバシーの名分の下に、入居者とのあいだに構えて距離を置いている様子だった。

大川は入居者の正体を追うことを一時保留して、死体発見時の現場の模様を明確にすることにした。

発見者の供述に誤りがなければ、現場の状況も不可解な様相を呈していたのだ。

「神谷さん、あなた方が臭いに気がついて、部屋にはいったとき、扉はロックされていたうえに、チェーンまでかかっていたのでしたな」

今度は大川の相棒である下田《しもだ》刑事がもう一度確認した。

「そのとおりです。最初臭いに気がついたときは、気味が悪かったので、ドアにはさわらずに、すぐフロントへ知らせに行きました。この安原君が、合鍵でドアを開けると、中からチェーンロックがかかっていることがわかったのです」

「チェーンをこわさずに、はずす方法はなかったのですか？」

警察が駆けつけたときは、すでにチェーンロックはこわされたあとだった。下田は重要な証拠資料の一つが、〝素人〟の不注意によって、その原型を破壊されたのが残念でならなかった。

「ございません。ですからやむを得ず壊したのです。あまり臭いがひどかったものですから。でも壊してはいったから死体が発見できたのです」

安原に言われて、下田は彼らを責めるのは酷だとおもいなおした。善良な市民の彼らが、屍臭《ししゅう》というものを嗅《か》いだのは、初めてであろう。だから合鍵《あいかぎ》でドアをチェーンの長さだけ開けたときは、室内に死体があるかどうか知らなかったわけだ。

あまりに強烈な悪臭に、異常を悟って、押し入ったのである。

「するとチェーンを外からかける方法もないわけですね」

下田は友人が住んでいる団地のドアをおもいだしながらきいた。あれは内部の人間以外にはかけられなかったはずだ。

「そうです。マンション側としては、自殺でもされると、困りますので、なるべくつけたくないのですが、お客様が希望しますので。きっと心理的な安心感が強いのだとおもいます」

安原は、多少神谷のほうに気がねしながら言った。

「このマンションのドアは、握りのまん中のポッチを押すと、鍵がかかる式でしたね」

「はい、このセミオート式のほうが、お客様に手ずからロックしたという安心感を与えるものですから」

ということは、犯人は脱出するときに簡単に擬似密室を構成できることを意味する。

しかしそれを本当の密室に仕立て上げているものが、チェーンロックの存在だった。サッシュ式の窓も鍵がかけられている。

外部からまったくかける方法のないチェーンを、犯人はどのようにしてかけたのか？まだ解剖の結果は出ないが、死者が自殺でないことは、その状況から明らかである。自殺者がビニール布で自分をぐるぐる巻きにしたうえに、シュラフの中へ入れるわけがない。

チェーンロックをかけても、チェーンの遊びのぶんだけドアを開けることはできる。その隙間の広さは、十センチぐらいである。

しかし、それをかけるためには、ドアをいったん完全にしめなければならないようになっている。チェーンロックをかけたあと、ドアを十センチ程度開くことはできても、それだけの隙間では、赤ん坊も出入りできない。

動物を犯行の道具として使うトリックが、古い推理小説にあるが、この犯行が〝人間の仕業〟であることは明らかである。

この不可能な状況を論理的に説明できるケースが一つだけある。それは発見者たちが犯人か、共犯者で、かけられてもいないチェーンロックを故意に壊して、密室を擬装した場合である。

発見者の一方は、被害者の隣室の居住者であり、他の一人は従業員だったから、死者に何らかの係わりをもっていたことは考えられるのだ。

（この二人は徹底的に洗う必要がある）

下田はおもった。もちろん、表にはそんなことはあらわさない。刑事の職掌として、何でもいちおう疑ってみることは必要だが、それによって善良な市民のせっかくの協力を失うようなことがあってはならない。

ともあれ現段階では、大都会のどまん中の密室の中で、死後一、二ヵ月の他殺体が発見されたという、とほうもない状況であった。

3

その日の午後、解剖の結果が出された。その所見によれば、死因は、青酸系化合物の嚥下《えんか》によるもの、死後経過時間は、腐敗がかなり進んでいるうえに、死体が放置された環境は途中で空調《エアコン》が入れられたりして、条件が変化しているので、一―二ヵ月というきわめて幅の広い推定しか出せなかった。

マンションを建設した〈東都住宅供給協会〉があたられた。

その結果、112号室を買った人物は、ある商社員だったが、購入すると同時に、海外へ転勤させられたために、第三者への賃貸あっせんを住宅協会に依頼したということがわかった。

協会でも時々こういうケースが出るためにあっせんの労を取っている。ところが岩瀬光夫とは、最初から電話で話し合っただけで、一度も会ったことがないということだった。

電話で話がまとまると、二年分の家賃を郵送で前払いしてきた。

「領収書や権利書のたぐいはどこへ送ったのか？」

と刑事が尋ねると、協会側は頭をかきながら、

「借主がそういうものはいっさいいらないといったものですから。それに売るのとちがって貸すだけですから、登記とか不動産税などの問題もありませんので。つい」

「かねさえもらえばいいというわけかね」

刑事は皮肉たっぷりに言ってから、

「しかし鍵はどうしたのかね？　フロントでは本社側が引き渡したと言っているが」

「キーは部屋へ入れて、ドアを開放しておいてくれといってきました。私どもでは、部屋つきの家具などもあることなので、開放しておくということをしぶりますと、もし盗難などにあったら、その損害は責任をもつからと言って、さらに五十万ほど保証金を送って来ました。まさか死体を隠す場所に使おうなどとは、夢にもおもっていなかったものですから、相手の要求どおりにしました」

要するに、かねさえ払えば本でも借りるように、部屋が借りられる仕組みになっていた。

岩瀬光夫がマンション側に申告した住所には、もちろん該当の人物はいなかった。

しかし死者の身元は、おもわぬところから割れた。死者が身につけていた下着に、大

阪のあるデパートのマークがはいっていたのに目をつけた大川が、鑑識を通して身元不明死体票を大阪へ電送させたところ、一ヵ月ほど前、家人から捜索願いを出されていた、大阪の是成商事の常務、是成敏彦であることがわかったのである。

是成商事は、芙蓉銀行の融資系列下の中核的存在であり、芙蓉銀行の頭取、是成信彦の一族でかためられている典型的な同族会社である。

身元照会と捜索願いの特徴が、完全に一致したので、直ちに是成家に連絡されて、家族が遺体の確認に来た。

上京したのは、死者の妻である是成友紀子と、是成商事の社長で、死者の兄である是成勝彦《かつひこ》の二人だった。

是成友紀子のほうは、東京まで来たものの、死者に対面する勇気がなかったらしく、確認は兄の勝彦がした。

「まちがいありません。弟の敏彦です」

死体が解剖に付されたT医大の死体安置室で、彼は唇を震わせてうなずいた。

「どうして東京のマンションにいたか心当たりがありますか？」

立ち会った大川が聞くと、

「全然わかりません。弟は、四月十八日ヨーロッパの商況を視察に羽田から発《た》ったのですが、その後まったく連絡がないので、現地の立ちまわり予定先へ問い合わせたところ、立ち寄っていないという返事だったので、現地の日本大使館や取引先に依頼してその行方を捜しておりました」

「それがどうして東京に？」

「それが……弟は羽田からいったん出国していながら、どういうわけかその翌日ホンコンから引き返して、帰国していることがわかったのです」

「それは、どういうところからわかったのですか？」

「羽田の出入国管理の記録からです。入国記録カードは、たしかに敏彦の手で記入されてありました」

「どんな理由で帰国されたか、まったくわからなかったのですか？」

「ええ、まったくわかりません。弟が出国した翌日に帰っていたとすれば、そのうちに必ず、われわれに連絡するはずです。ところが何の音沙汰《おとさた》もないまま、三週間近くも経過しているし、その後さらに出国した記録もないので、国内で行方不明になったと考えて、親族で相談して捜索願いを出したのです。弟の立ちまわり先は、大阪以外に考えられないので、大阪府警へ出しました」

「敏彦氏が他人から恨まれるような心当たりは？」

「まったくありません。性格は閉鎖的でしたが、他人から恨まれたり、迷惑をかけるようなことはしていないはずです。内気で、本一冊ひとりでは買えないようなところがありました。その弟が、こんなマンションを、私に内証で買ったとは、どうしても信じられません」

一方別室で、下田から死者の写真を見せられた友紀子は、たしかに夫であることを認めた。目を見開くようにして写真をじっとみつめた彼女が、なまじ泣いたりわめいたりしなかっただけに、大きな悲しみを内向させて、ひとり必死に耐えているような痛々しい美しさが感じられた。

だが大川と下田は早くも、この悲しみに打ちひしがれた遺族たちを、容疑者の中に加えていたのである。

それは冷酷とか、非情という前に、刑事という職業からくる本能のようなものであった。

ほぼときを同じくして捜査本部は死体を発見した神谷と安原が是成敏彦に何の関係ももっていない事実を確認した。彼らはあらゆる意味において（神谷は女関係が派手だったが）殺人を犯すような要素をもっていなかった。

マンション二年分の借賃《レント》は、是成商事の常務でも、小さな額ではない。もし彼が岩瀬光夫であれば、必ずそれに近い額が、彼の資産から移動しているはずである。

ところが、是成勝彦や友紀子を通じて調べた結果、被害者の資産には、どこにも穴はないことがわかった。

岩瀬光夫は犯人、もしくは共犯者というセンが強くなった。

マンションの借入れにおいて、まったく姿を東都住宅に見せなかったところからみても、彼が、その部屋を殺人現場、あるいは、死体隠匿用に借りたのであろう。

フロント、ロビーを経由せずに、駐車場から直接部屋へ出入りでき、しかも他の居住者に姿を見られにくい建物のはしに近い112号室を借りたのも、その計画のためと考えられる。

「それにしてもかねさえ出せば、殺人現場や死体隠匿の場所も自由に手にはいる、東京とは恐ろしいところだな」

「ふつうのマンションには、いちおう生活があるが、このようなアジト式のものには、それがない。おたがいに隠れ家だから、無関心のほうがあたりまえということになる」

「そこを狙った犯人は、よほど悪ずれしたやつですね」

「しかし貸すほうも貸すほうじゃないか、いくらかねを払ったからといって、四百万近いマンションを相手の顔も見ずに貸すんだから」

「人間よりも、かねを信用しているからでしょう」

捜査員たちは憮然《ぶぜん》となった。

四谷署に開設された捜査本部では、大都会の死角をついた犯人の頭脳と、資本力の伴った周到な計画に、捜査の難航を予測した。

孤独な経営者

1

六月三十日、東京地裁は、イハラ側の仮処分申請を却下し、ネルソン側の主張を認めた。

その理由としてＮＩ社とＷＷＡとの合併に契約違反はない。ＮＩ社はイハラ・ネルソンホテルの営業受託者であり、契約は有効に成立し、かつ継続している。したがって、同ホテルの総支配人、ヘンリー・ストロスマン氏のポストは従来どおりであるとして、ネルソン側の主張を全面的に認める次の決定を下した。

すなわち、

① イハラ側は、総支配人ストロスマン氏の営業活動を妨害してはならない。

② イハラ側は、新聞、雑誌、ラジオ、テレビ、その他のマス・コミュニケーションを通じて、ＮＩ社との業務委託契約が消滅した旨を表示してはならない。

というものである。

ＮＩ社側は、

「日本の裁判所は、公正であり、われわれの立場が正しかったことを示した」と大喜びした。

一方、イハラ側は、

「裁判所の決定が出た以上、いちおうそれに従わざるを得ない。しかしネルソンが契約に違反したことは事実なので、高裁に抗告する。さらに地裁に対しては異議を申し立てる。この仮処分の決定に対しては、絶対に承服できないものがある」と怒った。

しかしイハラ側が完敗したことは、だれの目にも明らかだった。

いままで比較的イハラ側に好意的だった新聞論調も掌《てのひら》をかえすように、

「イハラ側は、この委託契約を、〝人のフンドシで相撲を取る〟ような屈辱的な契約だと言っているが、それこそ虫がよい主張だと言うべきである。当時の契約当事者である元イハラ・グループ会長の猪原留吉氏は、世界のネルソンのネームバリューに対する期待があったからこそ、この契約を締結したのであろう。それをあとになっておもうように儲《もう》からないという理由で、約束の五パーセントの委託料を屈辱的だとして出ししぶるのは、それこそ日本のビジネスの恥辱《つらよごし》である。

他人の名声《のれん》を借りて商売するからには、のれん料を払うのは、あたりまえのはなしである。のれん料が高すぎるかどうかは、屈辱の問題ではなく、企業経営に対する予測の問題だ」

とか、

「イハラ側の完敗は、乾燥した契約に、日本人的感覚の感情論をもちこんだところにある。委託契約第十二条B項をよく読めば、法律の専門家でなくとも、NI社側の合併が契約違反でないことは、すぐにわかるはずである。イハラ側がしきりに言う商的信義とか、裏切り行為などという言葉は、契約以前の問題である」

と手きびしい筆致で書きたてた。

ともあれこの決定によって、「イハラ・スカイホテル」は、ふたたび、「イハラ・ネルソンホテル」に改称された。

イハラは、委託料支払期間である五年間をこの〝屈辱的な条件〟に拘束されることになったのである。

ストロスマンが総支配人として復職すると同時に、人事はすべて、〝ネルソン体制〟にもどされた。たんに戻っただけではなく、今度の騒動で過激な行動をとった者は、すべて馘首《かくしゅ》に等しい処分を受けた。

無事だったのは、株を握っている猪原一族だけである。

これらの過激分子は、そのうっせきした不満を、自分が音頭を取ってネルソンに喧嘩《けんか》を吹っかけながら、ひとりのうのうとしているように見える猪原杏平へ向けた。

その不満を木本専務はさらに煽《あお》りたてた。今度の騒動の本来の火つけ役は彼である。だが彼は、その責任を巧みに杏平になすりつけていた。それに最後の断をくだしたのは、たしかに杏平である。

「ネルソンを離縁するにしても、もっと別な方法があったはずだ。結局、社長のやりかたがまずかったのだ」

と木本は暗に杏平を非難しながら、社内の世論を、

「結局、いまの社長は器ではない」

と巧みに誘導していった。

もともと猪原杏平は、留吉が急死したあと、急遽《きゅうきょ》社長に据えられただけに、社員の信頼がうすかった。そこへもってきて、最近の彼にはやる気があるのか、ないのかまったくわからない。

決して無能ではないのだが、これだけの大企業の首長としては、何とも心細いのである。何よりも父親のような〝凄《すご》さ〟がまったく感じられない。会社の存続発展のためには、何ものをも犠牲にしてもかえりみないという迫力がなかった。

それと比べると、妹婿の木本栄輔は、何となく腹に一物を感じさせても、留吉を小型にしたような経営者的な迫力と頼もしさがあった。

留吉の残した株のおかげで辛うじて、社長の椅子にすわっていられる杏平とは、大きなちがいが感じられた。

日本人社員の大部分は、木本栄輔のほうへ集まってきた。

ネルソン側は最初から猪原杏平など眼中においていない。彼はイハラ・グループのシンボルであり、経営にタッチしないロボット社長にすぎないと考えていた。

いわば猪原杏平は、父親が築き上げた巨大な王国の中で、まったく孤独な真空の割れ

目に置かれていたのである。

2

さすがに車のシートにすわると、どっと疲れが吹き出る。大した仕事をするわけでもなく、社長室にすわっているだけであるが、ネルソン派遣社員の自分に注ぐ、品物を見るような目、日本人社員の反抗的な白い目、そんな視線ばかりに囲まれて過ごすのは、消耗的であった。

車の中へはいっても、運転手がいる。しかし運転手は自分と直接関係をもたない。関係のない雑音は、うるさくないように、運転手の目は気にならなかった。

「社長、社長、お宅に着きましたが」

運転手に何度か呼ばれて、杏平は、はっと目を覚ました。いつのまにか眠りこんでしまったらしい。

見覚えのある自分の邸《やしき》が、夜の闇の中に黒々とわだかまっていた。それはこの高級住宅街の中でも、ひときわ容積の大きいわだかまりのようである。

住居というものが、その実用的機能性よりも、住人の社会的地位や権力を示すためにあるとすれば、この邸は、まさにそのような目的のために建てられたこけおどかしの偉容をもっていた。

だがそこには、人間が住むためにいちばん必要な暖かさが欠けていた。町に散らばるマッチ箱のような家、アパートの間借りにも、団地の2DKにも、そのどこにでもあるみかん色の灯と、家族の対話がなかった。

邸を守る鎧《よろい》のような木の茂み越しに見える灯も、ここの家のは冷たく暗く、そして乏しい。二階の部屋のあたりは暗かった。

(また夜遊びか)

いつものことなので、杏平はべつに何ともおもわない。普通の夫ならば、こんな遅い時間に遊び歩いている妻を、かんかんになって怒るはずである。

その怒りも湧いてこない彼の心は、妻に対して金属のように冷えているのだ。

(それでも最初のうちは、人並みの夫婦のように、妻を愛そうと努力したものだった。しかし彼女は、その努力さえしようとしなかった。彼女は最初から、猪原家と東西銀行をつなぐパイプとして自分のもとへ来たのだ。鉄のパイプに人間の心なんかありはしない。それを期待しようとした自分がまちがっていた)

——要するに、父がすべて造ってくれたものだからだ。親父は死んだあとも、自分の造ったもので、おれをがんじがらめにしようとしている。

「しかし、それもいよいよおしまいさ。イハラ・グループはまもなくバラバラに分解する。木本をはじめ一族の連中は自分たちのやっていることが、どんな危険なことかも知らずに、せっせとおれを排斥しようとしている。馬鹿な奴らめ、その前におもしろいことをしてやろう」

杏平はつぶやきながら、玄関へはいった。うす暗い敷台の上に、これも父がつけてくれた老婆が置物のようにすわって出迎えた。

3

彩子が帰宅したのは、それから一時間ほどのちの、午前零時近かった。

「あら、お帰りでしたの」

彼女は、申しわけ程度に彼の書斎を覗《のぞ》いて、やや驚いたふうな声を出した。

「いま、何時だとおもってる。帰ってるのがあたりまえじゃないのか」

いつもとちがう夫の声に、彩子は今度は本当に「おや？」とおもった。杏平がこんな〝言いがかり〟をつけたのは、久しぶりのことである。夫婦のあいだには、他人どうしよりも冷たい無関心があるだけだった。

「まあ、ちょっとこちらへはいりなさい。おもしろいものを見せてやろう。いや聞かせてあげると言ったほうがいいかな」

含んだような夫の声に彩子は、何となくうす気味悪いものを覚えながら、結婚以来数えるほどしかはいったことのない夫の書斎へ足を踏み入れた。

「おもしろいものって何ですの」

「まあ、そこへおかけ。おや、アルコールが少しはいっているね」

「お友だちのカクテル・パーティに招かれたものですから」

今夜にかぎって、いつもは歯牙《しが》にもかけていない夫のペースに巻きこまれているような自分を、彩子は腹立たしくおもいながらも、つい弁解口調になった。

「まあいいだろう、おまえも家にばかり閉じこめられていると退屈するだろうからね」

今夜の杏平の言葉には、いちいち針がある。

「私、疲れていますの」

彩子は、ややキッとなった。

「そうだね、おまえが帰って来たばかりだというのに、もう午前零時を過ぎている。あまり引きとめても悪いから、早速見せて、いや聞かせてあげようか」

杏平は、腕時計を大仰に覗いてから、ポケット辞書程度の大きさの、金属の箱をデスクの上に出した。

「それ何ですの？」

「すぐにわかるさ」

杏平は、うすく笑って、彩子の反応を愉《たの》しむような目をした。彩子はいやな予感がした。

「それじゃいいかい、最初のあたりがちょっと耳ざわりなところがあるが、すぐにおもしろくなる」

杏平は言って、箱の一、二ヵ所をカチカチ操作した。ガーガーという雑音がはいって、しばらくは何のことだかわからない。

と、箱の正体に彩子がようやく気がついたとき、

（カセット録音機《レコーダー》）

「もっと、もっと強く……お願い……」

と雑音の中から浮かび上がるように湧いてきた女のなまめかしい声があった。つづいて肌と肌のすれ合うような音と忙《せわ》しないあえぎ。

それらがどういう状態のときに発せられたものかと、気がつくよりも早く、彩子は、その声やあえぎが、まぎれもなく自分のものであると悟って愕然《がくぜん》となった。

「やめて！」

と叫んだとき、偶然にもカセットは、

「もうダメ……」と言った。

杏平はすばやくデスクの上から、彩子の手の届かない位置へ取り上げた。

「どうだい、おもしろい録音だろう。そう簡単に手にはいるピンクカセットじゃないよ。何しろ出演者がちがうからね」

杏平は、モルモットを観察するような視線を彩子へ向けた。

「わたし、失礼するわ」

「待ちなさい！」

彼のいつになくきびしい声が、彼女の足を釘《くぎ》づけにした。

「最後まで聞くんだ」

杏平は残酷なとどめを刺すように、ぴしりと言った。

「あ、あんまりだわ」

彩子はあえいだ。しかしそのあいだにもカセットの中で、別の彩子が卑猥《ひわい》なあえぎをつづけていた。

相手の男以外に、だれもいないはずの隠微な性の密室では、女はこんなにも破廉恥に、こんなにも卑猥にとり乱すものなのか、その本人が自分であることが信じられないくらいに、おもいきってえげつない言葉や音が、高性能のカセットによって無惨なまでに明《めい》瞭《りょう》に録《と》られている。

「あなたってひとは！」

「主演者はきみだ、しかし共演者は私ではないことはたしかだな。私との数少ない営みのときに、きみは決してこんなにとり乱さなかった」

「いったい何を言いたいのよ」

「相手は、大沢らしい、いや大沢だ。さしずめ、私は妻と飼い犬に裏切られたというわけだ」

「そうよ、大沢よ、それがどうしたっていうの、あなたが、私を一度でも女として扱ってくれたことがありまして!?」

彩子はヒステリックにわめいた。べつに開き直ったわけでも、反抗したいわけでもない。わめいているかぎり、カセットのいやらしい声を吸収することができる。

彼女は、ただその目的のためだけに、言葉を押しだしていた。

「どうやら、私たちの関係もこれまでらしいね」

とらえた獲物を嬲《なぶ》っているようだった杏平の口調が、ふっと変わった。

「それどういう意味?」

「もちろん別れるのさ、そのほうがおたがいのしあわせだとおもう」

「そんなこと本当にできるとおもってるの?」

追いつめられていた彩子が、急に余裕をもったように笑った。それは女としての自信によるものではなく、彼女が背負って来た巨大な持参金に寄せる驕《おご》りであった。

「できるさ」

杏平は答えた。

何の感情もない声であったが、それも、自信に満ちた口調であった。

数日後、猪原杏平夫妻の離婚が発表された。世人は、一千万円かけた地上最高の結婚式の記憶がまだ新しかったために、その寿命の短さに驚いた。

猪原夫婦の離婚によって、猪原の大沢殺しの動機は、さらに強められた。彼は妻の不貞をかなり以前から知っていたにちがいないのである。

「妻を離婚するくらいならば、密通の相手を殺さないだろう」という反論も一部にはあったが、離婚という法律的な手続きと、人間の憎悪は別のものであり、さらに猪原には、ソレンセン殺しの共犯を除くという疑いもあった。

ともあれ、猪原杏平は、二つの殺人事件の接点に立つ者として、警察の厳しい視線が注がれたのである。

しかしこの離婚を両手を打って喜んだものがある。浅岡哲郎である。彼にとって杏平の離婚は、美しい獲物にとどめを刺そうとする寸前、獲物の最も強い守護者が離れたようなものであった。

腐乱の接点

四谷署に開設された「マンション殺人事件」の捜査本部では、捜査がはかばかしく進まず、捜査員たちのあいだに焦りの色が出ていた。
是成敏彦の身辺を洗ったところ、とくに殺人の動機をもつような人間は浮かび上がらなかった。

こういう資産家の殺人は、えてして財産相続などの、財産目当てが多いのだが、第一順位の相続人となる妻の友紀子が、財界の怪物《モンスター》と呼ばれる浅岡哲郎の娘であり、殺された敏彦名義の財産以上の持参金を背負ってきたから、相続人の財産目当ての犯罪とは考えられなかった。

夫婦のあいだにはまだ子供はいない。敏彦の父是成信彦が、彼らの結婚と同時に新夫婦のために新築した芦屋の新居に、友紀子は、まだ〝新婚の未亡人〟として、ただひとり取り残されてしまったわけである。

兄の勝彦にも、動機は見あたらない。是成商事の社長でもあり、名実共に会社の実権を握っている彼が、弟を排除しなければならない理由は何もない。

是成信彦の財産は、莫大《ばくだい》なものだが、彼はまだ元気そのものであり、勝彦が当分死にそうもない父の財産の相続分《シエア》をふやすために弟を殺すということは考えられなかった。

それに是成信彦には勝彦、敏彦のほかにも二人の娘がいたのである。

大阪へ出張した大川と下田が、所轄署の協力を得て、被害者の職場、家庭関係を執念深く洗っているうちに、一つの興味深い事実があがってきた。

それは、敏彦が精神障害ではないが、正常人と障害者のちょうど境界線《ボーダーライン》あたりの知能の持ち主だったということである。

一方、妻の友紀子は、才媛《さいえん》ばかりが集まるので有名な東京のA女子大で、開校以来といわれるほどの才女だったそうである。それが父親どうしの政略から本人の意志に関係なくいっしょにさせられてしまったらしい。

「障害者と才女の組み合わせか」

大川は腕を組んだ。

「夫婦仲はあまりよくなかった様子です」

下田がかたわらから言う。

「そりゃまあ、そうだろう。父親の政略のためには相性もへチマもない。本人の幸福よりも、家のほうが大切なんだ。いつの世の中になっても、金持ちの考えかたは変わらないな。だからといって……」

「殺人の動機にはならないというんでしょう」

下田が大川のあとの言葉を引き取った。

「そうだ、もし友紀子にかくれた男でもいれば、別だがな」

「そのセンを疑って、十分に調べたのですが、友紀子に男関係は浮かび上がりません」

「まだあきらめるには早いぞ。いかにも頭のよさそうな女だったから、よほどうまいこと忍び逢《あ》っていたのかもしれない。現在だけでなく過去をずっと遡《さかのぼ》って洗ってみよう。彼女は結婚してから関西のほうへ行ったのだから、結婚前の履歴は、こっちに残っているはずだ。ひとつ友紀子の過去を徹底的にほじくってみるか」

死後経過時間の推定が、きわめて幅が広いために、手っ取り早く事件関係者のアリバイをあたることはできない。

その後の捜査によって、是成敏彦は、四月十八日日曜日十八時三十分、パン・アメリカン001便でホンコンに向かった。翌十九日日航042便で十四時二十分に羽田に着き、その足で同社国内線321便で、十七時五十五分には大阪に帰着していることがわかった。それ以後の消息はぷっつりと途絶えている。なにゆえ一日で旅程を変更したのか、その理由は謎だったが、彼が殺されたのは、大阪帰着後であることは明らかである。

勝彦や友紀子が、彼の出国を羽田でたしかに見送っていたのであるから、替玉に出国させるというトリックは使えない。

死後経過時間と見合わせて、四月十九日以降、挙動不審な人間の出入りについて、〈新宿スカイハウス〉の居住者およびその周辺に執拗《しつよう》な聞込みが行なわれたが、収穫は皆無だった。

一方、現場の不可解な密室状況は、依然として説明がつかない。

どのような手段を講じても、外からチェーンロックをかける方法は見つけられなかった。

「何かわれわれの知らない〝新兵器〟を使ったのだろうか？」

ついに捜査官の一人が音をあげたが、

「そんな新兵器があれば、私どもがとうに使っております」

とマンション側に言われて沈黙した。安原と神谷が死体を発見したとき、彼らはチェーンロックを壊して室内へ押し入ったのである。

経営の当事者として、マンション側では、殺人事件までは予想しないにしても、居住者がチェーンロックをかけたまま、自力ではずせなくなった状態を当然考えていた。

しかし彼らにしても、そのような新兵器の存在を知らなかった。全室共通のマスターキーも、チェーンロックに対しては、さっぱり威力を発揮しない。

だからこそ居住者は、チェーンロックに大きな安心感を寄せられるわけである。

「しかし犯人はどうして密室にしたのでしょうか？」

何回目かの捜査会議のとき、下田がふとおもいだしたように言った。

「そりゃもちろん、死体の発見を遅らせるためさ」

大川が、何をいまさらといった表情をした。

「それじゃあ、なぜ死体の発見を遅らせたかったのでしょう？」

下田は食いさがった。

「それは……」

大川はちょっと口ごもってから、

「犯人が逃げる時間を稼いだり、死亡時間の推定をまぎらわしくしたり、犯人にとってはいろいろと利益があるだろう」

「なぜ死亡時間の推定をまぎらわしくするのでしょうか？」

下田は執拗だった。

大川は、現役の刑事がわかりきったことを聞くとはおもわなかった。下田は何か考えついたことがあるのにちがいない。自分の知らないことを問い糺《ただ》すためではなく、思考を論理的に追うための手段にしているのであろう。

他の捜査官も、そのことに気がついていた。

「どうして死亡時間をまぎらわしくしたか？　それはアリバイ工作をしやすくするためもあるでしょう。しかし、自分には、何かほかに目的があるような気がするのですが」

「それは、どんな気だ？」

捜査係長の石原《いしはら》警部が身を乗りだした。

「アリバイ工作だったら、わざわざマンションを借りて、密室にしたうえに、死体をビニールでぐるぐる巻きにするという手のこんだことをやらなくとも、もっと他に簡単な方法があったとおもいます。この犯人は、死亡時間とか、アリバイなどの前に、絶対確実に一定期間死体を隠匿しなければならない事情があったんじゃないかとおもうんです」

全員の注意が下田に集まった。

「死体を山へ埋めたり、海へ投げこんでも、獣や魚に咥《くわ》え出されるおそれがあります。マンションを借りて密室にしたのは、たんなるアリバイや逃亡の工作ではなく、絶対に発見されないための保証が欲しかったのではないでしょうか」

「それで……」

係長がうながす。

「死体は、いずれは見つかります。そして現に見つかりました。だから犯人の目的は、永久にかくすことではなく、一、二ヵ月の当初だけ隠せればよかった。しかし、このあいだには、絶対に発見されてはならなかった。このように考えた場合、犯人にとっては時間が経過すればするほど、発見される危険性が強まるわけです。ですから、このような念の入った工作を施しても、死体を隠さなければならない必要性をもった時期は、隠匿した初めのころのはずです。つまり殺害直後のころです。

多少時間がたってから発見されるのは、かまわないが、殺したあと、しばらくは絶対に発見されてはならない事情があった。それは何か？　もちろんアリバイや逃亡工作以上の事情のはずです。なぜなら、それだけの目的ならば、二、三日の隠匿で目的を達せられるはずだからです」

「それでどんな事情があったとおもうのかね？」

大川は、下田が若いに似合わず、慎重で、じっくり物事を分析してかかる理論派だということを、よく承知しながら、ついじれったくなってしまう。

「殺して、すぐに発見されると、他の事件と関連して考えられるからではないでしょうか」

「他の事件！」

何人かが同時に言った。彼らにはいままで見えなかった新しい展望が開けたようにおもえた。

「私は、被害者が殺されたのは、帰国した直後だとおもいます。帰国してから当分のあいだ生きていたとすれば、当然その間の足跡が残ります。だれかに見られる可能性もあります。ところが、帰国後の消息はぷっつりと絶えている。だからこそ家族は、しばらくのあいだは、海外で行方不明になったと考えていたくらいです。

すなわち、四月十九日か二十日ごろに殺されたのではないか。そして犯人は、その日に殺されたという事実を、どうしても隠さなければならなかった。ということは、同じころに起きた別の事件と関連づけられたくなかったからです」

下田の口調は、話しているあいだに確固たる自信をもってきたようであった。

「四月十九日か、二十日ごろに何か事件《ヤマ》はなかったでしょうか。たぶん殺人事件《コロシ》だとおもいますが」

「たしか三、四件あったはずだぞ」

「その中で未解決のコロシをピックアップしてみましょう」

資料を取り寄せるまでもなく、刑事たちの記憶と、電話による確認によって次の三つのヤマが未解決だということがわかった。

①　四月十九日午前六時死体発見
農薬毒殺事件——青森県五所川原《ごしょがわら》署管内

②　四月二十日午前七時死体発見
社長秘書殺人事件——大阪府茨木署管内

③　四月二十一日午後九時ごろ死体発見
若妻強姦《ごうかん》殺人事件——横浜市加賀町署管内

以上の中で、
①は死亡時間が十八日の午後十時—十二時のあいだと推定されていたので、対象からはずされた。その時間には是成敏彦はホンコンにいたはずである。それに青森県の五所川原で殺害方法が農薬というのも、都心のマンション殺人とは結びつかなかった。
③は、未解決だったが、あらゆる状況が、ナガシの犯行を物語っている。
結局最後に残されたのが、②である。

まず第一に死体発見の現場が大阪であるということから、大阪に住居と職場をもつ是成敏彦との関連をおもわせた。

第二に、茨木の死体の身元が、社長秘書というのも、是成との職業的関係をにおわせた。

第三に、これが最も重要な関連性であるが、茨木のほうの死亡推定時刻が、十九日の午後九時から十二時までのあいだということである。

是成敏彦の最後の消息は大阪伊丹《いたみ》着午後五時五十五分までである。それからあとの消息は、かいもくつかめていない。

しかし、彼がもし帰国直後に殺されたと仮定すれば、茨木で発見された社長秘書の死亡推定時刻と実にうまく符合するのである。

四谷署の捜査本部は、がぜん緊張した。社長秘書殺害事件の資料が急遽《きゅうきょ》、大阪から取り寄せられた。

――大沢秀博（二十八歳）、撲殺のうえ首を絞められる。イハラ・ネルソンホテル社員、死亡直前の職業、同社社長猪原杏平の秘書――しかも猪原杏平は、昨年末に発生した「イハラホテル外人殺し」の有力容疑者と目されていることもわかった。大沢秀博が殺されたのも、共犯者として抹殺された疑いが強い。

「よし、是成、大沢、猪原の三者の関係を徹底的に洗え！」

資料を手にした捜査係長の声は、久しぶりにはずんだ。

殺意のＩＣ

1

下田刑事の着眼は、直ちに茨木署と丸の内署の二つの捜査本部に伝えられた。もともとこの二つの本部が担当する事件は連続する疑いが強い。

そこへもってきて、四谷署管内に発生したマンション殺人が重なってきたのである。もしこれも連続するとなれば、恐るべき連続殺人事件となって三つの本部は合同することになる。

猪原のアリバイが崩せず、解散ぎりぎりのところへ追いつめられていた丸の内署は、四谷署の着眼をどのように解釈すべきか、ちょっと途方に暮れたといった状態であった。

「何だって？　四谷のマンションの重役殺しが、大沢殺しに関連するかもしれないだと」

那須警部は目を剝《む》いた。

「そんなとほうもないことを言いだしたのは、いったいだれだ？」

「石原班の下田刑事ですよ」

「下田か」

那須は吐息をついた。若いが、庁内では理論派で通る刑事である。

河西刑事が説明してくれた下田の着眼の理由は、たしかに一理あるようだった。それにしても三つの連続殺人とは！　しかも最初のソレンセン殺しの犯行方法は、推測によってどうにか納得いったものの、いずれも不可能犯罪の様相を呈している。

「ともかく、四谷の言うように、猪原と大沢、是成の関係を洗うことだ」

こうなっては面子《メンツ》などにこだわってはいられない。ヨソのヤマの捜査本部から出された示唆であったが、いちおう納得させるものがあるかぎり、従ってみようと那須は判断した。

一人の被害者の周辺を、洗うのと異なり、複数の人間の関係を探るほうが、はるかにたやすい。方程式の未知数の数が、それだけ少ないのと同じである。

三つの捜査本部が協力して洗ううちに、まず是成家と猪原家の関係がわかった。すなわち猪原杏平の、つい最近離婚したばかりの元の妻彩子は、東西銀行の現頭取、野添雅之の娘であり、是成敏彦の父信彦は、東西銀行と対立関係にある芙蓉銀行の頭取であるということである。

さらに、敏彦の妻友紀子は、イハラ・グループとことごとに競い合っていたアジア興業の社長、浅岡哲郎の娘だというのだから、ややこしかった。

ビジネスのからみ合いが浮かび上がったのち、捜査のポイントは、容疑者どうしの関係に絞られていった。

つまり、大沢殺しの有力容疑者猪原杏平と、是成友紀子の関係である。友紀子には夫婦仲がよくなかったという理由で動機保有の可能性があった。

四谷署が友紀子の男関係を洗ったときには何もでてこなかったが、今度は、対象の男を限定して、その関係を徹底的に追及していくのだから、やりやすい。いわばトンネルを両側から掘り進めるようなものである。

二人のあいだのあらゆる共通項の可能性が検討され、一人ずつ消されていった。

丸の内署の林刑事が、友紀子が結婚前に調布空港に本拠をもつスポーツ航空のクラブ、イーグル・フライングクラブに三年間籍を置いた事実があったことを突き止めてきたのは、一週間ほどのちのことである。

猪原杏平は現在でも、同クラブのメンバーである。二人が三年間、同じクラブメンバーとして接触の機会をもったことが明らかになった。

林刑事はさらに古参のメンバーから二人がとくに親密で、猪原が三等航空無線通信士の資格をもっていたので、それをもたない友紀子のためによく同乗飛行をしてやったという事実を聞き込んできた。

「林君、よくやった」

ふだんあまり感情を表に出さない那須も喜色を満面にあらわした。彼らが、空で結ばれた仲を、地上に降り立ってから、さらに深め、たしかめ合ったということは容易に考えられるのである。

「彼らは、もしかしたらロメオとジュリエットの現代版かもしれないな」

山路が突拍子もないことを言いだした。

「趣味のクラブで知り合い、おたがいに激しく愛し合った。ところが親たちは商売敵だ。結婚をとても許してくれるとはおもえない。さりとて、金持ちの家に生まれて、贅沢《ぜいたく》にどっぷりと浸った身には、駆け落ちして手鍋《てなべ》下げてもというほどの度胸はない。泣く泣く親のすすめる縁談に従って、別れて行った」

「ずいぶんクラシックな話ですが、ありそうですね」

村田刑事がうなずいた。

「しかし二人に関係があったとしても、それが事件にどう響いてくるのですか？」

河西刑事が冷静な質問をした。大沢殺しと是成殺しの背景の人間やビジネスの関係に、複雑なからみ合いがあったことはわかったが、事件は東京と大阪に五百キロの距離をおいて発生している。

同時に起きたらしいというのは、あくまでも警察側の推測にすぎず、決め手はない。かりに猪原杏平と是成友紀子が共犯関係であったとしても、いまのところ、共犯のメリットがなさそうなのだ。

「ちょっと待ってくれ」

那須警部が半眼を見開いた。彼には何かがわかりかけていた。それが意識の表面のすぐ下まで来ていながら、薄いベールに遮られて浮かび上がってこない。

もどかしかった。

ほんのわずかな力で、均衡が破れ、すべてが解明される寸前で、そのわずかな力が足りないのである。

「ちょっとひとりにさせてくれ」

会議を開いていたわけではないので、那須はことわって、空いていた小部屋にはいった。

彼は、ひとりだけの空間に身を置いてじっくりと思考を追ってみるつもりだった。

(猪原を守っているものは、アリバイだ。午後九時から午前四時までの七時間に東京―大阪を往復する不可能性が、彼を守る鉄壁のバリケードになっている)

――そのアリバイを崩すために、まず車が考えられ、次に飛行機が出されて、それぞれ打ち消された。車は時間的に不可能であることがわかった。飛行機は、着陸飛行場、夜間着陸の灯火、燃料等次々に難点が出てきて、結局、不可能ということになったのだ。それはここに是成友紀子という共犯者の存在が考えられるようになっても、少しも変わらない。

「待てよ」

自問自答のうちに、那須はおもわず声を出してつぶやいた。思考を整理するために、愛用のパイプを取りだした。

このごろ胃が荒れるので、努めて節煙するようにしていたが、この際やむを得ない。

(本当に共犯が存在したとしても、事情は変わらないだろうか?)

——四谷署では、大沢殺しと関連づけられるのをふせぐために、念の入った死体の隠匿工作をしたと言った。関連づけられることによって、犯人側に生じる不利益とは何か?

(それはもちろん、共犯関係を知られたくないためだろう)

——しかし、共犯者はいったいどんな役目を果たしたのか? それに二つのコロシに二人の容疑者が浮かんで、どんな共犯関係があるというのだ?

(そうだ、杏平と友紀子が共犯だったとしても、二人の果たした役目がまったくわかっていなかった)

那須は、解明に一歩近づいたように感じた。まだ依然として意識の表面下に張られたベールは破れていない。しかし、きっぱりとした日の光の下に着実に一歩近づいた確信があった。

「彼らが共犯として果たし合ったそれぞれの役目がわかれば、猪原のアリバイは崩れる。いや、この三つのヤマはすべて解決されるかもしれない」

那須は自分の思考を、声にしてつぶやいていた。

(彼らの共犯としての利益は何か? 共犯関係を知られると、どんな不利益が生じるのだろうか?)

しかしそれから先は、いくら考えても、思考はいたずらに空転するばかりだった。こうなってくると、いくら頭を熱くして考えても、むだである。

うすいベールは、鋼の板のような強靭《きょうじん》さを発揮して、新しい展望を広げるのをはばむ。那須はついにあきらめた。

いま突破できなくとも、ここで集中したエネルギーは蓄積されて、いつかインスピレーションとなって、新しい突破口を開くかもしれない。

那須はそのことを、いままでの経験から知っていた。

2

那須の家は、練馬《ねりま》の奥にある。池袋から私鉄に乗り換えて二十分ほどのところである。通勤圏が広がっている現在、その程度の距離に住めることを、幸いとおもわなければならないのだろうが、捜査会議などで遅くなり、池袋までたどり着くと、ぐったりしてしまう。

これから私鉄に乗り換えて、さらに二十分も電車に揺られるのが、えらくしんどく感じられるのである。

いきおい事件か起きて、捜査本部につめるようになると、本部へ泊まりこんでしまうことが多い。たまに家に帰るのは、着替えと風呂《ふろ》のためぐらいである。

那須の体質は分泌が少ないので、下着もたいして汚れない。それでも季節がしだいに暑くなってくると、汗をかくので、毎日替えなければならない。多少の着替《ストック》えはもってきていたが、ここ数日急に暑くなったので、たちまちストックは底をついてしまった。

風呂のほうは所轄署のシャワーで何とかまに合わせることができるが、下着だけは、そうはいかない。まさか殺人事件の捜査係長が、その本部で下着の洗濯をするわけにもいかなかった。

独身時代によくやったように、買ってきた下着を着られるだけ着て、脱ぎ捨てたストックの中から、比較的きれいそうなのを選んでまた着るという芸当も、もうする気がしない。

那須は、これを齢《とし》のせいだろうとおもった。

その日彼は、緊急の用件が生じて、四谷署へ出かけることになった。事件が連続する疑いがでてきたから、両本部の行き来は激しくなってくる。

今日の用事は、どうしても那須本人がいかなければ、すまない性質のものだった。

本部を出るまぎわに、帰途、池袋か新宿へまわって、家人に下着の替えをもって来させようとおもい立った。今夜もまた本部泊まりになりそうである。

時折妻や息子に、本部まで、必要品を届けさせていたが、家族の者も、殺人事件の捜査本部というと、何となく敷居を高く感じるらしく、あまり来たがらない。

（ちょうどいい折だから、途中で落ち合って、下着を交換しよう）

那須は、いままで脱ぎ捨てておいた下着のストックをかかえて、本部を出た。あまりいいかっこうではないが、他の人間には、彼が何をかかえているのかわからないだろう。

四谷署での用件はわりあい早くすんだので、そこからわが家へ電話をかけた。

妻が池袋までもって来てくれることになった。Sデパートの前の〈K〉という喫茶店で待ち合わせることにした。

ウナギの寝床のように細長く、店内はあまりきれいではないが、本格的なコーヒーを喫《の》ませるので、那須は時折利用する。

〈K〉には、先に着いた。午下《ひるさ》がりの中途半端な時間なので、店内は空《す》いている。久しぶりに手持ち無沙汰《ぶさた》な時間は、ついパイプを取り出してしまう。

――こうやって、途中で落ち合って下着を交換すればおたがいの手間も少なくてすむ。

（われながら、うまいことを考えたもんだわい）

ぼんやりと紫煙を追いながら、那須はひとりで悦に入った。

（それにしても、あいつ遅いな、年がいもなく、久しぶりにおれとデートするような気になって、めかしこんでやがるのか、途中で出会うんだから、時間も半分でいいはずなのに）

まだ大して時間は経っていないのに、待たされる身にはひどく長く感じられて、彼は腕時計を覗《のぞ》こうとした。

視線が、ふと宙に固定したのは、その瞬間である。

（そうだったのか！）

彼が先日、あれほど考えても突き破れなかった、意識の表面下の薄膜が、見事に破れていた。

何気ない連想が、猪原杏平を鎧《よろ》ったアリバイの鉄壁を、ついに崩したのだ。

那須は、そそくさと立ち上がって、〈K〉を出た。汚れた下着の包みをボックスに残したまま――。

3

那須は、猪原杏平と是成友紀子が、東京―大阪の中間地点で落ち合って、死体を交換したのではないかと考えたのである。

つまり猪原は東京で午後九時から十二時ごろのあいだに、大沢を殺す。一方、友紀子は同じ時間帯に大阪で夫を殺す。二人は、それぞれの死体を車に積んで、中間地点、たぶん豊橋《とよはし》か浜松付近まで運んできて交換した。

交換した死体を、二人は、それぞれの出発地へはこんで、隠匿あるいは遺棄する。

この場合、二つの死体が同時に発見されては、二つの事件の関連が疑われる。そうなると死体交換のトリックが割れて、せっかくのアリバイが崩れてしまう。

そのためには、どんなことをしても、もう一方の死体の発見を遅らせなければならなかったのだ。

死体を単に遺棄するのとちがって、それを一定期間確実に隠し通すための工作は、女には無理だ。したがって、隠匿のほうを、猪原が担当したのであろう。海外旅行に発《た》った人間が、消息を絶っても、国内とちがって、すぐには不審におもわれない。どこかへ蒸発して命の洗濯でもしているのだろうと解釈される。捜索がはじまっても、国外なので、おもうにまかせない。犯人はそのへんのことまで計算していたにちがいないのだ。

是成敏彦が、なぜすぐに帰国して来たのか、その点がまだ謎に包まれているが、友紀子を取り調べれば、いずれわかることであろう。

こうして二つの死体は交換され、犯行地と発見地を入れ替わったにちがいない。犯行の翌日死体となって発見された大沢に対して動機をもつ猪原は、もともとその動機が、ソレンセン殺しの共犯を抹殺するためとおもわれたので、新たな共犯の利用が考えられなかった。

それにそのとき猪原の周囲に、共犯になり得る人物が浮かび上がらなかったのである。こうしてアリバイは構築された。死体が大阪で発見され、東京に最有力容疑者がいる。彼には七時間の空白しかない。この空白時間に東京―大阪を往復することは、どのような手段を使っても不可能である。

しかし、その中間地点ならば、七時間での往復は可能となる。

いままで捜査本部は、中間地点から、死体が〝中継《リレー》〟されて友紀子によって運ばれたとは、夢にもおもわなかった。第一、その時点では、友紀子の存在は浮かび上がっていなかったのである。

友紀子が動いた分だけの時間が、そのまま猪原のアリバイを支える柱となったのだ。

那須は、下着を交換するために池袋で妻と落ち合おうとして、このトリックを見破った。下着の交換から死体の交換を連想したのは、いかにもとっぴだったが、那須は、時間と手間を省くために無意識のうちに、猪原らのとった行動と同じ類型の行動をとっていたのである。

「とすれば、猪原の空白時間は、そのまま友紀子の空白に該当《あてはま》るわけですね」

那須の発見を聞いた山路は、気負い立った。鼻の下が汗に濡《ぬ》れて光っている。

「さっそく、四月十九日夜の友紀子のアリバイを当たってみてくれ」

那須の声も弾んでいた。山路の連絡によって、茨木署から芦屋へ刑事が飛んで、友紀子のアリバイが調べられた。

友紀子は刑事の質問に満足に答えられなかった。彼女の供述によると、四月十八日は羽田に夫を送ったのち、その日のうちに飛行機で大阪へ帰り、空港から芦屋の自宅まで義兄の車で送ってもらったが、十九日から二十日にかけては、ひとりで自宅に閉じこもっていたというのである。

もっとも十九日夜八時ごろと、二十日の午前八時ごろに、たまたまかかってきた友人の電話に出ているので、その時刻には自宅にいたことが証明された。

しかしかんじんの十九日の夜から二十日の朝にかけての証明ができなかった。以前にいた若いお手伝いが、数ヵ月前にやめてから、夫婦二人暮らしだったために、友紀子がその夜たしかに自宅にいたという客観的な証明は、何もないわけである。

さらに午前八時の電話は、たいした用事でもないのに、友紀子が自宅へ電話してくれるように友人に頼んだものであることがわかった。

ということは、二十日午前八時、彼女がたしかに自宅にいた事実を証明したかったことを意味する。

何ゆえ証明しなければならないのか？　それは是成がほぼその時刻に殺されたか、あるいは死体が東京へ運ばれたからではないだろうか。

いまの時点では、彼女がなぜ「午前八時」という時間にこだわったか、正確な理由はわからないが、前夜午後八時から二十日の午前八時にかけて、友紀子の時間は空白になっていた。

茨木署から、友紀子に十九日夜のアリバイがないという連絡を受けた丸の内署は、猪原、友紀子共犯の心証をますます強めた。

「死体を交換したとしても、いったいどのへんで二人は落ち合ったのでしょうか？」

捜査会議で村田が言った。

「東京―大阪の中間となると、浜松あたりかな。両方を同時に発車する新幹線がすれちがうところが、浜松の近くだというから」

「この場所を正確に割り出せないものでしょうか？」

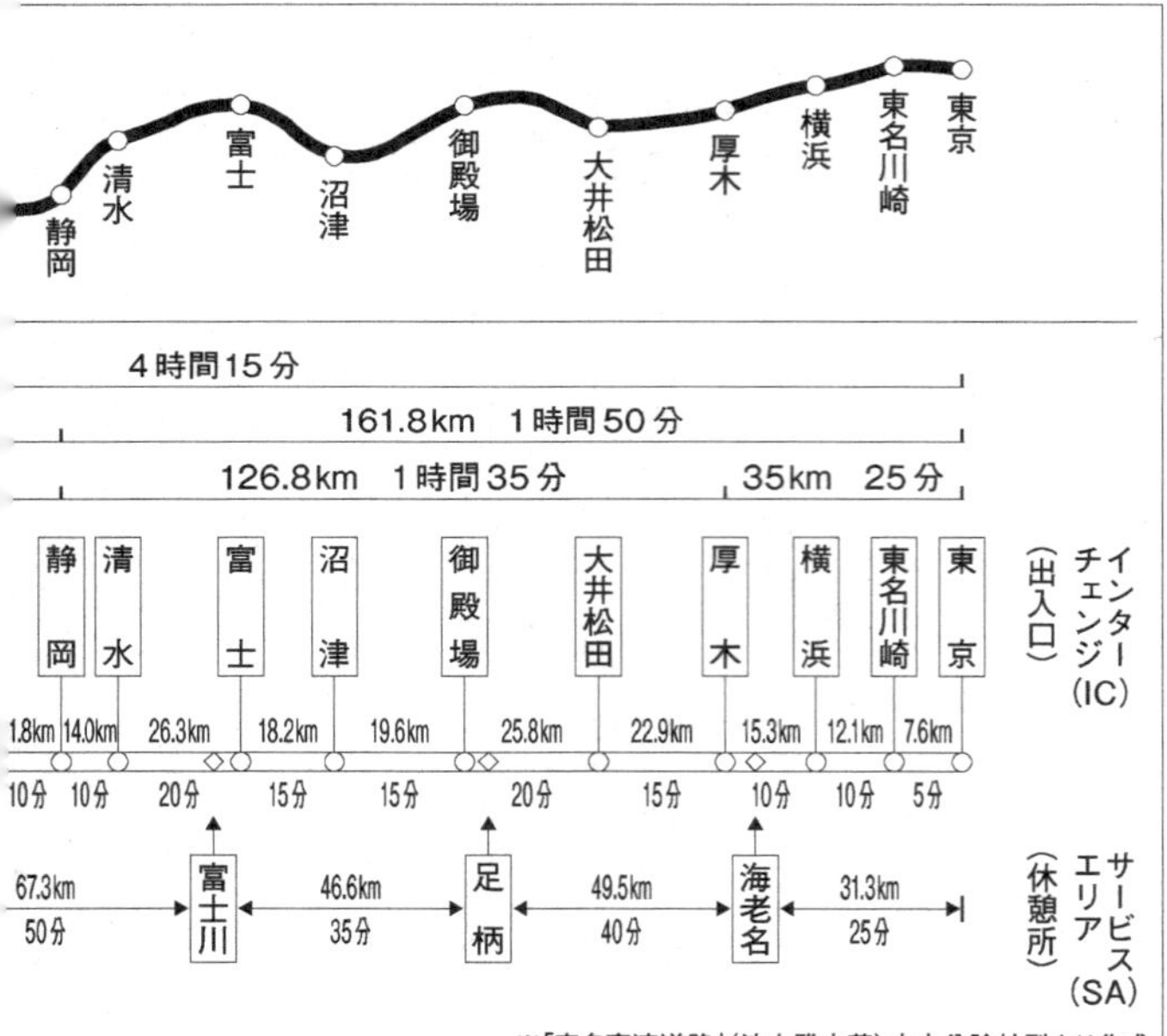

※「東名高速道路」（池上雅夫著）中央公論社刊より作成

「猪原の空白時間を、車の実走距離と時間であてはめていけば、わりあいいいセンまで出せるんじゃないかな」

　草場が発言した。車の場合、列車ダイヤと異なり、道路の状態や、山間部と平野部、車種、昼間か夜間か等の条件によって所要時間が異なってくる。

　四月十九日夜の気象が、晴天であったことは、小型機のセンを追ったときにす

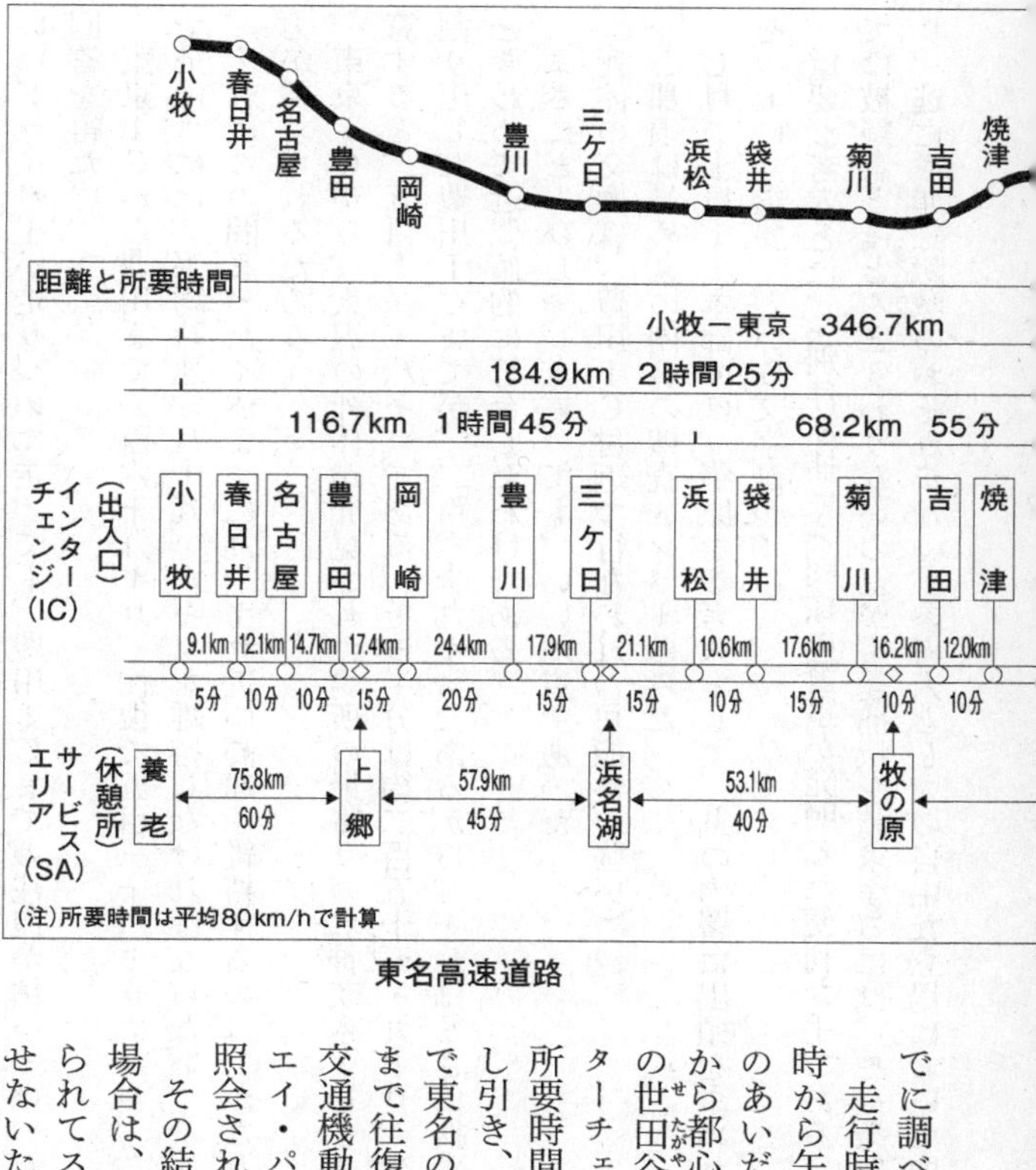

東名高速道路

でに調べてある。

走行時間は午後九時から午前四時までのあいだとし、これから都心と東名高速の世田谷《せたがや》IC（インターチェンジ）間の所要時間を一時間差し引き、結局六時間で東名のどのあたりまで往復できるか、交通機動隊のハイウエイ・パトロールに照会された。

その結果、夜間の場合は、視界がかぎられてスピードが出せないために、腕のいいドライバーが走りづめに走っても、豊川ＩＣまでの往復が精いっぱいだろうという回答を得た。

東京ＩＣから豊川まで二百六十九キロ、往復で五百三十八キロになる。これを六時間で飛ばすには、平均時速約八十九・六キロを維持しなければならない。

それにこの間まったく休まずに九十キロ近い高速を維持するのは、かなりの技術と体力が要求されるだろう。

東京ＩＣから、大沢の死体が発見された場所の最寄りの名神茨木ＩＣまでの距離を通算すると、五百十一・八キロである。その半分は約二百五十五・九キロ、交通機動隊の割り出した豊川ＩＣまでが、二百六十九キロであるから、それはまさに捜査本部の推測ときわめて近似値的に符合したわけである。

まさにどんぴしゃりと言っても、いい地点であった。

(死体の交換は、豊川ＩＣ付近で行なわれた可能性が強い)

と那須はじめ丸の内署の捜査メンバーはみた。

七月二十日――本部では、猪原を参考人として、丸の内署に出頭を求めた。もちろん、その上に「重要」という文字がつく。

重要参考人とは、「別件逮捕」と同様に警察が発明した便利な手である。実質においては被疑者とほとんど変わりないのだが、逮捕状を請求するには、やや条件が弱かったり、逃亡や罪証隠滅《ざいしょういんめつ》のおそれがなく、参考人としての自由な立場において取り調べたほうが、顎《あご》(口)が柔らかくなるという考慮から、表面を任意の衣装でつくろうことが多い。

まして、猪原のアリバイは、捜査本部の内部で理論的に崩しただけであって、まだ決め手をつかんだわけではない。

マンションを一年も前から借りていた点などから見ても、かなり以前から、この途方もない犯罪を企《たく》らんでいたことがわかる。どちらの被害者が、予定外の行動をしても、この犯罪は成り立たない。それが二人とも、四月十九日の夜、犯人たちにとって殺しやすいように果たして動いてくれるか？　そしてそれを一年も前から、どうやって予測したのか？

ことに被害者の一方は、海外旅行へ飛び立っていながら、急遽《きゅうきょ》、舞い戻って来ている。犯人はいかにしてそのことを予測できたのか？

それらいっさいが、まだわかっていないのだ。

猪原は弁護士も連れずに一人で、気軽な様子で出頭して来た。

那須自身が丸の内署の取調べ室で、猪原と向かい合った。数ヵ月ぶりの再会であるが、彼らにとっても、あまり懐かしい再会ではなかった。

「端的におうかがいしますが、是成友紀子さんをご存知ですか」

那須は、ずばりと切りだした。相手の反応が、貴重な状況証拠となるので、全注意を猪原の表情に集める。

「はい、よく知っております」

ところが、猪原はいとも簡単に認めた。那須は肩すかしを食わされたように感じた。

「どこで知り合ったのですか？」

「彼女の結婚前に、ある飛行クラブにいっしょにはいっていたのです」

猪原はすらすらと答えた。那須はやや意外だった。二人のあいだに共犯関係があるならば、この共通項をもう少し隠したがるはずだ。

「よく知っていたとおっしゃったが、どの程度にですか、多少プライバシーにわたる面があるとおもいますが、さしつかえない範囲で話してください」

「かまいません。一度は、私の妻にと考えた女です。プロポーズしましたが、おたがいに複雑な家庭の事情がありましてね」

猪原は、そのときだけ寂しそうな表情を浮かべた。

「彼女の意志で断わったのではないのですか」

那須は、あえて無礼な質問をした。しかしもともと取調べとは無礼なものである。

「いえ、そうではありません。両家の事情がわれわれの結婚を許さなかったのです」

猪原はきっぱりした口調で否定した。

まんざら自尊心からではなく、本当にそのような事情があったような口ぶりに聞こえた。それに、友紀子に猪原が振られたのでは、二人の共犯は成立しない。

「われわれ庶民の家庭とちがって、いろいろ大変ですな」

那須は皮肉でなく言った。好きな女との結婚に親の横槍《よこやり》がはいるのは、なまじ結婚という純粋な人間どうしの交流に、権力だの財産だのという〝夾雑物《きょうざつぶつ》〟がからんでいるからである。

「あなた最近、奥さんと離婚されたが、今後再婚を考えておられますか？」

この離婚も、親が死んだので、その政略に対する反抗なのであろうと那須はおもった。

「このまま独身をつづける気持ちはありませんので、いずれはと考えています」

「すると、是成友紀子さんは、対象として考えますか。あの方もご主人を失ったばかりだ」

那須は、怒るかなとおもったが、おもいきってその質問をぶつけてみた。彼の問いは二人の結婚の障害を排除するためにそれぞれの配偶者を抹殺したのではないかという暗示を含んでいる。

「もちろん考えております。とにかく一度はプロポーズした相手ですから」

猪原は、まことに素直に答えた。そこには友紀子に向けた心の傾きが率直に現われていた。那須は拍子抜けがした。共犯関係を疑われている二人の一方が、まことに正直に、共犯の素地となる心の傾斜を表明しているのである。

猪原は自分にとって不利益になることを平然と認めているのだ。彼がもし犯人の一人ならば、こうは簡単に認めないはずである。

那須は猪原の反応をどう解釈すべきか迷ったが、直線に追及をつづけることにした。

「すると、ちょっと困ったことになりますね」

「困ったことといいますと？」

「四月十九日午後九時まで、あなたは銀座のバー〈ローレル〉にいて、翌朝午前四時に青山の終夜ボーリング場〈セントラル・ボールズ〉に姿を現わしましたね」

「そうですが」

「その間七時間の空白があります。立場上、あなたは、二十日午前七時に大阪茨木市内で死体となって発見された大沢秀博氏の死因に関係があると疑われました。その状況はいまでも変わりません」

那須はパイプを取り出した。猪原は、それに落ち着かない視線を投げながら、その前那須に初めてまみえたときも、そのパイプによって相手のペースに巻きこまれてしまったことをおもいだした。

「腹は立ちますが、やむを得ませんね。いわば私の手を咬《か》んだ飼い犬ですから」

「お気持ちはわかりますが、あなたはわれわれの言葉でいえば、動機保有者ということになります。そのあなたを逮捕からまもっていたのは、七時間という時間の壁です。七時間では、どのような方法をとっても、東京から茨木まで往復することはできません。大沢氏が殺されたのは、十九日の午後九時から十二時までのあいだと判定されているのですから、かりにあなたが犯人であるためには、東京―茨木のどちらで殺したにしても、茨木まで往復しなければならないことになる。それは、七時間では、不可能だ」

「偶然のことながら、バーやボーリングへ行ってよかったとおもっています」

「ところが、よくなかったんですよ」

「それは⁉」

「つまり七時間でも往復できることがわかったんです」

「ば、馬鹿な！　そんなことできるはずがない」

「それができるんですな。途中で共犯者と落ち合って死体を交換すれば」

と言って、那須は相手の目を抉《えぐ》るように見た。

「死体の交換？」

だが、猪原の表情は、キョトンとしたままだった。那須の言ったことが、まったく何のことかわからないという様子である。

それはごく自然の表情で、とくに作為した様子は見えない。しかし、若いながら大企業の首長として、このような演技はお手のもののはずだから、信用ならない。

「だめですよ、おとぼけになっても、トリックはすっかり割れているのです」

「いや本当に何のことかわからないのです。詳しく説明してください」

那須は一瞬（おや？）とおもった。猪原の表情に素直な好奇心か覗《のぞ》いているように感じられたからである。それですら演技かもしれない。しかし演技には、どことなく不自然なものが出る。どんなにうまくやったつもりでも、年季のはいった取調官の目をごまかしきれない不自然なものが、長い取調べのあいだには顕《あら》われてしまうのだ。

それがいま、猪原の表情には、そんな方法があるのならぜひ知りたいといった、素直なというよりは、露骨な好奇心が覗いたような気がしたのである。

那須は、相手のどんな小さな表情の変化も見のがさないように、鋭く観察しながら、死体交換のトリックを話した。

猪原の表情には、素直な驚きがあらわれた。那須の絶対の自信がぐらついたのは、そのときである。

猪原を本ボシとにらんでいることには、変わりはない。これだけのトリックを弄《ろう》するからには、一すじなわではいかない相手であることも、覚悟している。

ところがこちらの構えに対して、まるっきり手応《てごた》えが感じられないのである。必殺の勢いすさまじく送り出した一撃を、見事にかわされたというのではなく、狙いはまさに相手を捉《とら》えていながら、そこに相手の実体がもともとなかったような、何とも頼りない感じだった。

「はは」

いきなり猪原が笑いだした。目尻《めじり》に涙をためて、本当に笑っている。

「何がおかしいのです?」

那須は、つい口調を強くした。

「いやこれは失礼、捜査本部ともあろうものが、まさかこんな間抜けなミスをしようとはおもっていなかったものですから、はは、ああおかしい」

「ミス？」

「そうです。私が豊川まで車で往復したんですって」

「そうにちがいないでしょう」

「だからおかしいのですよ。警察では、私の運転歴を調べたんでしょうか？」

那須は、心臓のあたりにすさまじい反撃の一刺しをグサと送りこまれたような気がした。

「私は、車の運転免許《カーライセンス》をもっていませんよ。そりゃあ、転がしかたぐらいは知っていますがね。まさか豊川まで往復五百キロ以上の〝長丁場〟を無免許で、死体を乗せた車を走らせたとお考えじゃないでしょうね」

猪原は、皮肉たっぷりに言った。勝ち誇っているような猪原に比べて、那須は、ふたたび立ち上がれないほどに打ちのめされていた。

飛行機のライセンスを持っているほどの人間が、まさかカーライセンスをもたないはずがないと考えたのが、誤った先入観だった。いやそんなことは、最初から考えてもみなかったといったほうが正しい。

そもそも猪原のアリバイ崩しは、飛行機からはじめられたのである。車は、最初から飛行機の陰に隠されていた。

本部員の中でも、まず猪原のカーライセンスの有無をあたってみようと考えた者はいない。猪原から「間抜けなミス」と嘲笑《ちょうしょう》されても、抗弁のしようがなかった。

車の操縦法を知っていれば、転がすことはできる。しかし死体を隠匿するために、一年も前からマンションを押さえた犯人が、死体をつめた車を無免許で五百キロも走らせるか。

この綿密な犯人にしては、絶対に冒せないリスクだった。

那須は、猪原の嘲笑を浴びながら、奈落《ならく》の底へ転がり落ちるような敗北感をかみしめていた。

行きずりの恋人

1

一方、茨木署へ是成友紀子は出頭を求められた。取調べに当たったのは、府警本部の松原《まつばら》警部である。四谷署から出張した大川刑事が立ち会った。

彼はある〝仕掛け〟を懐に忍ばせていた。

「奥さん、今日はわざわざおいでいただいてありがとうございます」

松原は、参考人としての相手に軽く協力の謝意を表してから、取調べにはいった。参考人として呼んだ段階では、実質は取調べであっても、表面はあくまでも、相手の〝協力〟ということにしておかなければならない。

それにしても、結婚まもないうちに、夫を失った若妻にしては、悲しみの色が薄いように見たのは、捜査官の先入観であろうか。

「ところで、今日お越しいただいたのは、ご主人の事件のことで、二、三新たにおうかがいしたいことがございましてね」

「何でございましょう。もうすべて刑事さんにはお話ししたはずでございますけれど」

友紀子は、茨木くんだりまで呼び出されたことが、おもしろくないらしい。これまでにも刑事たちがやってきて、ひとのプライバシーをほじくるような質問をしている。夫が変死したのだから、やむを得ないとおもうが、いつまでも身辺に貼りついている警察の視線に、時折ノイローゼになりそうな自分を感じるのだ。

「奥さんは、四月十九日の夜八時から二十日の朝八時にかけては、ひとりでご自宅に閉じこもっておられたそうですね」

松原警部は頓着《とんちゃく》なく聞いた。

「そうです。もう何度も申し上げましたわ」

「しかし、それを証明できない状況になっていますな」

「自分の家にいるのに、いちいちだれかに証明してもらわなければなりませんの?」

「しかしそのあいだ電話一本、訪問者一人もなかったのですか?」

「電話は、お友だちから夜八時ごろと翌朝八時ごろにあったとお答えしたはずですわ」

この電話そのものにトリックがないことはすでにたしかめてある。午前八時に電話した人も、友紀子から頼まれただけで、偽証はしていない。

「そのあいだにはなかったんですか?」

「これだけあれば十分ですわ。私の周囲には真夜中に電話をかけたり、早朝から他人の家を訪問するような失礼な方はおりませんもの」

友紀子は皮肉っぽい微笑を浮かべた。松原は一本取られた形だったが、押しかぶせるように、

「すると、十九日の夜から、翌朝にかけて、ある場所まで行こうと思えば、行けたわけですな」

「それどういう意味ですの？」

友紀子は、微笑をひっこめ、キッとなった目を警部にむけた。しかし大川にはそれが追いつめられた者の目に見えた。

取調べの過程で、言葉による自供は得られなくとも、その表情や態度の微妙な変化が、一種の〝状況的自供〟として、取調官の心証を形成するのに役立つ。

「奥さん、あなたは運転免許をおもちでしたな、車もジャガーのスポーツタイプをもっている。これだったら二百以上、軽く出せるでしょう」

友紀子が免許を結婚前に取得しており、時価六百万円もするジャガーマーク10という高級車をもっていることは、すでに調べがついていた。こちらのほうは、飛行機の陰に隠されるようなヘマはしなかったわけである。

「いったい、何をおっしゃりたいのです？」

友紀子の口調はヒステリックになった。

「奥さん！」

松原の声は、いきなり凶器を突きつけたかのように鋭くなった。

「あなたは、ご主人の不可解な死に対して重大な立場に位置していることを知っているのですか？　われわれは、さまざまの状況からご主人が四月十九日の夜から朝にかけて殺されたという心証をもっている。そして、あなたの同夜の行動に対しても深い疑惑をもっているのです。だれが殺されたのでもない。あなたのご主人が殺されたんです。あなたは自分のアリバイを積極的に証明する必要があるんだ」

「そんなこと言われても」

友紀子は、一歩もひかなかった。

「十九日に、主人が殺されたという決定的な証拠はあるのですか？　そんなことは、警察の勝手な憶測じゃございません？　たしかにその夜、主人が殺されたのだったら、私もアリバイを捜すのに躍起になりますけど、そんな憶測だけで、過去の特定の一日だけを引っ張り出してきて、アリバイを証明しろなんていわれても無理ですわ。

主人との仲があまりよくなかったことは、あえて隠しません。隠したところですぐにわかることですし、それにもうとっくにそんなことはお調べずみでしょうから。でも夫婦仲がよくなかっただけで〝深い疑い〟をもたれては、私たちのような夫婦は、いつもアリバイのことを考えていなくてはなりませんわね」

友紀子は、皮肉な口調で言って、うすく笑った。美しいだけに、その表情を殺した笑いは、ひどく冷酷に映った。

「猪原杏平氏をご存知ですか」

いままで黙っていた大川が、いきなり尋ねた。取調べをはじめる前に松原と相談して、適当な時機を選んでいきなりこの質問を友紀子にぶっつけて、その反応を見ることになっていた。

この反応が、今後の彼女の立場に、大きく影響することになる。

「イハラさん、ああ」

二人の捜査官の鋭い視線を集めて、友紀子は過去をまさぐるような目つきをした。そしてすぐに何かおもいあたったようであるが、それは決して、彼女にとって「不利益な反応」といえるものではなかった。過去の何でもない知人をおもいだしたといった様子なのである。それは演技か？　演技にしては、あまりにも無造作な反応である。

大川と松原は、絶対の自信をもった切り札が効かなかったような不安と焦りを覚えた。しかし、ともかく知っているという反応は示したのだ。

「どんなご関係ですか？」

「関係というほどのものではありませんわ。私の口から言うのも、おこがましいのですけれど、是成と結婚する前に、私に好意を示してくださって、プロポーズされた方ですわ。猪原さんのお父様と私の父が仲が悪かったので、その話は結局、実りませんでしたけど」

「あなた自身のお気持ちはどうだったのです？」

「私の気持ち？　ふふ」

友紀子は、唇だけで笑った。表情のない笑いとは、こういうものをいうのだろう。

「私はべつに何ともおもっていませんでしたわ。好きでも嫌いでもなかった。行きずりの通行人と同じことですわ」

表情だけでなく、声にも感情がない。

「行きずりの通行人ですか……」

大川は憮然《ぶぜん》とした。もう少し言いようがあるだろうにとおもった。それは釈《と》りようによっては、憎しみよりも悪かった。好きでも嫌いでもない、女が男を品物のように見ているのだ。ふと、この言葉を、猪原に聞かせたら、彼がどんな反応を示すだろうかと考えた。男が女に一方的に熱いおもいを寄せているのに対して、女は男を品物のようにしか眺めていないとその男が知ったら！

もしこれが友紀子のアドリブであれば、猪原にちょっとしたショックを与える可能性がある。ショックの結果、どんなハプニングがおこるかもわからない。

この取調べと並行して、東京では、猪原の取調べが進行している。二人が連絡を取り合う前に、友紀子の冷淡な態度を、猪原に聞かせてやるのも手だ。

「だって本当にそうなんですもの、それ以外に言いようがありまして？」

友紀子は、いとも冷静にくりかえした。

「それだけだったのですか、他に何か係わりはありませんでしたか？」

「いいえ」

大川は疑念を生じた。友紀子は、飛行クラブのことを隠している。隠すということには、それ相応の理由があるはずである。

「イーグル・フライングクラブで、ごいっしょではなかったのですか？」

大川は、ずばりと聞いた。

「あの、それは……」

一瞬、友紀子の端正な表情に狼狽《ろうばい》の影のようなものが揺れた。それは彼女にとって明らかに不利益な反応であった。

彼女は飛行クラブに所属したことを隠したがっている。ということはやはり、この事件に飛行機がからんでいることを示すものではあるまいか。

「すっかり忘れておりましたわ。大した期間ではありませんでしたし、同じクラブにいたというだけで、あまり親しいおつき合いはしておりませんでしたから」

友紀子が飛行クラブに籍を置いたのは、女子大の二年のころから結婚する前までの約三年間である。二人はその間、同じクラブメンバーとして接触をもったことになる。単独飛行の資格をもたない友紀子のために猪原がしばしば同乗してやったと聞いているが、三年間のそれだけのつきあいを、親しいものではないと彼女はこともなげに言うのである。

男女の仲は、どんなに長く親密なつきあいに見えても、事実はそうでない場合もあるし、たった一日の接触でも、たがいに忘れられない存在になることがあるから、たんに数字や外観の状況から、彼らの仲を断定するわけにはいかない。

が、それにしても友紀子が猪原杏平の名前に示す冷淡さはどうだろう。それはまさに行きずりの通行人に対する無関心そのものだった。

だから、同じ飛行クラブに所属していたことを忘れていたという言葉には、それなりの実感があったのである。しかしそれならば、彼女はどうして、そのことを聞かれたときに、〝反応〟を見せたのか？　あの反応は演技ではなかった。演技ならば、彼女にとって有利なように反応を見せたはずである。

（猪原とは知り合いであることをあっさりとみとめたあとで、彼と同じ飛行クラブにはいっていたことは、隠そうとした。これはおかしい。なぜなら、二人の共通項は、飛行クラブなのだから」

大川は、ふたたび表情というものを殺した美しい能面に戻った友紀子の顔を観ながら、心の奥に醸成される不審を追った。

2

大川の報告は、即刻、丸の内署にもたらされた。それを受けた那須も同様の疑問をもった。

「つまり、友紀子は、飛行クラブのメンバーであることだけを隠そうとした。これはおかしいとはおもわないか」

那須は会議で捜査員にはかることにした。大川が四谷署から出向して来た。これで会議は「合同」の様相を濃くした。

「友紀子が猪原と共犯であるなら、まず猪原とのどんな小さなつながりも伏せたがるはずだ。それが猪原を知っていることはあっさり認めている。おかしいとはおもわないか」

「ということは、友紀子にとって猪原の存在は危険ではないということなんでしょうか？」

山路がまず口を開いた。

「そうとしか考えられないね、ところがここにおかしなことがある。われわれが死体交換のトリックをもちだして猪原のアリバイが無意味になったことを追及したとき、彼は、運転免許がないことで対抗した。たしかにこれは、おれたちにたいして致命的な反撃となった。

しかしいま考えてみれば、猪原は、友紀子とそんな共犯関係がないことで対抗してもよかったんだ。ところが猪原のほうは、友紀子と親しかったことをあっさりと認め、しかもいまでも惚《ほ》れている様子を隠そうとしない。二人が共犯にしては、それぞれの供述にズレがある。いったいこれをどうおもう？」

「すると、猪原の片想いってことですか」

林が言った。

「いや片想いでは、死体の交換はできない」

「猪原の演技がへただったんでしょうか？」

二人で「行きずりの通行人」を装う共謀をしていたところが、猪原のほうが演技がへたで、それがバレてしまったということはあるだろう。

「それだったら友紀子の演技もへたなことになる。大川刑事が飛行クラブのことをもちだしたとき、動揺したというのだから。猪原に対しては冷淡そのもので、飛行クラブに狼狽したというのは、そこに何か彼女にとって都合の悪いことがかくされていると考えてよいかもしれない」

「そして、その事実は、猪原と関係ないものなのでしょうか」

「猪原は、友紀子との関係を認めたうえで、運転免許がないことを盾にして犯行を否認しています。ライセンスのないことはわかりましたが、彼の七時間の空白は依然として説明されていない。犯行の夜のこの空白は絶対に無視することはできません。もう一度猪原を厳しく絞ってみる必要があるとおもうのですが」

捜査員が次々に発言し、会議はふっとうしてきた。空気が白熱したところで、大川が口を開いた。

「一度、猪原と友紀子を会わせてみてはどうでしょう。友紀子に直接あたった私の感じでは、彼女の猪原への関心は冷たいものです。猪原が、その冷たさをどう受け止めるか、その反応を見るだけの価値はあるとおもうのですが」

彼らを共犯と推定して、捜査を進めているうちに、共犯にしては納得できない、いくつかの矛盾した状況が現われてきた。したがってそれを明らかにさせるために、二人をつき合わせてみてはという、大川の意見は、説得力があった。被疑者と確定したあとでは、こういうことはやらない。

ただ二人が、東京―大阪に別れて住んでいるために、どちらかをいずれかの地へ呼ばなければならない。参考人の段階で、長距離の旅行をさせるのは、相手に不安感を与えるので、なるべく避けたかったが、やむを得なかった。別件逮捕の奥の手を使う気はしない。猪原の会社は、いまてんやわんやのときだったが、そんなことは斟酌《しんしゃく》していられなかった。

結局、友紀子を東京へ呼ぶことになった。彼女は出頭を拒否しなかった。拒否することによって、自分の立場がぐんと悪くなることを悟っていたためであろうか。

もちろん二人には、何の予告も与えておかなかった。

七月二十日、新幹線で友紀子は上京して来た。出頭は丸の内署へ求められていた。ほぼ同じころ猪原杏平も任意出頭の形で丸の内署へ現われた。

任意ではあっても、自分の立場を知っている参考人が、出頭を拒否するようなことは、めったにない。理由のない出頭拒否は、逮捕につづくことがあることを杏平は知っているようである。弁護士が出てくるのは、たいていこの後の段階である。最初から弁護士を連れてくると、捜査側の心証がぐんと悪くなる。

本部の取調べ室で、那須が猪原に対しているあいだに、友紀子が到着して山路らに別室に迎え入れられた。

友紀子は心もち蒼《あお》ざめていた。本部室のドアに貼られた「イハラホテル殺人事件特捜本部」の大張り紙を横目に見ながら、自分の身のまわりにめぐらされた、警察の鉄の環《わ》がじりじりとしめつけてくるのを、はっきりと感じたらしい。

那須は取調べ室で、猪原に向かって、

「たびたびごくろうさまですな。ところで是成友紀子さんとは、再婚を考えていらっしゃるということでしたな」

と世間話でもするように切りだした。

「そうです、彼女の再婚禁止期間が終わるのを待って正式にプロポーズしようとおもってます」

子供の父親の決定が混乱するのを防ぐために、民法で女は前夫の死後、六カ月間再婚できない規定になっている。自分の会社が、外資に乗っ取られようとしているときに、待婚期間が明けるのを、指折り数えて待っているような猪原を、那須はやはり、「お坊ちゃん社長」だとおもった。

しかしお坊ちゃんでも殺人の有力容疑者である。友紀子との共犯関係に納得できない点が浮かび上がってはきたものの、ソレンセンと大沢殺しの疑惑は少しも薄れていないのだ。

「是成友紀子さんのほうの意志はたしかめてあるのですか?」

「大丈夫です、いやというはずがない。私の気持ちは十分わかってくれていますからね」

猪原は、自信たっぷりであった。共犯だとすれば、〝無邪気〟なものである。この話題自体を、那須の取調べに導入するための世間話だとおもっているらしい。

「おかしいですなあ」

那須は首をかしげてみせた。

「何がおかしいのですか」

「是成さんをあたった刑事の話によると、彼女にとって、あなたは〝行きずりの通行人〟のような存在だということでしたよ」

「行きずりの通行人？」

猪原は意味がわからないらしい。

「つまり、あなたには何の関心ももっていないということです。好きでも嫌いでもない。もちろん結婚なんて、考えてもいない」

「そ、そんな馬鹿な！」

猪原は悲鳴のような声をだした。

「嘘じゃありません。何なら、彼女をここへ呼んできますから、本人の口から聞いてもらいましょうか」

「友紀子さんがここへ来てるんですか⁉」

那須がうなずくと、

「すぐ連れてきてください。どんな魂胆があってのことか知らないが、ひとのプライバシーを玩《もてあそ》ぶような嘘をつくと、警察といえど許さない」

猪原の端正な表情がゆがんだ。知性派の二代目社長も、急所を突かれてとり乱した体である。

那須の目顔で、部屋の隅にいた林刑事が出て行った。待つ間もなく友紀子が大川に導かれて、伏目がちにはいって来た。

彼女は最初、室内に猪原がいることに気がつかなかったらしい。

「友紀子さん」

と呼ばれて、初めて彼を認め、

「あらっ」とその場に棒立ちになった。明らかにこの出会いは、彼女にとって不意討ちだった。しばらくは言葉もなく、当惑の体で立ちつくした友紀子の様子に作為は感じられない。

「奥さん、猪原さんです。たしか、あなたにとっては行きずりの通行人のような方だとおっしゃいましたな」

大川が冷酷な調子で言った。それは友紀子の当惑をさらに強め、猪原の表情を硬直させた。

「友紀子さん、まさか」

「わたくし……」

二人が同時に口を開いた。

「そんなこと申しませんわ」

友紀子の言葉のほうが長く、語尾がはっきりと聞きとれた。猪原の表情がホッとゆるんだ。友紀子はすでに何ごともなかったような顔をしていた。

「そうですか、私はたしかに聞いたとおもいましたがね」

大川が淡々とした調子でつづけた。

「こういうことは聞きちがえるといけないとおもって、カセットに録《と》っておきましたから再生してたしかめてみましょうか」

大川は、那須のデスクの上へ小型の録音機を置いた。

「まあ！」

友紀子は打ちのめされたようによろめいた。大川はかまわず再生のスイッチを入れた。

「私の気持ち？　ふふ」

多少くぐもった感じの、しかしまぎれもない友紀子の笑いを含んだ声が、

「私はべつに何ともおもっていませんでしたわ。好きでも嫌いでもなかった。行きずりの通行人と同じことですわ」

「行きずりの通行人ですか」

大川の憮然《ぶぜん》としたような声がはさまって、

「だって本当にそうなんですもの。それ以外に言いようがありまして？」

と友紀子のいとも冷静な声がつづいた。

「き、きみは！」

猪原は舌をもつれさせた。ショックで言葉がつづかなくなったらしい。

「これはまちがいなく、あなたのおっしゃった言葉ですな」

那須が残酷な確認をした。友紀子は表情を失ったまま、沈黙をつづけた。那須が目で合図を送った。友紀子は、別室へ連れ去られた。

3

「どうでしょう。本当のことを話してくれませんか」

二人だけ取り残された取調べ室で、那須は柔らかく言った。猪原が受けたショックは、予想以上に強かったらしい。

怒る気も喪《うしな》ったかのように椅子にだらりと腰をおろして、視線をあらぬ方角へ向けている。目は空間のどこかを見ているようであるが、何も映していないことは、たしかだった。

（この男の支えが、あの女だったのか）

世の中のすべての富を、身につけて生まれたようなこの男にも、欠落していたものがあったとは！

那須は索然としたおもいに駆られながらも追及の手をゆるめなかった。

（猪原の四月十九日夜からの七時間の空白は、絶対に不自然だ。彼はこの時間に何かをしている。それは何か？　それを自供《はか》せるのはいまだ。時間をおいて、友紀子に連絡する余裕を与えれば、言いくるめられて気が変わるかもしれない）

残酷ではあったが、相手はもっと残酷なことをした犯人かもしれないのである。

「さあ言ってください、あなたは四月十九日の夜、どこで何をしていたのです！」

猪原は、全身の精気を抜き取られたような顔を上げた。那須は被疑者を落とす寸前の、警察官特有の興奮を抑えながら、相手の発言をなめらかにさせるために、ゆっくりと大きくうなずいてやった。

この場合、相手に警察官を感じさせてはいけない。那須は罪人の懺悔《ざんげ》に優しく耳を傾けてやる神父であり、悩みごとの相談を引き受ける人生相談の権威でなければならなかった。

「警部さん、もう少し待ってくれ。私には、友紀子の気持ちがまだ信じられない。彼女の本当の気持ちをたしかめてから、話す」

しかし杏平は土俵ぎわで踏みとどまった。

彼に言われると、それから先の追及はできなかった。二人が逢《あ》って、友紀子があれは警察の手前の演技だと杏平を言いくるめれば、せっかく自供寸前まで追いつめた彼の気持ちは変わってしまう。

那須は、わずかなところで大魚を釣り損ったのを感じた。しかしまだ参考人の段階であるから、二人の接触を阻むことはできない。いずれ、かねにあかせた腕のいい弁護士を引きつれて、クロをシロと言いくるめに来るであろう。

杏平は打ちのめされた様子で帰って行ったが、那須はもっと打ちのめされていた。

友紀子は、疲労がはなはだしかったので、その夜は丸の内署の近くのホテルに泊まらせた。もちろん監視はつけたが、参考人だから、自由は拘束できない。

その夜、猪原杏平はホテルに友紀子を訪ねた。この接触を警察が阻むことはできない。杏平は一時間ほど友紀子の部屋ですごした。

警察は、万一の事態を警戒して、ホテルに事情をある程度打ち明けて、たまたま空いていた隣室に二人の刑事を張りこませた。何か不穏な気配でもあれば、すぐにも飛びこめるように待機させたのである。

しかし一時間のち、杏平は部屋を出て来た。蒼白《そうはく》な表情で、歩くのもやっとの様子だった。

一人の刑事が杏平を尾《つ》ける一方、もう一人は友紀子の部屋をノックした。友紀子には何事もなかった。

翌朝、猪原杏平は何か決意した表情で、丸の内署へやって来た。重要参考人が呼ばれもしないのに警察へ来るときは、たいてい何事か新事実を述べるときである。

すでに本部室に出ていた那須が迎えた。

「警部さん、聞いてください。ようやく話す決心がつきました」

猪原杏平は那須のすすめた椅子に崩れるようにすわると言った。昨夜の友紀子との会見で何かあったなと那須はおもった。

「あの夜九時少し前に、銀座のバー〈ローレル〉に友紀子から電話がはいったのです。そして今夜どうしても会って話したいことがあるから、〈新宿スカイハウス〉で待っていてくれと言うのです。実はあのマンションは、私が友紀子との秘密のデートの場所として秘《ひそ》かに借りておいたものです。私は友紀子を愛しておりました。飛行クラブで知り合ってからこの女以外に自分の妻はいないとまでにおもいつめていました。

ところが父の反対で、とうとう結婚できませんでした。父が生きているころは、父の意志に逆らうことなんてとても考えられません。父の意志は絶対だったのです。それは似たような環境に生まれた友紀子も同じでした。しかしそのころは、まだ私たちはプラトニックでした。肉体関係をもったのは、おたがいの結婚後、財界のあるパーティで再会してからです。

結婚前は、一種のストイシズムからおさえていたものを、結婚によって、解放されたので、私たちは、激しく燃え上がりました。――と少なくとも私は信じていました。しかし他人には絶対に知られてはならない仲でした。そのために私は、あのマンションを身元を隠して借り、月二回ぐらいのわりあいで、夫の目を盗んで日帰り上京して来る彼女と、あわただしい抱擁の時間をもったのです。

ホテルだと、知った顔に出会う危険がありましたから。

ともあれあの夜、私にぜひ会いたいという電話があったので、すぐにマンションに飛んで帰りました。そのときはすぐに来るような口ぶりだったものですから。

十八日に彼女の夫が外国へ行くので見送りのために上京したのですが、夫の兄といっしょに帰るという連絡を受けたのでがっかりしていたところでした。

ところがマンションで待てど暮らせど、いっこうに彼女はやって来ません。芦屋の自宅に問い合わせたかったのですが、もし親戚《しんせき》の者でも泊まりに来ているといけないので、がまんしました。

いいかげんじりじりして、眠られずに待っていると、明けがたの午前四時少し前にまた友紀子から電話がはいって、青山の〈セントラル・ボールズ〉へ来てくれと言うのです。わけを聞く前に電話は一方的に切られてしまったので、やむを得ず、タクシーをようやく拾って、そこへ行きました。そこは独身時代、彼女といっしょに何回か行ったところでした。

ところが、彼女はとうとうそこへも姿を現わしませんでした。私はカンカンになって腹を立てて、七時ごろもう一度マンションに帰って来ました。もしかすると友紀子が来ているかもしれないという淡い希望があったからです。

ところがどうしたわけか、部屋の中にだれもいないのに、中からチェーンロックがかけられているじゃありませんか。キーは友紀子に一個渡してありますが、彼女にも、いやだれにも外からチェーンロックをかけることはできません。私は身元を隠してその部屋を借りたので、フロントに言って、わけを尋ねるわけにいきません。

　またいつ彼女とその部屋を使うことになるかわかりませんので、身分をかくしておかなければなりませんでした。

　そのような事情はとにかくとして、だれかが私の留守中に四時から七時のあいだに、チェーンロックをかけてはいれないようにしたことは事実です。いったいどんな目的で、いかなる方法によってか、いっさいわかりません。チェーンの遊びによる隙間から室内が覗《のぞ》けましたが、ベッドの上に何か乗っているようでした。視角の関係で、少ししか見えませんでしたが、あれが死体だったのですね、だれかが私の部屋を空けているあいだに運びこんだのです。でもそのときは、まさかそれが死体だとはおもいませんでした。

　私は気味が悪くなりました。その後友紀子と連絡がとれなかったこともあって、私は、あの部屋に近づきませんでした。

　そのうちに大阪で大沢の死体が発見されて、それどころではなくなったのです。

　彼がどうして茨木くんだりに姿を現わしたのかわけがわかりませんでした。が、とにかく、彼が殺されて、私が重大な立場に立たされたことはわかりました。ソレンセンのことは私の知らないことですが、大沢が私の妻と密通していたことは、知っていましたからね。

　当然、有力な動機をもつ者として、私の当夜のアリバイが聞かれました。ところが幸か不幸か、その夜というより翌日の朝早く、ボーリング場へ行ったので私のアリバイは成立しました。

友紀子がどうしてそんな場所へ呼びだしたのかわかりませんが、とにかく彼女によって私は救われた形になったのです。しかし警察は、アリバイは成立したものの、私の七時間の空白に疑問をもちました。

私は友紀子を待って、新宿のマンションにひとりで膝《ひざ》をかかえていたのですから、その空白を証明することができません。それにそのマンションは、だれにも教えられない秘密の隠れ家でしたから。

その時点では、私はまさか彼女が夫を殺したとはおもっていませんでした。

ところが一ヵ月半ほどしてから、私の部屋から腐乱死体が発見され、その身元が是成敏彦氏、つまり友紀子の夫だと知って、私は仰天しました。

私は、すぐに犯人は友紀子だとおもいました。あの部屋の存在を知り、キーを持っている私以外の人間は、彼女だけです。彼女がどんな方法で密室を構成したのかわかりませんが、彼女だけが私の留守にあの部屋に死体を運びこめるのです。なぜなら、四時以後私がボーリング場へ行って留守であることを知っていたのも、彼女だけだからです。

私は、友紀子の犯行を知ってから、自分の全力をつくしても彼女を庇《かば》ってやろうとおもいました。彼女が夫を殺した直接の動機は、私と結婚するためにちがいないと、私は愚かにも考えたのです。私に協力を頼まなかったのは、私に迷惑をかけたくなかったからだ。だから、私をボーリング場へ誘いだした。

そのときは、大沢の事件は彼女と無関係だと考えました。

ところが警部さんから死体交換のトリックと、友紀子の冷たい心をおしえられて、初めて自分が利用されたことに気がついたのです。

昨夜、そのことを友紀子にたしかめて、はっきりしました。友紀子は、警察の手前の演技ではない、本心だと言いきりました。私との抱擁は、スポーツと同じことで、何の意味もなかったと言いました。もう演技には疲れたとも言いました。

これが私のすべてを賭《か》けた女の正体だったのです。それをいままで気がつかなかった私は、愚かでした。ボーリング場へ誘い出したのは、私をかかり合いにしないためでもなければ、アリバイを用意してくれるためでもありません。私が部屋にいては、都合が悪かったからです。私の部屋に死体を隠すために、ボーリング場へ追いはらったのです。

それ以前に部屋で私を待たせたのは、大沢を殺す動機をもつ私を、警察に疑わせるために、真空の時間をつくらせようとしたのです。友紀子としては、もっと長い真空時間を私にもたせたかったはずですが、死体の隠し場所と、私の真空時間をつくる場所がダブったためにやむを得なかったのでしょう。密室を仕立てたのは、私を部屋に入れないためです。

私は、是成の死体が発見されたあと、妻と離婚しました。もちろん友紀子と結婚するためです。そのためにアジア興業が密《ひそ》かに株を買い集めていることを知っても、東西銀行の援助が得られませんでした。私はそれでもよいとおもったのです。ホテルは父がつくったものですが、友紀子は、私の意志で選んだ女です。

たった一人の女のために、東洋最大のホテルを失う。それも壮大な男の意気ではないかとおもいました。しかし私は見事に裏切られました。私のいまの気持ちは、どうしようもなく惨めです。

友紀子がいなければ、私には男として別の生きようがあったものをと、くやんでもしかたのないことですが、残念でなりません」

「大沢はだれが殺したのです？」

「知りません。私以外に大沢を恨んでいた人間がいたのでしょう」

「ソレンセンはあなたが殺したのではないのですか？」

「ちがいます。いまはこれ以上何も言いたくありません」

猪原は、顔を伏せて、口を閉じた。那須がそれ以上何を聞いても、要領を得なかった。

那須は、どの程度まで、猪原の供述を信じてよいか考えた。彼の供述によって、是成の死体が発見されたマンションは、彼が借りたものであることがわかった。

これは新事実である。猪原が事実共犯でなければ、彼の隠れ家へ死体を隠すというアイデアは抜群である。しかもどのような方法によるものかわからないが、密室に仕立ててしまった。

これによって猪原は、自分の部屋へはいることもできない。フロントへ言って開けさせるようなことは絶対にしない。チェーンロックを壊せば目立つ。友紀子との秘密のデートの場所だから、彼女のほうで連絡しなければ、猪原ひとりで行く気づかいもない。

万一、猪原が是成の死体を発見したとしても、猪原が友紀子を庇うために、その隠匿に協力するであろうことも計算に入れている。実に完璧《かんぺき》な計算といってよい。

大沢と是成の死体が発見された段階では、猪原は友紀子に利用されていることを知らない。友紀子が松原警部や大川刑事の前で本心を出したのは、録音されているとも知らなかった、彼女の油断である。

大沢殺しの嫌疑を猪原にかけるために、彼をマンションへ釘《くぎ》づけにしたこともうなずける。死体の隠し場所と、真空時間をつくる場所がダブったために、彼を少し早目に追いだしたというのも、いちおうの理屈はある。四月二十日ごろといえば、四時半ごろには明るくなるからだ。

猪原の供述は、警察が導きだした死体交換の推測をそのまま基礎にしている。あるいは、大沢殺しと、是成殺しは、まったく関係がないかもしれないのである。

しかし基礎にするだけの理由はある。別件だとすれば、いろいろと矛盾する点が出てくるからだ。

まず第一に友紀子が、マンションに猪原をいったん呼んでおいてから、追いはらったことである。是成の死体を隠すためだけならば、猪原をマンションへ呼ぶ必要は少しもない。いやそれは危険ですらある。死体を運んで来る人間と、猪原が鉢合わせするおそれは十分にあるのだ。

それをあえてマンションへ呼んで四時近くまで釘づけにしたのは、翌朝、いやその日の朝発見される（予定の）大沢（死体）の容疑者として猪原を設定したかったからとしか考えられない。

第二に、だれが是成の死体を東京まで運んだか？　ということも問題になる。是成が十九日十七時五十五分に日航国内便で大阪へ帰ったところまでは、足どりがつかめている。

一方、友紀子は同日午後八時には自宅におり、さらに翌朝八時にもそこにいたことがたしかめられている。とすると、是成と友紀子が〝接触〟したのは、大阪と考えるほうが妥当だ。猪原が午前四時ごろ、ボーリング場へ誘い出され、午前七時ごろマンションへ戻って来たときは、すでに〝密室〟が形成されていたのだから、その他の種々の状況と合わせて、このあいだに是成の死体が運びこまれたことは、ほぼ確定的である。

是成を殺したのが、東京か大阪、あるいはその途中のどこかであるとしても、とにかく彼を東京まで運ばなければならない。ところが友紀子は同じ朝の午前八時には芦屋の自宅にいることが確認されているのである。

是成（たぶん死体）を東京まで運んで来て午前四時から七時までのあいだに、新宿のマンションへ運びこんで密室をつくってから、同じ朝の八時までに、五百キロ以上離れた芦屋の自宅にもどるということは、不可能である。彼女の車が二百キロ以上出せるとしても、その高速を常時維持できない。

　ということは、是成の死体を運んだのは、共犯者で、大沢の死体を茨木へ捨てたのは、友紀子という、すなわち死体交換のトリックへと推理は導かれるのだ。

　ここにおいて友紀子の電話による午前八時のアリバイ工作の精妙な意味がわかる。

　しかし、となると、だれが大沢を殺したのか？　という問題にたちかえる。

　この犯人になるためには、次の三つの条件が必要である。すなわち、
①　大沢に動機をもつ者。
②　友紀子と深い関係にある者（猪原以外に）。
③　運転免許をもつ者。
　さらにこれは絶対的な条件ではないが、友紀子と猪原を共通に知っている人間のような気がする。なぜなら、猪原の動向を友紀子から間接に聞くよりも、その人間が猪原の身辺に絶えずいて、直接知るほうが、はるかに犯行しやすいからである。

　何といっても友紀子は、常時大阪にいる人妻なのだ。連絡一つにしても、手軽にできない環境にいる。

　この犯行には、猪原の行動が重要なキーポイントとなっているのだ。

　那須はこのときふと気がついたことがある。

「もうひとつおしえてください。四月十九日の夜のあなたが銀座の〈ローレル〉にいることは、是成友紀子さんに知らせてあったのですか？」

那須は聞いた。猪原は首を振った。

「あなたがその夜〈ローレル〉にいるということは、だれかにおしえてきましたか？たとえば秘書とか、社員に」

「だれにも言わなかったと思います。いくら社長業でも、酒を飲むときぐらい会社のヒモつきから離れたいですからね」

「大切なことです。本当にだれにもおしえませんでしたか？」

猪原はようやく那須の質問のもつ重大な意味に気がついた。だれにも知らせなかったはずの猪原の居場所を、友紀子はどうして知ったのか？

「ああそういえば」

一心に記憶をさぐっていた猪原が、何かをおもいあてた顔をした。

虚空からの遺書

1

猪原はいちおう引き取らせた。その供述に疑問の点はあったが、留置するだけの材料はない。供述の中には、彼自身にとって不利益な点は、一つもなかった。

一方、友紀子の容疑はぐんと増したが、これも留置までにはいかなかった。

猪原がおもいだした一人の新しい人物の調べいかんによっては、事態はまったく新しい展開を見せるかもしれない。その人物は那須があげた大沢を殺す条件を最も多く備えているらしいのだ。

イハラホテル建設のため、資本金四十四億円で設立された〈猪原観光〉は、七月十三日半額増資した。

これは当初二百億の予算だったホテルの工費が、二百五十億に達して、五十億の足が出たため生じた建設会社への未払金を賄うためである。

ところがちょうど折悪しく株式市場が不況のところへもってきて、ネルソン騒動や、営業成績の不振が重なったために、失権株が出た。イハラホテルでは東西銀行に援助を求めた。ところが東西銀行は、猪原杏平の経営者としての能力に不安をもって、彼が社長をおりないかぎり金融には応じられないと言いだした。

だいたい株主にとっては、増資時の新株引受権は、大きな魅力のはずである。つまり額面の出資で、実際には額面以上の値打ちのある株を手にすることができるからだ。

ところが発行会社の業績が振るわず、時価と払込み額との差があまりないときは、新株引受の妙味がなくなる。だから株主が引受権を放棄して、払込みに応じない失権株が出るということは、会社の不振を広告するようなものだ。体裁は悪いし、信用はガタ落ちである。

まさか失権株が出ようとは、夢にもおもっていなかったホテル側は狼狽《ろうばい》した。しかも主力行の東西銀行が助けてくれない。これに他の協調融資銀行が右へならえをした。

この失権株を二束三文でごっそりとひろっていったのが、浅岡哲郎である。

七月二十二日木曜日、イハラ・ネルソンホテル総務課は、浅岡哲郎から請求された名義書換え株の莫大《ばくだい》な量に仰天した。

新名義人はもちろん浅岡、売った人間は、猪原一族のおもな人間がほとんどである。これに拾い集めた失権株を合わせると、何と浅岡の持ち株は、猪原観光の発行株式総数の過半数にのぼったのである。

これに対して猪原杏平は、手持ちの一〇パーセントほどの増資払込みができなかったために、七パーセント弱の弱小株主に転落した。

浅岡がこの作戦《オペレーション》に使ったかねは約三十億円、集めた株は六百八十万株である。これで総工費二百五十億円の巨大ホテルの支配権を握ったのだ。

猪原留吉が生きていれば、商敵からかくも無残な侵奪はうけなかったはずであった。巨大な王国は、亀裂も大きく、崩れ落ちるのも速かった。

浅岡が筆頭株主になるとほとんど時を同じくして、取締役会が招集され、全員一致をもって、猪原杏平の社長退陣と、木本栄輔の新社長就任が決議された。

東西銀行派、猪原一族、そして浅岡の息のかかった一派のおもわくがはからずも一致して、ここにホテル開業後わずか半年余のあいだに社長交代劇が演じられたのである。

猪原杏平は平取締に落とされた。そのポストすら、次の株主総会のときには危ないものであった。

2

三つの捜査本部の連絡と往来が激しくなった。大沢殺しと是成殺しが、死体交換という前代未聞の共謀において行なわれたとすれば、まず茨木署と四谷署が合同する。

ソレンセン殺しは、大沢の背後に隠れているが、猪原がソレンセン事件にからむ疑惑は、依然として濃厚である。とにかく彼がこの事件に何かの役をつとめているという疑いは否定できない。

猪原の供述によって新たに浮かび上がった容疑者を追う一方、猪原に対する監視はつづけられた。

新容疑者の動機がほぼ確定して、友紀子とのつながりも浮かび、出頭の要求が目前に迫ったとき、友紀子の姿は忽然《こつぜん》として消えてしまった。

最初丸の内署の近くのホテルへ泊まった友紀子は、都内にある実家へ帰った。丸の内署としては近くのホテルに置いて監視をつづけたかったが、逮捕状も出ていない参考人をいつまでも拘束することもできない。また彼女のホテル費用を賄う資力もなかったので、しぶしぶながら実家へ帰るのを見送ったのである。

もちろん常時、張込みの刑事をつけた。

友紀子の姿が消えたのは、実家へ帰ってから一週間ほどのちである。刑事が交代する間隙《かんげき》を狙って、家を出たらしく、気がついたときは、すでにどこへ行ったのかわからなくなっていた。

家人に聞いても、いっこうに要領を得ない。あわてふためいた刑事は、本部に連絡した。

彼女が〝外出〟したとすれば、まず第一の目的は〝共犯者〟に会うことが考えられる。直ちに、そちらに指令が飛んだ。しかしそのときすでに猪原杏平の姿も消えていたのである。

「猪原と友紀子が謀《しめ》し合わせて逃げたのか」

さすがの那須も愕然《がくぜん》とした。そうだとすれば警察の重大な失態になる。

「彼らはやはり共犯だったのですね」

山路も顔色を変えていた。警察は、彼らの演技にまんまと誑《たぶら》かされたことになる。〝行きずりの通行人〟を装って、警察を油断させておいて、参考人の段階のうちに、手に手を取って逃走をはかる。

逮捕状がまだ出ていないので、緊急配備はできない。だいたい逮捕状請求の最も大きな要件は、逃亡と証拠隠滅のおそれである。

しかし参考人の段階で、行方を晦《くら》まされても、それが発布の要件になることは、まずない。だいたい、参考人の身柄を拘束することはできない。彼らが逃げたのをつかまえたところで、散歩していたところを警察が早合点して追いかけた、と言いのがれられれば、それまでである。

それに参考人には、「逃げる」という概念がない。彼らはもともと自由なのだ。実質的には逃げるという形の〝移動〟をしても、警察としては、精々、あとを尾《つ》けるぐらいのことしかできない。

那須らは歯がみをしてくやしがった。きわめて大ざっぱな参考人の手配をする以外になかった。

3

猪原杏平と是成友紀子は、行方を晦ましたまま時間が経過した。彼らの消息は、どこからもはいってこない。那須は焦燥と責任感から目がくらくらしてきた。

丸の内署へイハラホテルのメッセンジャー・ボーイが、一通の那須宛の封書を届けたのは、二人が行方不明になってから約三時間のちのことである。

「社長からこの手紙を那須警部という方に、届けるように言われましたので」

とおそるおそる差し出したのへ、那須は、

「なぜもっと早くもってこなかったのか」

と一喝した。中学を出たばかりのようなボーイは泣きだしそうな顔をしながら、届ける時間を指定されたからだと答えた。

時計を見るとまさにその時間だった。ボーイは、社長の命令を忠実に守ったのである。

那須は、封を切る手ももどかしく、手紙を開いた。


――警部さんには、大変ご迷惑をおかけする仕儀となってしまったことを深くお詫《わ》び申し上げます。私は、数日前の取締役会において、社長をやめることになりました。罷《や》めさせられたと言ったほうが正確かもしれません。後任社長は、私の妹婿の木本栄輔に決まりました。経営の内容にかかわることは、興味がないとおもいますので、これぐらいで省きますが、私はいま、父が心血を注いで築き上げた巨大な王国が、みるみるライバルの資本に食い荒らされていくのを、むしろ爽快《そうかい》な感慨をもってみつめております。

私は、父にとって完全な道具以外の何物でもありませんでした。友紀子は、そんな道具の私が、自分の意志で選んだたった一人の女でした。

その女にも裏切られた私には、もはや何ものも残されていません。友紀子にとっては、私も道具にすぎなかったのです。彼女の心は、他の男に寄せられておりました。私に与えられた彼女の肉体は、形骸《けいがい》だけだったのです。私という便利な道具を動かすための餌にすぎなかったわけです。

しかし形骸でも、餌でもよい、私は友紀子を道連れにするつもりです。自分の不注意からなしたこととはいえ、この始末は自分自身の手でつけたいとおもいます。

ソレンセンを突き落としたのは、私です。殺すつもりなど全然ありませんでした。あの日六時ごろ、委託した経営権の内容のことで、ソレンセンの部屋で話し合っているうちに彼と口論になりました。そのとき彼は、私のいちばんいやがる〝二代目《ジュニア》〟という言葉を使い、「二代目は黙ってみているだけでよい」と嘲笑《あざわら》ったのです。

私はおもわず彼につかみかかってしまいました。

小さいときからよく相撲や柔道をしましたが、相手はほとんど父の部下の子供でわざと負けてくれました。ところがソレンセンは猛然と反撃してきたのです。腕力の強い男でした。私はたちまち窓のそばのティーテーブルに押しつけられて、いくつか顔を撲《なぐ》られました。

そばに大沢がいました。私は部下の見ている前で、外国人に無残に撲りつけられたことに耐えられませんでした。小さいときからそういうふうに育てられてきたのです。

ソレンセンが撲り終わって、私に背を向けて窓のほうを向いた瞬間、私は背後からおもいきり突き飛ばしました。はずみというものは恐ろしいものです。窓が開いておりましたが、その高さが腰から上あたりだったので、まさか落ちるとはおもいませんでした。ところがソレンセンは、窓ぎわから下を見おろすように、腰を二重に折ったかとおもうと、まことにあっけなく落ちてしまったのです。

一瞬、私は呆然自失《ぼうぜんじしつ》して、何が起きたのかよくわかりませんでした。大沢のほうが早く冷静にかえりました。彼は窓から下を見て、ソレンセンの落ちた位置をたしかめると、自失している私に、

「社長、しっかりしてください、何とかこの窮地を脱《ぬ》けるてだてを考えてみます」と言うのです。

そのときの大沢は、何とも頼もしく、そして救いの神のように見えたものです。しかし過失とはいえ、人を殺してしまった責任は、どうのがれようもないようにおもえました。

東洋最大規模のホテルの社長が、その開業前夜に、外国人の総支配人を突き落として殺したとなれば、マスコミは驚喜して書きたてるでしょう。私にはそんな屈辱に耐えられる自信はありませんでした。

ソレンセンのあとを追って、自分も飛び降りたいとおもいました。

その間、周囲の状況を冷静に観察していたらしい大沢は、

「さいわいにも、ソレンセンが落ちたことはだれにも気づかれなかったようです。六時三十分になると壁面に十字架が点灯されて、多数の目を惹《ひ》きつけますから、そのときにソレンセンが落ちたように芝居をします。社長はいまのうちに、何くわぬ顔をして出てください」と言いました。

「どんな芝居をするのか？」

とようやく、自分を取り戻した私が、聞きかえすと、この高さなら、下に適当な緩衝《ショックアブソーバー》をおけば、十分に飛びおりられる。十字架が点灯されてから、大勢の見ているところで、自分が飛び降りる。みんなは当然そのときソレンセンが落ちたとおもうだろうと言うのです。

果たしてそんなにうまくいくのか、どんな緩衝をおくのか、だれに置かせるのか、私は半信半疑でしたが、それ以外にこの窮地を脱出する方法はなさそうでしたので、大沢のすすめに従うことにしたのです。

大沢は、点灯後二十分ぐらいしてから飛び降りるから、私にそのあいだにアリバイをつくっておくように言いました。

私は六時半からホテルの向かいのビルの屋上レストランではじまる開業前夜レセプションに出席することになっていましたから、そこにいれば、アリバイは成立することになります。

私が十六階から脱け出したのは、六時二十分ごろでした。ステーションにはだれもいませんでした。

　レセプションに出席して、大勢の来賓に挨拶《あいさつ》していながらも、私は気が気ではありませんでした。さいわいに来賓は、私が十字架のほうに気を取られていると解釈してくれました。

　六時五十分ごろ、大沢は演技十分に飛び降りました。彼があとで話してくれたところによると、検収倉庫に彼の腹心がいて、納入されたベッドソファを緩衝に使ったそうです。ソレンセンが落ちたプールのまわりには、バリケードがあって、よほど接近しなければ、中に死体があることは気がつかれません。

　大沢は学生時代、山登りをよくやり、夏の山小屋のアトラクションとして岩登《ロッククライミング》りの実演などをアルバイトによくやっていたそうで、高い場所には強かったようです。

　それに大沢は開業前、緊急事態の発生に備えて、成人と同じ重量と大きさの人形を低層と中層部から落とし、その損傷状態と緩衝の関係を実験した担当者でした。

　ベイビュー・フェースの十六階（実際は十五階の天井にあたる）から地表の地上八階までの高度差は約二十六メートル。体重六十キロの大沢が、そこから飛び降りると、重力の加速度によって、地上に到達するときの落下速度は毎秒二十二・五七メートル、一万五千二百八十八ジュール（エネルギーの単位）に達するそうです。そしてこの程度のショックならば、ベッドソファを厚く積み重ねることによって十分緩衝できるということでした。

イハラホテルは、一つの建物にできるだけ多くの部屋をつめこむ設計のために、各階の間隔が狭くなっております。また東面は地形上、地表がせり上がっているため大沢が緩衝によっては、二十階まであたりからなら飛び降りられるといったことを覚えております。彼は、その経験と、生来のずば抜けた運動神経によって自信があったのだとおもいます。

彼はソレンセンが落ちたところが、プールの中で、血液の凝固状態などから正確な墜落時間の判定がむずかしいだろうということまで計算していたようです。

大沢がだれかに突き落とされたように演技したのは、他殺であることを、当局ににおわせ、あとで私を恐喝しやすいようにするためでした。

事故死とわかっては、恐喝のタネにならないからです。

望遠鏡で覗《のぞ》いていた人間がいたそうですが、下から覗いた場合、室内は死角になります。窓から押し出されるのを、必死に抵抗しているような演技をすれば、下から見上げている人間は、室内にだれかいたと錯覚します。のどに自分の手をあてても、はるか下からでは、だれかいたように見えるでしょう。望遠鏡で見ていたとしても、一瞬のことでしたから、大沢の相手の存在は見きわめられなかったはずです。

大沢は度胸のいい悪いやつでした。私に恩を売って自分の将来を確保し、私を一生恐喝するために命がけの離れ業を演じたのです。

しかしよかれ悪しかれ、とにかく彼は私の窮地を救ってくれた大恩人でした。私は彼ところがどんな要求を出すかと内心不安におもっていた私に、彼が最初にもとめたものは、私の妻だったのです。

私は彩子を少しも愛しておりませんでした。彩子も同じでした。私たちは双方の親の都合でむりやりに結婚させられたのです。機会さえあれば離婚したいとおもっていたのです。大沢の要求は、まさに私にとって一石二鳥でした。私は彼に妻と通じるチャンスをつくってやると同時に、将来離婚用の証拠とするために情事の現場を録音するように頼んだのです。

ただし妻との関係は私以外のだれにも知られないように命じました。

私の意志から出たことではあっても、外見上、妻を盗まれるコキュになる私は、離婚して、ことを公けにするまでは、絶対に秘密にしておきたかったからです。

大沢は、おもしろがって、私の頼みを引き受けました。もともとそういうことが大好きな男だったのです。

大沢と私は、一種の腐れ縁で結ばれました。私の死命を握った男でしたが、私にとっては便利な男でした。彼はいっぺんに多くのものを決して望みませんでした。獲物をいっぺんに絞って殺すような愚かなまねは、決してしません。長く生かして肥《ふと》らせて、その美味な甘い汁を少しずつ一生吸おうとしたのです。

私も、甘んじてその汁を吸わせるつもりでした。その程度のことは、あたりまえだとおもっていませんでした。ですから大沢を殺そうなどとは夢にもおもいませんでした。秘書とし秘書としても有能で、私にとって必要な男でもあったのです。

私は、大沢を殺しておりません。ソレンセンを殺したことを告白したいま、他の殺人を隠す必要はありません。彼を殺した人間は、ほかにおります。警部さんに〈ローレル〉のことを聞かれて、私も気がつきました。

彼がなぜ、大沢を殺したのか、私にはわかりませんが、友紀子と通じているのは、彼以外に考えられません。いまにしておもいあたる節がたくさんあります。

いま私は、長いあいだ心の重圧だった殺人の罪を告白して、ホッとしております。この久しぶりに味わった虚心を抱いて、私の好きな空へ飛んで行くつもりです。友紀子をいっしょに連れて行きます。彼の名前を使って呼びだすと、彼女は飛んで来ました。友紀子の形骸《けいがい》だけでも欲しい私は、彼女を暴力によってでも飛行機へ乗せます。どこへ飛んで行こうか？　燃料を満載して、それが尽きるまで飛びつづけるつもりでおります。

私の好きな立原道造《たちはらみちぞう》の詩の断片に「ひとはみな海に身投げをするが、私は空に身を投げたい」という個所がありますが、私も空に身を投げるつもりです。自分の意志で選んだ女の形骸を抱いて。……これは私の巨《おお》きすぎた父に対する私のせめてもの反逆でもあります――。

手紙半ばで、那須は立ち上がり、

「上尾《あげお》だ！」

と叫んだが、すぐに力なく腰をおろして、手紙の先を読みつづけた。いまさら飛行場へ行ったところで、数時間も前にそこを飛び立った飛行機を捉《とら》えるすべはなかったからである。

読み終わった那須は、猪原の自殺の危険を悟り、警察庁を通じて、航空自衛隊や海上保安庁、航空局などの関係救難機関に捜索を依頼した。

折から赤道前線上に発生した台風が発達しながら本土に接近していた。気流状態は悪化していた。

空白の符合

1

ほぼ時を同じくして、イハラ・ネルソンホテルの新社長、木本栄輔は四谷署に出頭を求められた。大沢秀博と是成敏彦殺害事件の重要参考人としてである。台風が近づきつつある怪しい雲行きの下を木本は出頭して来た。丸の内署からも那須たちが来た。四谷署と丸の内署は形式的には別れていたが、実質はすでに合同したような形だった。本来ならば茨木署と四谷署が合同すべきところだったが、これは距離的にいろいろと不便がある。

手紙による猪原の自供が得られたので、ソレンセン殺しは、解決したもののようだが、何としても犯人が自殺をはかる前に捕えたい。

それに大沢殺しとの関連がはっきりしないことには、完全な解決とはいえなかった。いまのところソレンセン殺しは、猪原の自供だけが唯一の材料である。

猪原はやはり嘘をついているかもしれない。一つの殺人を自供しても、他の犯行を隠そうとすることは、犯人の心理として十分に考えられるし、そのような実例もあった。

猪原の大沢殺しの容疑は、依然として消えていないのである。木本の取調べによって、事件はどのような展開を示すか、まったく予想がつかない。

茨木署から松原警部や波戸刑事が出張して来た。四谷署は三つの捜査本部の合同本部のような体をなした。

本部の木本に向けた視線には、非常に厳しいものがあった。猪原―友紀子の背後にようやく浮かび上がったこの重要参考人に、三つの本部員はいずれも〝本ボシ〟を感じていた。

そのような先入観を抱くことは、タブーとされていたが、捜査官のカンに訴えるものがあったのだ。

それだけの裏づけもあった。

那須は猪原から木本栄輔の名前を引きだした。猪原は〈ローレル〉に行く前に、木本にだけその場所をおしえたのである。木本が行先を聞いたので、何げなくおしえたということだった。

木本だけが十九日夜の猪原の居場所《ロケーション》を知っていた。木本がさらにだれかに伝えないかぎり、友紀子は木本からそれを聞いたとしか考えられない。

木本と友紀子の関係が徹底的に調べられた。そして彼が、やはりイーグル・フライングクラブのメンバーであった事実がわかったのである。捜査陣は驚喜した。

調べによると木本もかなりの〝飛行機野郎〟で、飛行時間、約六百時間、単独飛行の資格ももっていたことがわかった。

猪原と友紀子の関係が最初に浮かんだために、木本はその背後にすっかり隠れてしまって いた。友紀子とは、飛行クラブのころからの仲だったらしいが、猪原とちがって地味だったので、あまり目立たなかったようである。飛行クラブに名簿がなかったことも、その隠蔽《いんぺい》を助けた。友紀子が猪原と同じクラブに所属していたことを隠そうとしたのは、木本の存在を隠したかったからだろう。

聞込みというものは、質問に対しては答えてくれても、聞かれないことまで話してくれることは、めったにない。最初から木本がまさか同じクラブにはいっているとはおもわなかった刑事は、猪原と友紀子の関係に焦点を絞ったので、木本は網からはずれていた。

しかしいま改めて木本にポイントを置きなおして調べてみると、友紀子を飛行クラブに紹介したのは、木本であったことがわかった。

さらに木本の生家が、友紀子の実家の近くで、二人はかなり以前からの知り合いであったということも浮かんできた。

友紀子の結婚前に木本と二人だけの旅行を何度かした事実もあり、彼らのあいだは完全につながった。

木本の父親が、元木本ホテルの経営者で、猪原留吉によって乗っ取られたのを苦にして自殺をした木本正輔《しょうすけ》であったと知った捜査陣は、これを木本栄輔の復讐《ふくしゅう》ではないかとみた。

つまり復讐のために、猪原留吉の息子杏平に殺人の罪を着せたというものである。

しかしそのために大沢を殺したのは、おかしいという意見が出た。杏平を殺すのであればとにかく、杏平を陥れるために、大沢を殺したのは、何とも迂遠《うえん》だというのである。

「とはいっても、単純に本人を殺すのよりも、殺人の罪を着せて、社会的地位をむしり取り、汚名の下に長く苦しませてやったほうが、復讐の目的にかなうのではないか」

という反駁《はんばく》がさらに出されて、捜査陣の意見は統一しなかった。

とにかく四月十九日夜の、木本のアリバイが追及された。取調べにあたったのは、四谷署の大川と、丸の内署の山路である。

猪原のあとをうけて、新社長にすわったばかりの木本には、すでにそれなりの貫禄《かんろく》と、自信が感じられた。それがそのまま、彼の捜査陣に向けた自信のようにもとれた。

彼の態度は最初からクールであり、冷静であった。

まず口火を切ったのは、大川である。彼はまず柔らかな口調で、木本の協力（出頭の求めに応じてくれたこと）に対しての謝意を表してから、ある事件の参考のために必要だからと前置きして、ずばり四月十九日夜のアリバイを聞いた。〝ある事件〟というだけで、相手には十分納得いくはずである。すでにソレンセンと大沢の事件でホテル関係者は警察の取調べにかなりなれている。

木本は、悪びれずに、手帳をポケットから取りだして、しばらくページをめくっていたが、

「四月十九日は、九時二十分ごろ退社して、自宅にまっすぐ帰っておりますな」

と答えた。彼の家が西武線の野方《のがた》にあり、妻と二人の子供といっしょに住んでいることは、すでに調べてある。

「すみませんが、その夜から翌朝にかけてのことを詳しく話してくれませんか」

「詳しくといっても、べつに。家に帰って寝てしまいましたよ」

「翌朝、つまり二十日の朝は？」

「もちろん会社へ行きましたよ。日曜日ではありませんからね。もっともわれわれの商売は、日曜祝日もあまり関係ありません」

「出社なさったのは、九時ごろですか？」

大川の追及は直線になった。

「そうです。何だか、私が大沢君を殺したと疑われているようですね」

木本は、皮肉っぽく笑った。彼は〝ある事件〟が大沢殺しをさしていることをはっきりと自認したのだ。これは捜査陣に対する一種の挑戦でもあった。

大川は、視線を木本にあてたまま答えをうながした。あえて否定も肯定もしないところに本部側の強い姿勢がこめられている。

「そうそう出社前に、このところはじめている早朝ゴルフへ行きました」

木本は急におもいだしたように言った。

「早朝ゴルフ？」

二人の刑事は、顔を見合わせた。

「午前六時ごろ、練馬の先にあるNゴルフ場へ行ってハーフをまわって来ましたな。あすこはよそのゴルフ場より一時間ほど早く開くので、出社前にちょうどハーフをまわれます」

「すると六時にゴルフ場へ行ったのですか」

「そうです。早朝はキャディはつきませんが、会社の大原君《おおはら》がいっしょに行きましたから、彼に聞いてもらえばわかりますよ」

「大原さんというと？」

「総務課長ですがね、家が同じ野方なので、彼と誘い合わせてはじめたのですよ。朝は空《す》いているので二人でもまわれますからね」

「するとゴルフ場へ行く前に大原さんに会ったわけですね」

「そうです、五時半ごろ彼の家に迎えに行きました」

とすれば、木本の空白は、さらに三十分短縮されると大川もおもった。大原を抱きこんだところで、ゴルフ場にも記録は残るだろうから、この証人は信じられそうだ。問題は九時すぎから翌朝五時半までの約八時間の空白である。

「それでは、退社されてから、大原氏に会うまでは自宅におられたわけですね」

「そうです、九時すぎまで会社で働き、翌朝は早朝ゴルフに行ったのですから、そのあいだぐらい家におりますよ」

木本は笑った。刑事たちの目には、それが嘲笑《ちょうしょう》のように映った。たしかにそのとおりである。しかし是成友紀子と深いつながりをもち、しかもその夫と大沢が殺された当夜の空白となると決して無視できない。

「その夜、たしかに自宅におられたということを証明することはできますか？」

「自分の家で寝るのにいちいち証明はできませんよ」

「家族の方は？」

家族によるアリバイの信憑性《しんぴょうせい》はきわめてうすいものだが、ないよりはましである。

「その数日前から、家内は子供を連れて、実家《さと》のほうに帰っておりましてね、ひとりでした。食事はホテルのほうですましてくるので、大した不便は感じませんでした」

「電話とか、訪問者はなかったですか？」

「ありません」

木本はきっぱりと言った。

「奥さんがご実家へ帰られたのは、何か特別な用事でもあったのですか？」

「いえ、とくに用事もありませんでしたが、前から家内の母親が、孫を連れて遊びに来いと言っておりましたから」

いちおうもっともな口実であるが、不自然さが感じられた。しかしその時期に里帰りをしてはいけないということはない。

とにかく木本は、午後九時すぎに退社してから、翌朝五時半ごろ、大原に会うまでの八時間を、まったくの空白の中にいることになる。

八時間あれば、東名のまん中あたりまでは往復できる。那須の〝死体交換説〟が出される前ならば、八時間は、絶対のアリバイとなるところだが、いまは通用しない。

大川と山路は、もう一度目くばせをした。いよいよ切り札を突きつけるときがきたようだ。刑事たちは、同じ位置のまま、山路がふと何気ない口調で言った。

「是成友紀子さんをご存知ですね」

「え？」

いきなり別の刑事から問いかけられて、木本は、虚をつかれたような声をだした。取調官が途中で交代するようなことは、あまりない。

「家も近かった、同じ飛行クラブのメンバーでもあった。お二人だけで、何度か旅行もされています。かなり親しい仲と見てよろしいでしょうね」

押しかぶせた山路に、木本は、どのようにでも好きなように解釈してくれといった様子で黙っていた。

この場合の沈黙は、肯定である。友紀子の夫が殺されたことを、木本は当然知っている。被害者の妻と特殊な関係にあったことを、刑事に言われて、沈黙をつづけるからには、不利な推定をされてもやむを得ないとする覚悟があるはずだった。

「四月十九日の夜九時ごろ、あなたは、猪原杏平氏が銀座のバー〈ローレル〉にいたことを知っていましたね？」

木本の目が動いた。

「どうして知っていたのですか？」

「だいぶ前のことなので、よく覚えておりませんが、たぶん前の社長から聞いたとおもいます」

「九時少し前、大阪の是成友紀子から〈ローレル〉にいる猪原氏に電話がかかってきました」

すでに友紀子を呼び捨てにしている山路には、それだけの自信と迫力が感じられた。

木本の冷静だった目におびえのようなものが走った。

「しかし猪原氏は、その夜の所在を、あなただけにしかおしえておられなかったそうです」

「そ、そんな馬鹿な！」

初めて木本の表情が激しく揺れた。出頭を求められたとき、アリバイや友紀子との関係を問われることは、あらかじめ覚悟をして、備えを立てておいたはずである。

しかし、山路のいまの問いは、〝奇襲〟であったらしい。

「あなたにしかおしえてなかった猪原氏の行方を、どうして是成友紀子が知ったのですか？」

「そ、それは……」

とっさに返答につまって、木本は舌をもつれさせた。

「あなたが友紀子におしえたのでしょう」

「ち、ちがう。たぶん社長が勘ちがいをしているのだ」

「そうおっしゃるだろうとおもって、猪原氏には何度もたしかめましたよ。絶対にあなた以外には話さなかったそうです」

「そんなことあてにならないじゃありませんか。人間の記憶なんて信用できないものです。もしかしたら、私がだれかに話したかもしれません」

「それはだれですか」

「もうよく覚えておりませんよ。だいたい社長の所在なんて、いつでもみんなが捜すものです。現に私が今日ここへ来ていることも、大勢の社員に知らせてあります。いつどんな連絡事項が生じるかわかりませんからね、猪原社長も忘れてしまったんですよ」

木本は完全に立ち直っていた。彼にこのように言い開きをされると、それ以上押しようはない。しかし山路も最初から木本がこのように出ることは、予測していた。だからこそ、取調べの途中で、大川からバトンタッチして、不意討ちをかけたのである。木本は十分に反応を見せた。その意味で、切り札は十分にその役目を果したといってよい。

その日の木本の取調べは、いちおうそこまでで終わった。自供までにはまだ遠かったが、それなりの収穫はあった。すなわち、
① 四月十九日夜、約八時間の空白がある。

②友紀子との関係を暗黙に認めた。
③〈ローレル〉の件に反応を示した。
ことの三点である。

2

同じころ、埼玉県上尾にある、猪原杏平の私設飛行場に駆けつけた横渡と林は、付近の住人から、三時間ほど前にセスナ機が飛び立って行ったことを聞きだした。

飛行場といっても、農地を六百メートルほど輾圧《てんあつ》しただけのものである。格納庫もバラックで、整備士や管理人がいるわけではない。

「お手上げだな」

横渡と林は、呆然《ぼうぜん》として、荒れ模様の空を見上げた。

猪原機の消息はまったくつかめないままに、木本の供述のウラが取られていった。裏づけで最も重要なのは、
①の木本の八時間の空白である。まずホテルとゴルフ場があたられて、木本がたしかに四月十九日午後九時二十分ごろ退社し、翌朝午前六時にはゴルフ場へ現われたことがわかった。
次に総務課長の大原が尋ねられた。大原は、たたき上げのサラリーマンにありがちな小心翼々たる自己保身と、規則一点ばりの頑固さとが同居しているような男だった。彼

は、木本の早朝ゴルフが、四月二十日の朝にはじまったことではなく、その一ヵ月ほど前から、ずっとつづいていたことを証言した。

「前ほどの短い間隔ではありませんが、いまでも専務、いや社長は早朝ゴルフには時折お出かけのようです。健康によいからと社長にすすめられて、私もいっしょにはじめたのですが、何せ夜遅くなりがちの商売なので、とても社長のようにはつづきません。こちらはとっくに脱落してしまいました」

「あなたは、何度か木本社長に同行したのですか?」

「はい、実はあまり気がすすまなかったのですが、社長と家が近かったので、誘われるとつい……」

事情聴取にあたった山路刑事は、サラリーマンは辛《つら》いなとおもった。上役から誘われると、早朝から眠い目をこすりこすり、やりたくもないゴルフに、つき合わなければならない。

しかし捜査陣は、木本が一ヵ月も前からゴルフをはじめたことを、当夜のアリバイが追及された場合、不自然さを糊塗《こと》するための工作だとみた。猪原は、そのような工作を全然しなかったから、「早朝ボーリング」が不自然に映った。またその不自然さを強調するためにも友紀子が猪原を呼びだしたのだ。

しかし猪原のあとだけに、そんな工作はあまり役に立たない。

ここで捜査陣は大きな暗礁に乗り上げた。八時間の空白のあいだに、木本が友紀子と接触するためには、車の運転ができなければならない。

木本はたしかに運転免許はもっていたが、軽い人身事故をおこしたために、今年の四月十日から一ヵ月の免許停止を受けていたのである。正確なスケジュールに沿って行動しなければ成り立たないこの犯行に、免停を受けた人間が、死体を乗せた車を運転して五百キロ以上を往復したとは考えられない。

猪原の空白時間のバリケードになったことが、同じように木本を守ることになった。

殺人針路

1

猪原機はついに消息を絶ってしまった。沖縄東海上で進路を北東に転じた台風は、しだいに速度を速めて本土に接近していた。

気象庁の観測によると、中心気圧九百六十ミリバール、中心より半径三百キロメートル以内が暴風域となっており、近畿《きんき》、四国方面を直撃する公算が強くなった。九州南方海上の暖かい水蒸気をたっぷりと吸ったこの台風は、大型で強い雨雲を伴っている。

コースとしても最悪のもので、進路にあたる各地には軒なみに暴風雨、洪水、波浪警報が出された。

日航およびその他の航空会社は、国内線の運航を取りやめ、羽田、伊丹等へ着陸予定の国際線も、飛行場最低安全気象条件を割ったので、代替空港《アルタネイト・エアポート》へ振り替えられた。

猪原機は、刻々に気象状態が悪化する中を、消息を絶ったまま、ついに搭載燃料が切れた。

すでに遭難は確実となったが、各関係機関は、気象状況の極端な悪化のために、空からの捜索活動ができなかった。

猪原機の行方が、不確実から、警戒へ、警戒から絶望の段階へと着実に悪化していく中で、七月二十九日午後、四谷署において、「合同捜査会議」が開かれた。

三つの本部は、まだ正式に合同していないが、会議には、それぞれの本部からも出席したので、実質的に合同会議といってもよかったのである。

会議の口火を切ったのは四谷署の石原警部だった。

「死体の交換説は、友紀子と猪原の関係において考えられたものだが、それがそのまま、木本にあてはまるだろうか？」

という疑問を彼は改めて出した。

これに対して丸の内署の那須は、「友紀子と木本のつながりから見て、猪原以上にその可能性が強い」

と主張して、それを補強する状況として、
①木本は十九日午後九時すぎ東京にいた。（ホテルを退社した）
②大沢の死体が茨木で発見されたころ、木本は、練馬のゴルフ場にいた。
③是成の死体が、新宿のマンションに運びこまれたのは、同じ日の午前四時から七時のあいだである。
④友紀子は十九日午後八時芦屋の自宅にいた。（友人の電話に応《こた》えた）
⑤友紀子は翌二十日午前八時に自宅にいた。（友人の電話に応えた）
⑥⑤の電話は友紀子が工作してかけさせたものである。

⑦　大沢は十九日午後五時東京にいた。（ホテルを退社する）
⑧　是成は十九日午後五時五十五分大阪にいた。（日航国内線321便で大阪空港着）
以上の八点を挙げて、それぞれ東京、大阪にいた二人の被害者を、一夜のうちに死体にして、その場所を入れかえ、しかも容疑者と目される人間がその場所を動かないということは、「死体交換」以外に不可能であると結論した。

那須の発言は、具体的なデータに裏づけられているだけあって、説得力があり、大勢の意見が、那須説に傾いた。

「しかし木本と友紀子が共謀したとしても、木本はどうやって豊橋まで行ったんでしょう？　まさか免停の身で死体を乗せた車を動かしたとは……」

林刑事が当然の疑問を出した。猪原の空白時間とほぼ同じなので、交換地点は、やはり豊橋付近が考えられるのである。

「どう考えても、この精密を要する計画的犯行に往復五百キロの〝免停運転〟をやったとは考えられないのですが」

「ほなら、やっぱり飛行機やろか？」

茨木署から来た松原警部が目を上げた。木本もソロ・フライトの資格をもっていたのだ。

「だれの飛行機を使うんですか？」

石原警部が聞いた。

「たぶん、猪原のセスナを無断借用したんやないやろか？　同じ飛行クラブに所属して、同じ会社に居よるのやから、上尾の離着陸場のことは知りよったはずや」

「それにしても、東京から上尾までは往復車を使わなければならないでしょう」

「さあそこですわ。東京から豊橋までの往復と、上尾までの距離を比べよったんやないやろか。どっちも危険はあっても、距離からいうなら比較にならへん」

松原は大阪から来たのにもかかわらず、東京から上尾までの距離を調べていたようである。たしかに東京ＩＣから豊川ＩＣまで片道二百六十九キロと、東京駅から上尾までの三十八・五キロの距離とを比較すれば、途中検問などにひっかかる危険性は、上尾のほうがずっと少ないとみてよいだろう。

警部どうしのディスカッションになった形なので、他の捜査員の発言が少しのあいだ止まった。

「しかし飛行機を利用したとしても、いったいどこに降りるのですか？」

ややあって、松原に尋ねたのは、河西刑事である。丸の内署の捜査によって着陸の可能性はすでに打ち消されていたのだ。

「残念やが、それは私にもわかってへんのです。ただ八時間では上尾までの往復と、犯行の時間を差し引くと、やっぱり東京―大阪のまん中辺あたりまでしか、飛べへんようにおもいますねん」

松原は柔らかい口調で言った。まさか飛行機の上で殺人は行なえないだろう。それに大沢の死亡推定時刻から考えても、彼が東京あるいはその周辺で殺されたことは明らかである。殺してから死体を飛行機に乗せて、飛び立つとすれば、飛行に使える時間は、正味四―五時間しか残らないことになる。

結局セスナ機では大阪まで往復できない。前回調べたとき、風速によって多少変わるが、セスナ１７２で調布から八尾まで、行きが三時間半、帰りが二時間半ぐらいということであった。

車が打ち消され、ふたたび飛行機の利用が考えられても、死体交換説は依然として魅力ある仮説といえた。

しかし一つの仮説を生かすためには、東京―大阪の中間のどこかに深夜着陸しなければならない。果たしてそんな場所があるのか？　またどこかにうまい空地を見つけたとしても、着陸用の灯火はどうしたのか？

ようやく木本という非常に黒っぽい人物を浮かび上がらせながら、彼の前に立ちふさがるいくつもの難点《ネック》を突破できなかった。

結局、その日の会議では、

①　木本の四月十九日における飛行《フライト》の記録。
②　セスナ１７２以外の高性能の飛行機を利用した可能性。
③　東京―大阪間の飛行場および着陸可能な空地等における木本の離着陸の記録。
④　四月十九日夜の離着陸に関して上尾の離着陸場周辺の聞込み。

⑤〝免停運転〟をしたものとの想定で、豊川周辺における足どり捜査。
⑥猪原と友紀子の行方追及。
⑦新宿スカイハウス112号室の密室の解明。
以上の七点を今後の捜査方針として確認した。出席者の数のわりには、発言の少ない会議であった。

2

横渡刑事と林刑事はふたたび調布飛行場へやって来た。紀伊《きい》半島から上陸した台風は、中部山岳に沿って本土を縦断し、いったん日本海へ抜けてから、ふたたび東北地方を横断して北太平洋へ出た。最悪のコースを通ったため、各地に出水や崖崩《がけくず》れが相つぎ、道路や鉄道が寸断された。

台風が抜けたあとも、秋霖《しゅうりん》前線を刺激したために、雨が降りつづいた。日本でいちばん賑《にぎ》やかだといわれる調布の空も、厚い雨雲に被《おお》われている。

「もう生きてはいないだろう」

その暗い空を仰いで、林はつぶやいた。猪原と友紀子のことだった。

「空へ身投げをする」と言い残して、好きな女を拉致《らち》して空の中へ消えた男は、いったいいまどこにいるのか？

数十年ぶりといわれる大型台風に巻きこまれて、蚊トンボのようなセスナは、ひとたまりもなかったであろう。

すでに消息を絶ってから、数十時間経過しているにもかかわらず、いまだにその行方が知れないという現実は、物質だけに恵まれたエリートの末路の哀れさを刑事たちに感じさせた。

彼をして「空へ身投げする」までに追いつめたものも、結局、父親が残した巨大な王国の重みであった。猪原はその重みに圧《お》し潰《つぶ》されたのである。

調布飛行場は、その面積七十一万九千平方メートルのうち、九四パーセントを米軍に取られている。背後に広がる広大な飛行場と対照的な狭い日本側の区域の中に、調布を定置場にする各航空事業会社やクラブのハンガーやオフィスがぎっしりと無秩序に立ち並んでいる。

砂利道に毛の生えたような滑走路、雑草の生い茂る駐機場、飯場の作業小屋のような各航空事業会社の仮小屋、ここを主基地に登録されている機体は百五十機、着陸許可をもらって使用を認められているのが二百機、それらが翼舷《よくげん》を接して狭い駐機場にひしめいている姿は、壮観というより、いかにも日本の過密を象徴するようで、哀れであった。

だが、〝飯場〟のまん中へんにある、イーグル・フライングクラブのオフィスは、クラブの実力と伝統を示すようにわりあい立派である。

クラブルームには、数名の教官と事務員が手持ち無沙汰《ぶさた》にしていた。日曜祝日にはてんてこまいする彼らも、こんな天候では生徒がやってこないので、恨めしそうに空を見ていてくれた。

あらかじめ電話しておいたので、顔なじみの小森理事や長井教官が二人の刑事を待っているだけだ。

「まだ猪原さんたちの行方はわからないそうですね、もう望みはありませんな。いいメンバーをなくしました。あの方のようなベテランがどうしてあんな無謀な飛行をしたのかわかりません」

刑事たちの顔を見ると、小森は暗い表情をした。そして天気がよければ、クラブメンバーも、捜索に協力したいのだが、この空模様ではどうにもならないとひとり言のようにつぶやいた。

「ちょっとまた飛行機のことでおうかがいしたいことがありまして」

横渡と林は、長井のほうへ向いた。

「東京と大阪のあいだで、だれにも知られずに夜間着陸できるような飛行場か空地はありませんか?」

そんなものはないという答えを予期して、横渡はいちおう尋ねた。

「そうですね、三保《みほ》の松原《まつばら》と、豊川にありますね」

ところが長井は、いともあっさりと答えた。かえって訊《き》いた刑事のほうが愕然《がくぜん》とした。

「ほ、ほんとですか」

おもわず舌がもつれた。とくに豊川は、死体交換地点として最も可能性が強いと考えられているところである。

「三保は日本飛行連盟が、豊川はたしか自衛隊が管理していますが、だれもいませんよ。黙って降りる気なら降りられますね」

「それはどんな飛行場ですか」

「飛行場というほどのものではありません。とくに豊川のは、旧《もと》の軍が爆撃機の基地に使ったところで、いまは使用されていませんから、だいぶ荒れてます。しかし十分に降りられますね」

「しかし夜間はむずかしいでしょう?」

「夜でも、天気がよければ大丈夫ですよ」

「着陸用のいろいろな照明がなくともですか」

「灯火は、懐中電灯が一本あれば十分です。まず飛行場の所在を示すために、飛行機が近づく時間に大きく振ってもらい、進入の際に滑走路の終端に灯を置いてもらえば、あとは飛行機についている着陸灯《ランディングライト》という自動車のヘッドライトのような灯で十分に降りられます」

長井は何でもないことのように言った。捜査陣を阻んでいた二つの大きなネックが、こうしていとも簡単に解決されてしまったのである。

「その……豊川の飛行場の周辺に家はありますか」

「家どころか、海に面した島のようなところです。まあ昼間でも、ひとはあまり近寄らないでしょう。ペンペン草ばかりで何もありません」

「猪原……氏の上尾の離着陸場から、豊川までセスナ機でどのくらいかかりますか」

「飛ぶときの風速しだいですが、いつごろのことですか」

「今年の四月十九日の夜です」

「航法計算盤《コンピューター》で計算してみましょう、ちょっと待ってください」

長井は気軽に立った。待つ間もなく引き返して来て、

「上尾から豊川へ飛ぶ場合、まず江の島へ出て、熱海から伊豆半島のつけ根を横断して、海岸線に沿って行きます。小型機の場合、山は避けますからね。そうすると、東京から豊川まで距離が百七十一マイル、四月十九日の夜は晴れ、三十ノットの向かい風でしたので、巡航で行きが二時間二十一分、帰りが一時間二十六分、往復三時間四十七分です」

横渡と林は興奮で背すじがゾクゾクしてきた。飛行に三時間四十七分ならば、上尾までの往復、犯行、死体の交換等の時間を加算すると、まさに木本の八時間の空白に符合するのである。

三保の松原だと、今度は大阪から来る友紀子の負担がまして、夜の明ける前に茨木へ死体を捨て、午前八時までに芦屋の自宅へ帰ることがむずかしくなる。

——まず豊川にまちがいない。

刑事たちは自信をもった。

「松本とか、長野あたりにそういう無人の飛行場はありませんか?」

東京—大阪のあいだだから、内陸地方で交換した可能性もある。

「ありません。それはあっちは山が高いですから、軽飛行機には鬼門です」

長井はきっぱりと答えた。たとえ〝無人飛行場〟があったとしても、大阪から高速道路がない。すべての可能性が豊川をさしていた。

二人の刑事は、イーグル・フライングクラブからの帰途、高度の専門事項にわたる聞込みのむずかしさをつくづく悟った。専門家は聞いたことには答えてくれるが、聞かれないことまで「こういうこともある」とおしえてはくれない。

ところが聞く側は素人だから、聞くべきポイントがよくわからない。とくに関連して聞くべきことは、ほとんど聞きのがしてしまう。

着陸地と着陸灯のネックは、かなり以前に問題になりながらも、時間の壁が飛行機によってもくずせなかった(死体交換のトリックに気がつかなかった)ので、うやむやになってしまっていた。

以前、調布へ聞込みに来たとき、関連して聞いていれば、ネックはもっと早く突破できたはずであった。

一方、本部では、上尾の飛行場の敷地が、以前木本の父親の私有地で、ホテルを乗っ取られたときに、いっしょに猪原留吉に買収された事実をつかんでいた。木本には飛行場の土地カンがあったわけである。彼の容疑は、さらに濃くなった。

残る一つのネックは、彼がいかにして密室をつくったかという問題だった。これが最後の、そして最大のネックとして、捜査陣の前に立ちふさがっていた。

分離された密室

1

四谷署の下田刑事は、埼玉県のW市に住んでいる。警察官は、勤務する都道府県に住むのが原則となっているが、彼はW市の生まれであり、まだ両親といっしょに住んでいるので、例外として認められている。

国鉄一本だけで都心まで来られるので、距離感のわりには、通勤の所要時間は少なくてすむ。世田谷や都下のはずれなどよりも、ずっと早く来られる。

ただ駅から彼の家へ行くまでのあいだに長い待避線があって、貨物列車が待避させられると、長時間にわたって踏切りを占領される。

どういうわけか跨線橋《こせんきょう》がないので、そのあいだ踏切りの利用者は、いらいらしながら待たされる。この踏切りのおかげで遅刻させられたことも決して少なくない。こんな調子がつづけば、せっかくの「例外」も取り消されるおそれがあった。

踏切り利用者が再三再四国鉄にかけ合ったが、いまだに善処されていない。地元の人間は、この踏切りのことを魔の踏切りならぬ「のろまの踏切り」と呼んでいた。

道路交通を妨害ばかりしている踏切りに対する怒りだけではない。「善処する、善処する」と言うだけで、いっこうに具体的な対策を立てる様子のない国鉄に対する皮肉もこめられていた。

殺人事件の捜査は、一ヵ月でかたがつかないときは、たいてい長期戦になる。一日中捜査に足をすりへらして、夜は捜査会議で遅くなる。さて家へ帰ろうとするとき、下田刑事は例の「のろまの踏切り」をおもうと、つい帰るのが面倒になってしまい、本部に泊まりこむことが多くなるのだ。

しかしその日は、下田は家に帰った。刑事もたまには、自分の布団で眠りたくなる。夕方のラッシュのピークは越えて、車内は一五〇パーセント程度の乗車効率である。ふつうのサラリーマンならば、退社後軽くいっぱいひっかけてから帰る時刻だが、下田にしては珍しく早い帰宅時間だった。

彼は吊革《つりかわ》にぶら下がって、一つのことに一心に思考を集めていた。いついかなるときでも、おもいは例の密室に集まっていくのだ。丸の内署のおかげで木本を支えるアリバイの最後のネックは突破したが、依然として密室の壁が破れない。

もともとこの密室は四谷署の管轄である。

合同の気配がしだいに濃くなってきた三つの本部の中で、他の二つが着々と成果を挙げているのに反して、ひとり四谷署だけが、担当したネック――それも最後の唯一の――を破れないのは、いかにも面目ないおもいである。

(正式に合同する前にぜひ破りたい)

というのが四谷署の一致した願いであり、目標であった。

人間の心理は似たようなもので、サラリーマンが会社の合併する前に点数を稼いでおいて、合併後の条件をよくしようとする心理に一脈あい通ずるものがある。

ただ刑事たちの場合は、ネックを破ったからといって合同後よくなるべき具体的条件は何もない。やはり面子《メンツ》の問題だった。

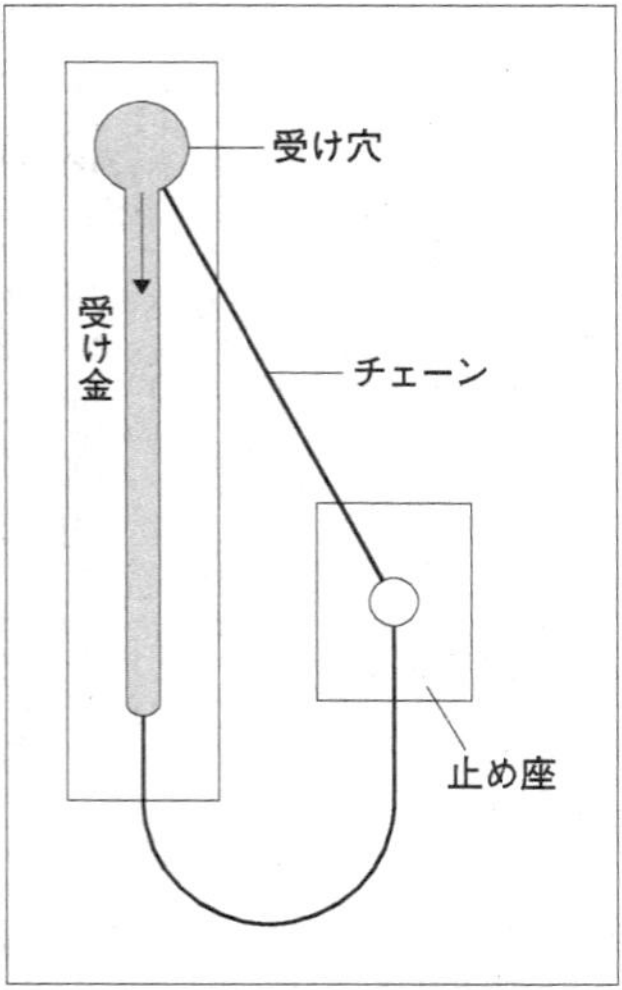

チェーンロックの構造

(それにしても、木本はどのようにして、あの密室をつくったのだろうか?)

考えれば考えるほど不思議だった。密室を構築した目的と理由は、だいたい推測できたが、その方法が何としてもわからない。

四谷署だけでなく、他の二つの本部も頭を絞って考えたが、あのチェーンロックを外部からかける方法はみつからなかった。

可能なかぎりのあらゆる方法を想定してみたが発見できなかった。〝新兵器〟もない。

「そんな新兵器があれば、われわれがとうに使っている」

とマンション側が、専門的な立場から断言していた。チェーンロックは、内部からでなければ絶対にかけられないのだ。

犯人がロックしたのは、午前四時から七時までのあいだであることは推定できる。明るくなってからでは、死体を部屋に運びにくくなるので、猪原が部屋を出た四時直後が最も可能性が強い。

その短い時間のあいだに密室にしたのだから、そう大きな道具や複雑なトリックを弄《ろう》したわけではあるまい。

だれにでもできるごく簡単なことにちがいない。

（どこかに盲点がある。それがおれたちに見えないだけなんだ）

下田はあまり熱心に考えていたため、前の座席が空いていることに気がつかなかった。ようやく気がついて、腰をおろそうとすると、少し離れた場所に立っていた、中年の貪《どん》欲《よく》そうな婦人が、おどろくべき敏捷《びんしょう》さですわってしまった。

いくら疲れていても、警察官が女性と席を争うわけにはいかない。

下田は立ちつづけた。しかし負け惜しみではなく、すわると、すぐに眠ってしまうような気がした。

現に、彼の席を奪った女は、はや舟をこぎはじめている。

（チェーンロックの長さは、約二十センチ、上端の受け穴に装着するためには、ドアをきちっと閉めなければならない。いったん装着されたチェーンロックは、溝を滑って、下端で止まる。受け穴と止め座のあいだではほとんど遊びのなかったチェーンは、受け金の下端でかなり遊びが出る。ドアは十センチほど開けることができる。その隙間からでは子供も通れない。だが犯人はたしかにそこを通り抜けているのだ。いったいどうやって？）

思考は堂々めぐりをして、疲労だけが積み重なっていく。前の席の女が気持ちよさそうに寝息をたてている。口をうすく開け、股《また》をあられもなく広げていた。色気どころか、醜悪さが強調された。

下田は、そんな女の姿の前に立っていることが、悪趣味のようにおもえて、場所を変えた。まもなく彼の下車駅がきた。

一つのことに思考を集めていたために、いつもより早くW駅に着いたような気がする。タクシーをつかまえれば、迂回《うかい》していくので「のろまの踏切り」を通らずにすむのだが、階段を二、三段跳びまでしての車の争奪戦に加わる気がしない。彼はゆっくりと階段を登った。

駅前から下車客は八方に散って例の踏切りへ来たときは、数人しかいなかった。案の定、長い貨物列車が踏切りをふさいでいた。

じめじめした蒸し暑い夜で、すっかり汗ばんでいる。早く家に帰って、一風呂《ひとふろ》浴びたかった。貨物列車は、彼の焦燥を尻目《しりめ》にどっかりと居すわっている。

突然貨物列車が、下田の前でへんなことをはじめた。ちょうど踏切りにかかるあたりで列車が二つに切り離され、踏切りの幅と同じ程度に車両のあいだをあけたのである。

遮断機が上げられた。

「さあ、いまのうちに渡ってください。さあ早く早く」

踏切り番がどなった。あわてて駆け渡りながら、下田はハッと気がついた。つまりこれが国鉄の〝善処〟だったのである。跨線橋をつくるだけの予算はない。まして無理してつくったところで、車の交通は解決されない。

いろいろ考えたあげくに、列車を踏切りのところで一時的に二つにちょん切ることをおもいついたのだ。踏切りの通行にさしつかえのない程度に列車を切り離し、通行人や車を通してから、元どおり連結して発車するのである。

(なるほどうまいことを考えたものだ)

下田は国鉄の知恵に感心した。これならかねはかからないし、道路交通もあまり妨害されない。

踏切りとは元来、列車を通すために道路を遮断してつくられたものである。それが特殊な踏切りの性格に合わせて、道路が列車を遮断したのだ。

(いかにも現代的な知恵だな)

と下田はおもった。踏切りを渡ってから振りかえると、ふたたび列車は元のように連結されていた。

それを見たとき、あまりに一つのことを考えすぎたために硬化していた彼の頭脳に変化がおきた。

彼をあれほど悩ませ、捜査陣の前に頑強に立ちはだかっていた密室の壁が、音もなくはらい除《の》けられていた。

下田は発見したのである。あの密室から脱《ぬ》け出す方法を。彼は小おどりしながら、わが家の方角へ走った。

捜査本部にはまだだれか残っているかもしれない。これからすぐに電話して、いまの発見を伝えよう。できることなら国鉄にも礼をいいたいところだが、礼をいわれても、国鉄側では何のことかわからないだろう。

救いなき情死者

1

七月三十一日午前八時三十分ごろ、社会人登山団体、東都雲表会のメンバー、杉井《すぎい》伸《しん》一《いち》と金岡《かなおか》達吉《たつきち》は、久しぶりに晴れ間を見せた北アルプス赤牛岳《あかうしだけ》中腹の山道を重荷にあえぎながら歩いていた。

ちょうど北アルプスに沿って、台風が本土を縦断した形なので、山道の荒れようはすさまじいものがある。

それでなくともこのあたりは、北アルプスでも最も、ひとのはいりこまない地域である。

赤牛岳は、黒部《くろべ》渓谷に西面を、野口《のぐち》五郎岳《ごろうだけ》や烏帽子岳《えぼしだけ》の俗称アルプス裏銀座の長大な山脈に東面をはさまれた文字どおりアルプスの中心部に位置する山である。

いずれのメーンルートからもはずれており、北アルプスの他の諸峰のような花やかさがないために、最も雄大な景観に恵まれておりながら、登山者はほとんどはいりこまない。

どこへ行っても登山者が行列をしているような、〝観光地〟北アルプスにあって、赤牛岳は依然として〝聖域〟としての静けさを保っていた。このあたりにはいりこんで来る人間は、一クセも二クセもある〝山屋〟だけである。

杉井と金岡も、〝観光地〟の混雑に辟易《へきえき》して、重いテントをかついで、黒部湖からこの山域にはいりこんだのだ。

ところが赤牛岳山腹にある〈姿見平《すがたみだいら》〉といわれる小さな池が点在する草原で、台風に巻きこまれ、まる二日、強風にむしり取られそうなテントの中にヤドカリのようにすくんでいた。テントが強風に強い高所用だったから助かったものの、普通のテントだったらどうなったかわからない。台風が通過したあとも、前線の影響で大雨が降りつづいた。

冬ではないのでまさか死ぬとはおもわなかったが、山全体が咆哮《ほうこう》するような嵐の中を、どうにかお目こぼしにあずかったような形で、ようやく切りぬけて、二人はいま命からがら、雲ノ平へ向かって逃げているところである。

道は赤牛岳の東面の起伏の多い斜面にかかる。道といっても這《は》い松《まつ》や笹の切り株の突き出た中のとぎれとぎれの心細いものである。黒部川の深淵《しんえん》をへだてて真向かいに薬師《やくし》岳《だけ》があくまでも雄大である。嵐に洗浄されて、山々はいまよみがえったばかりのように新鮮でつややかに見えた。しかしこの晴れ間も信用ならない。束の間の擬似好天かもしれないのだ。

「おい、あれは何だ?」

突然、前を歩いていた杉井が斜め前方の山腹に散乱した金属の破片のようなものをさした。朝日を受けてキラキラ反射している断片もある。近づくにつれて、おびただしい数の金属の破片が四、五十平方メートルの範囲にわたって散乱していることがわかった。比較的大きな破片はねじれ、ひしゃげて、すさまじいショックによって、粉砕された様子である。立木はなぎ倒され、落雷の直撃を受けたように焼け爛《ただ》れている。

「まるで金属の墓場だな」

「飛行機でも墜《お》ちたみたいだ」

破片の原体を憶測しながら近づいた二人は、

「おい、やっぱり飛行機らしいぞ」

「あの台風にやられたのか」

ほぼ原型のままひきちぎられた尾翼部分と脚《ギア》を発見して、にわかに緊張した。

「生存者はいないか？」

「胴体の部分を捜そう」

彼らは、山登りに来たことを忘れた。

二人は手分けして捜しはじめた。

「いたぞ！」

まもなく杉井がどなった。

「二人いる、一人は女らしい」

「ひどく損《いた》んでいるな」

駆けつけた金岡が、遺体を覗《のぞ》きこんで、言った。エンジンおよびプロペラは、前方やや左下方向からの荷重を受けた状態で、発動機架が変形破損して、胴体から分離している。操縦席《コックピット》の損傷ははなはだしく、計器板《ボード》が剝離《はくり》している。遺体はその衝撃をそのまま受けて、ほとんど一かたまりの肉塊のようになっていた。腐敗や虫蝕《むしくい》は雨に洗われたせいか、まだあまり目立たないようだ。

彼らが目をそむけなかったのは、山の遭難事故などで、もっと凄惨《せいさん》な墜死体を何度か見ていたからである。

「おや、何か握っているぞ」

金岡が女のほうのものらしい死体の掌《て》に目を止めた。

2

木本栄輔にふたたび丸の内署へ出頭が求められた。木本は改めて、彼のアリバイと、密室の壁が崩れたことが伝えられて、厳しい追及を受けた。

しかしながら彼はせせら笑った。

「私が飛行機で行けるならば、猪原杏平にも行けたはずです。彼の空白時間は、私の空白よりも一時間短いが、それでも可能な範囲です。無免許は、私の免停と同じだし、自分の飛行機だから、操縦は私よりもらくにできたでしょう。第一、私には大沢を殺す動機がない」

「ほんとうにそうかな？」

那須が半眼を見開いた。

「それはどういう意味です？」

「あなたは、元木本ホテル社長木本正輔氏のご子息でしたな」

「そうです、それがどうしたのです」

「木本正輔氏は、猪原留吉氏にホテルを買収されたのを苦にして自殺をした」

「だからどうだというのです？　もう十数年も前のことだ」

木本栄輔の顔に感情がのぼった。

「あなたは父親の復讐《ふくしゅう》のために猪原留吉氏に近づいたのじゃないですか？　そのためにいまの奥さんと結婚もされた」

「馬、馬鹿な！　そんな大時代なことを」

「ところが留吉氏が病死してしまったので、対象が彼の遺《のこ》したホテルに向けられた」

「いいですか、殺されたのは、大沢なんですよ。かりに百歩譲って、そのような復讐心をぼくが持ったとしても、大沢の殺されたこととどんな関係があるのです？」

木本は、那須の泰然とした様子にしだいに不安を覚えてきたようだ。相手が何か決定的な切り札をもっているような気がしてきたのである。

「関係がないと言いきれますか？」

那須はじっと木本の目の奥を覗きこんだ。

「あるはずがないじゃありませんか」

しだいにつのる不安に虚勢を張るように木本は言った。

「じゃあこれを見てください」

那須は一枚の不鮮明な写真を、木本の目の前に差し出した。何気なくそれに落とした木本の目が飛び出さんばかりに見開かれた。

「こ、これは！」

「そうです。あなたと是成夫人がいっしょに写っている。しかし重要なのは、その背景に写っているものだ」

木本の表情からみるみる血の気が去っていった。

「背景にホテルの看板らしいものが見えるでしょう。その名前に覚えがあるでしょうな。あなたと是成夫人がただ一度だけ利用したホテルだ。そこを運悪く、大沢に見られてしまった。そして撮られたのが、この写真だ。あなた方はもっと慎重になるべきだった。それにまさか愛し合っていたので、つい離れられずにいっしょに出て来たのが失敗だった。それにまさかそんなところで知った人間に遇《あ》おうとはおもわなかった。ところがそこは、大沢が隠れ情事によく使う場所だった」

「ど、どうしてこの写真を？」

「いま長野から電送されたばかりだ。どこで発見されたとおもう。是成友紀子が手に握っていたのだよ」

「えっ、彼女は発見されたのか!?　それで……」

　木本はあとの言葉をのみこんだ。声に出すのが怖かったのである。

「そう北アルプスの山中で、登山者によってな。まもなく報道されるだろう。山の深いところだったので、連絡が遅れたのだ。

　電送してもらった写真を一目見るなり、ピンとくるものがあった。そのネオンに覚えがあったのだ。ソレンセン事件で大沢の身辺を探っていたわれわれは、そのホテルの所在をとっくに割りだしていた。

　あんたらは運が悪かった。たった一度利用した場所が、大沢の隠れた巣で、しかもそこを出て来たところを彼に見られてしまったのだ。そのうえ写真まで撮られてしまった。大沢は、はからずも網の中にとびこんで来た素晴らしい獲物におどりして喜んだ。それから彼の恐喝がはじまった。甘い汁は二倍吸える。是成友紀子は、人妻だし、あんたはあんたで、婿の身分だ。もし是成友紀子との関係を奥さんに知られたら、たちまちイハラホテルから追い出される。もしそうなったらあんたは復讐ができなくなる。あと一歩のところで猪原社長を追い落とせるところまでいっている。大沢の口は何としてもふさがなければならない。そこで是成友紀子と共謀したんだろう。どうだ、これでも関係ないと言えるか」

　那須に極《き》めつけられて、木本はからだをこきざみに震わせはじめた。

「恐喝のネタに使われた写真を、友紀子はしっかりと握りしめて死んでいた。彼女は、夫を殺してまでも、いつの日かあんたといっしょになりたかったんだ。あんただけ、大ホテルの社長におさまってのうのうとしていられるのか」

木本のからだがガクリと揺れた。何かからだの中の支柱が折れたような感じだった。

3

木本栄輔は自供した。

「友紀子とは激しく愛し合っていました。将来を約束していたのですが、私の家が猪原留吉によって破壊されると、友紀子も父親の意志に逆らえずに、是成敏彦のもとへ嫁いでいきました。

私は、自分の恋を貫くことよりも、猪原留吉の非道なやり方に無言の抗議をして死んだ父の無念を報じてやるのが、子としての務めだと信じました。ずいぶん大時代がかった考えと笑うでしょうが、自分の父を私同様に殺されたひとならばわかってもらえるとおもいます。

事業を経営するにはかねがかかる、人間も集めなければならないし、建物も建てなければならない。経営のための血の滲《にじ》むような心身の苦労があります。

それを猪原は、株の買い集めという、合法的な手段で強奪していってしまうのです。そのために家庭を破壊され、職を失い、生活の基礎を失う大勢の人間のことなど、少しも考えません。資本主義社会の当然の仕組みだと、せせら笑って蹂躙《じゅうりん》する。これは合法を隠《かく》れ蓑《みの》としたギャングです。私は、目には目をのつもりで、猪原が勝者の余裕を見せて私を拾ってくれたのをさいわいに、彼が木本家にしたと同じように、資本主義の機構を利用して猪原の血と汗の結晶である企業をどれか一つでも乗っ取ってやろうとおもったのです。乗っ取れなければ潰《つぶ》してやろうと。

そのためには、何ものを犠牲にしても悔いないと誓いました。猪原留吉の心臓が悪く、先が長くないのを読んで、留吉がいちばん可愛がっていた杏平に近づいたのもそのためです。

飛行クラブはかねがかかりましたが、私は父がわずかに残してくれたもののすべてを注ぎこみました。

友紀子は、私の本心も知らずに、私のあとを追って、入会したのです。杏平はいっぺんに友紀子に夢中になりました。杏平の機嫌を損じたくなかった私は、適当にあしらっておけと言いました。杏平も一時、彼女との結婚を真剣に考えるほどにおもいつめた様子でしたが、留吉の意向には逆らえなかったらしく、彩子と結婚したのです。

友紀子は是成敏彦と結婚しましたが、敏彦が性格異常者だったために、すぐ痛切に後悔をはじめました。

杏平と友紀子が通じたのはそのころです。彼の歓心を買うために私が頼んだのと、私からそのようなことを頼まれたショックと、敏彦への憎しみの反動などから、杏平に許してしまったようでした。

私は、とにかくイハラ・グループの内懐《うちふところ》に深くはいりこみ、ついに杏平を追い落としました。雇われ社長ですが、イハラホテルの社長にもなりました。

名目はイハラホテルでも、すでに実権はアジア興業に握られております。猪原留吉が悪鬼のようになって築き上げたイハラ・グループは、いまや壊滅したのも同じです。私は目的を果たしたわけです。

大沢に友紀子との〝現場〟を見られたのは、杏平を追い落とす一歩手前のときでした。本当にあと一歩のところで、イハラホテルをガタガタにできる寸前に、大沢に友紀子との関係を知られて、恐喝されました。

天成の恐喝者だった大沢は、いっぺんに多くのものを強請《ゆす》ろうとはしませんでしたが、私たちにどうしても応じられないことを要求してきました。それは友紀子のからだを求めたことです。

もし応じなければ、彼女の夫と、私の妻にすべてをぶちまけるというのです。私は友紀子に頼みました。一度だけ、応じてやってくれと。しかし友紀子は、絶対にいやだと拒絶しました。大沢は、生理的にいやだと言うのです。大沢の目の光が夫の敏彦と似ていると言うのです。友紀子という女は、ミステリアスな存在でした。私のリクエストとはいえ、杏平には許し、その関係を定期的につづけていながら、精神的な傾きは少しもない。あれが女の生臭さというものでしょうか。おそらく杏平には自分と同じ環境で育った人間のいやらしさを感じたのだとおもいます。

私も以前は似たようなものでしたが、父を殺されてから、復讐《ふくしゅう》の鬼になりました。その鬼が友紀子を惹《ひ》いたのでしょう。

メスの欲望だけから杏平を受け容《い》れ、精神的には私に傾いている。

私は、杏平に許したのだから、もう一人ぐらいいいだろうと、彼女を侮蔑《ぶべつ》するような言葉まで使って頼みましたが、頑として聞き容れませんでした。

聞き容れないのが、当然のことでありながら、私は、友紀子のかたくなな態度に困惑しました。

とにかく大沢の要求を容れないかぎり、私の長い時間と忍耐をかけた計画は、水の泡になります。そのとき私に悪魔的な考えがひらめいたのです。

友紀子は夫の敏彦を蛇蝎《だかつ》のように嫌っている。私も妻に対しては何の感情ももっていない。たんに復讐の道具にしているにすぎません。友紀子と私が結婚を考えないのは、二人のあいだに可能性がないとあきらめていたからです。しかし可能性はありました。もし敏彦が死に、私が自分の目的を果たしたのちに妻と別れれば夫婦になれる。

是成敏彦と大沢秀博の二人がこの世から消滅してさえくれれば、われわれは結婚できる。その考えを友紀子に話すと、彼女は飛びついてきました。あきらめきっていたことに、可能性の曙光《しょこう》が見えてきたので、夢中になってしまったのです。

私は、妻との離婚にはまず問題ないという自信がありました。猪原一族のサラブレッドをもって自負する妻は、私と結婚したことを後悔するような明からさまな素振りを見せておりました。私のほうからの離婚請求を決して拒《こと》わらないはずです。

　こうして友紀子の夫に向けた憎しみと、私の当面の保身のための殺人計画は、二人の結婚というおもってもみなかった新しい可能性を見せたのです。

　しかし、これは絶対に完全犯罪でなければなりませんでした。犯行後二人のどちらかが捕まっても、われわれは結婚できません。こうしてあの死体交換のトリックを考えだしたのです。

　友紀子と私との関係を知る者はありません。飛行クラブの連中も、杏平と彼女との親しそうな仲に眩惑《げんわく》されて、その陰にいた私の存在に気がつきませんでした。ですから死体が東京─大阪の中間で交換されれば、その分だけ時間が浮いて、アリバイができると考えたのです。

　しかし、二つの死体が同時に発見されては、動機をもっているわれわれを、だれかが結びつけて考えるかもしれない。それで是成の死体は杏平のマンションに運びこんで、密室をつくり、確実に一、二ヵ月発見が遅れるように工夫したのです。密室にした理由も、方法も、すべてご推測のとおりでした。

　死体交換地点は、ちょうど中間の豊川を選びました。是成の死体は、少なくとも一ヵ月ぐらいは発見を遅らせなければなりません。急に行方不明になっては、すぐに不審をもたれて捜索されてしまうので、彼が海外出張をするときを狙ったのです。海外で不明になれば、捜索をはじめられるまでに、多少時間を稼げますからね。

しかしわれわれが彼を追って海外へ出かけることはできないので、彼が出国後、直ちにトンボがえりして来るように仕向けなければなりません。それもだれにも知られないように是成自らが自分の足跡を消すようにして。

この工作はわりあい簡単でした。人一倍猜疑心《さいぎしん》の強い彼の性格を利用して、友紀子は彼が出国後、芦屋の自宅へ男を引っ張りこむような気配をそれとなく演じてみせたのです。

嫉妬《しっと》深い夫にとっては、妻の隠れた情事の現場をおさえるのは、自虐的な喜びでもあるそうです。これによって、不能のなおる者すらいるくらいですから。

是成は、友紀子の演技にまんまとひっかかりました。彼がホンコンからトンボがえりして来ることは、四月十九日の羽田へ到着する各航空会社国際線の搭乗乗客名簿《パッセンジャー・リスト》を調べることによって、すぐにわかりました。ある特定の日に乗り入れる国際線の数は限られているので、大した手間はかかりません。妻の不貞を見つけるために、引き返して来るのですから、こちらのおあつらえ向きにだれにも知られないように来てくれましたよ。

ただし国際線の飛行機はパスポートと一体になっているので、偽名では乗れませんから
これも私たちに好都合でした。彼は私たちの張った罠《わな》に見事にはまってくれました。青酸カリは、私がかねてより用意しておいたものを、友紀子に渡したのです。是成を殺すのには大して手間はかからなかったそうです。

不倫の現場をおさえるつもりで、ひそかに芦屋の自宅へ引き返して来た彼は、意外にもひとりでいる友紀子を見いだして、ホッと気がゆるんだらしく、すすめられた毒入りのビールを、少しも疑わずに飲みほしたそうです。小柄な是成の死体を車に運びこむのにも、大して骨は折れなかったそうです。

一方、私のほうも、大沢を殺す用意を着々と進めていました。犯行日は是成が出張するころ、パッセンジャー・リストによって、彼が引き返してくるのをたしかめたうえで、同時に実行に着手する予定でした。

ただここに一つ手ちがいが生じました。最初は、両方から車で運んで、豊橋付近で交換する予定でしたが、私がおもわぬ事故をおこして免許停止を受けてしまったことです。豊橋まで免停の身で死体を乗せて往復することは、あまりにも危険でした。豊橋のはずれの、海に面したところに、無人の豊川飛行場があるのをおもいだして、車と飛行機による接触を考えたのです。

杏平が上尾の私の父の元所有地に私設離着陸場を造成し、自家用機を定置させていました。管理人はおいていません。

以前、時折彼と同乗飛行をやったので、その機のイグニション・キーを一つ私が預かっていました。

実行にとりかかる直前に秘《ひそ》かに整備しておき、友紀子からの連絡を待ったのです。是成が海外出張に利用する便名は、あらかじめ知ることができました。問題は、彼がいつどこから引き返して来るかということでしたが、彼の性格から、次の寄港地のホンコンからその日か、遅くとも翌日には折りかえすだろうと予測したのです。是成としても当然、友紀子が男を引き入れる（それが芝居であるとも知らず）時間を計算するでしょうから、翌日の十九日が最も可能性が強いとおもいました。

そのころ長期予報も調べておき、まず夜間飛行が可能であるという計算もしておりました。十九日、是成の名前をホンコンからの日航321便に発見すると同時に、私たちは、緊密な連絡を取り合いながら行動を開始したのです。私は、大沢に、かねてより要求されていた金額を、引き渡すからと欺き、目黒の例のホテルでだれにも知られないように待てと命じました。それまでも、金の授受は、そのホテルで行なっていたので、大沢は何の疑いももちませんでした。

十九日夜九時少し前友紀子から、是成を計画どおり殺害したという連絡を受けたのちに、私は社を退いて、大沢を待たせてあるホテルへ向かいました。もしその夜、彼女が失敗すれば、計画は中止するつもりでした。

このとき大沢殺しの嫌疑を着せるために、杏平を新宿のマンションに待たせたのです。杏平をボーリング場へ呼び出すための電話は、帰途友紀子が公衆電話からかけました。

彼を操ったのは、もう一つ、その夜、私が彼の飛行機を秘かに飛ばしているあいだ、確実に上尾へ来させないようにするためでした。まさかその夜、ふいに来るようなことはあるまいとおもいましたが、私としては絶対の保証が欲しかったのです。杏平を陥れるための七時間の空白が、この豊川という地名を割り出し、死体交換のトリックを見破る端緒になったのは皮肉でした。

目黒のホテルで大沢にかねを渡した私は、埼玉県のK市に用事があるので、そこまで車で送ってくれるように彼に頼みました。私が免停を受けたことを知っていた大沢は、気軽に彼の車で送ってくれました。上尾の近くへ来たとき、隠しもっていたスパナで、隙を狙って後頭部を一撃し、昏倒《こんとう》したところを、ネクタイで絞めました。彼は、いままでの執拗《しつよう》な恐喝に比べて、あっけないくらい簡単に死んでくれました。

これで東京—上尾間の片道の危険《リスク》は、解消されたのです。あとは、豊川で交換してきた是成の死体を、杏平のマンションに運びこむときの上尾—東京間の約四十キロの運転が最後のそして唯一の危険な賭《か》けになりました。しかし私には自信がありました。深夜でもあり、距離も短い、よほど不運な事故でも重ならないかぎり、この間にひっかかることはあるまいと。目黒のホテルへまわったり、途中で大沢を殺さなければならなかったので、離陸したのは、十一時を少しすぎていました。しかしあまり早く飛びたっても、友紀子が交換地へ着いていないので、ちょうどよい時間でした。

よく晴れた穏やかな夜で、飛行には何の支障もありませんでした。豊川上空へ着いたのは、午前一時半ごろです。飛行場の位置は友紀子が懐中電灯を振って合図してくれたので、すぐにわかりました。進入灯は、滑走路の四隅に、四個のライトを置いてくれたので、きわめてスムースに降りられました。すべて計画どおりでした。

私たちは万感のおもいをこめて、おたがいの手を握り合いましたが、感傷のための時間はありませんでした。私たちにはまだ大仕事が残されていたのです。

死体を交換したのち、直ちに別れて、上尾へ引きかえして来たのが、三時少しすぎです。着陸灯は蓄電可能のライトを、滑走路末端へ二個置いておきました。着陸後、直ちに大沢の車で新宿のマンションへ是成の死体を運びこみました。私の手間を省くために、友紀子が、死体の〝梱包《こんぽう》〟はすませておいてくれました。

部屋を密室に仕立てて、杏平がはいれないようにしておいて、中野大和町まで行きました。そこへ大沢の車を乗り捨て、そこから野方の大原の家までは歩いて行けます。じつはもっと離れた場所へ車を捨てたかったのですが、早朝でタクシーが拾えなかったのです。

友紀子のほうも、パトロールの目を盗んで東名―名神を最大スピードで走り抜け、茨木に死体を捨てたのち、芦屋の自宅には七時少し前に帰り着けたそうです。

すべてが終わり、結婚するばかりとなったとき、予想もしなかった蹉跌《さてつ》がおこりました。

私の妻が絶対に離婚に応じないのです。友紀子の失望は救いがたいものがありました。そのために猪原に対する演技がつづけられなくなって、私とのつながりを警察に見つけられてしまったのです。

これですべてを申し上げました。私はいま友紀子を失い、彼女が私の心のどんなに大きな部分を占めていたかを知りました。結局私たちには、可能性がなかったのです。ないものを無理をしたために、何もかも失ってしまいました」

語り終わって、木本は悄然《しょうぜん》と首をたれた。

4

木本栄輔は殺人および死体遺棄で、逮捕状を執行された。三つの捜査本部は合同して裏づけ捜査にはいった。丸の内署は直接の関係はなかったが、間接的に何かとひっかかりが多いので、やはり合同したのである。

木本の起訴がきまって、合同本部の解散が近いときに茨木署から来ていた波戸刑事が四谷署の下田刑事に、

「どうして密室を開くきっかけをつかんだんですか？」

と聞いた。

「いや大したことではありません」

下田は照れ笑いをしながら、例の「のろまの踏切り」で目撃したことを話したあと、

「いったん踏切りにたまったひとや車を通したあと、列車は元どおりに連結されました。その瞬間に私は、チェーンロックを連想したのです。小判型の鎖が一つずつ連結されているチェーンは、列車によく似ていました。チェーンの長さが一定であるから、部屋の

外部からは着脱できないようになっているのです。もしこの長さをもう少し伸ばせれば、外からでも着脱できます。列車も切り離せるのだから、チェーンも分離できないか？　つまりチェーンをロックしてから、チェーンの中央で分離し、部屋の外へ出てから、また連結することは可能かと考えたのです。そうおもってチェーンロックを改めて観察してみると、小判型の鎖の各環《リング》は、完全な、リングではなく、楕円形《だえんけい》の中央部分がかすかに開口している。実用よりも心理的な安心感を意図したものらしく、かなりチャチなチェーンです。この開口部を、指では無理ですが、ペンチのような工具があれば、もっと拡大して分離することができます。拡大する部分に、厚い布地でもあてれば、工具が噛《か》んだ傷もつかない。

こうして木本はロックしたチェーンを分離してから、部屋の外へ出て、また元どおりに連結したのです。ひとを通してから、また連結した列車のようにね。チェーンはすでにロックされ、受け金に固定されているので、連結しても本来のチェーンの十センチの遊びがあります。この遊びのあいだから手を入れて、連結作業をしたのです。うまいことを考えたものですね」

「ところで、友紀子が握っていた写真が、どうして大沢に撮られたものだとわかったのですか？」

と今度は四谷署の大川刑事が口を開いた。

「あの二人の表情さ、いかにも油断していたところを、いきなりフラッシュを浴びせかけられたといった顔だったよ。背後にかすかに写っていたホテルのネオンにも見覚えがあった。大沢が猪原杏平の元の細君と忍び逢《あ》っていたホテルだ。大沢にはカメラの趣味がある。すぐにピンときた。これは大沢の恐喝のネタだとね」

「しかし大沢の部屋には、そんなネガはありませんでしたよ」

「木本が暴力団でも使って家捜しでもするとおもったんだろう。おそらく銀行の貸金庫か、写真屋に預けてあるはずだ」

「しかし、そんな写真を、友紀子はなぜ握りしめて死んだのでしょうか？」

丸の内署の草場が聞いた。

「あれだけが形に残された木本との〝記念〟だったんだろう。可哀想にゆすりのネタに使われた写真を抱いて死んで行った女の心は、悲しくて、救いがなかったにちがいない」

那須は暗然となった。彼はそのとき猪原杏平の遺書にあった「空へ身を投げる」という言葉の断片をおもいだしていた。愛する女を道連れにしながらも、その女の心が自分にないことを知って死んで行った彼は、もっと救いがなかったかもしれない。

「彼らが」

那須がひとり言のようにつぶやいた。

「ごくあたりまえの庶民の家に生まれていれば、もっと別の生きようがあったろうにな」

5

約四ヵ月のち、航空局事故調査課は、猪原機の遭難原因の調査を終えて次のように報告した。

一、事故概要

イハラ・ネルソンホテル前社長猪原杏平氏のセスナ172型は、昭和四十×年七月二十八日午前十一時ごろ（推定）、埼玉県上尾市の同氏所有未公認私設離着陸場より離陸した。

同機はそのまま消息を絶ち、七月三十一日午前八時半ごろ富山県地籍、北アルプス赤牛岳西面、標高二千三百メートル付近の斜面に墜落しているのを発見された。

二、乗員

猪原杏平（三十一）昭和三十×年二月、イーグル・フライングクラブに入会、昭和三十×年七月自家用操縦士、陸上単発、航空免状の有効期間は四十×年一月二十三日より翌年一月二日である。

同乗者、是成友紀子（二十五）昭和三十×年三月イーグル・フライングクラブ入会。

三、気象状況

同二十八日半径三百キロ前後の大型台風十二号が南方海上を四国近畿地方へ向かって

毎時二十五キロの速さで迫っていた。台風コースとしては最悪の本土縦断コースを取るおそれがあり、このためコース進路にあたる各地は、暴風雨、波浪警報が発令されていた。中部山岳方面においては気圧の降下がいちじるしく、朝から驟雨《しゅうう》性の強雨が断続し
ていた。赤牛岳付近では風速二十メートル以上の強風が吹き荒れていた。
四、飛行経過および事故原因
同機の飛行計画、通信、目撃者の証言等がいっさい得られないために、飛行経過は不明である。

本事故は、悪天候による極度の視程障害と、機体の空中分解を生じたことによるものと推定される。
五、航空機の損害
大破した。
六、生存状況
乗員二人とも死亡。

作家生活五十周年記念短編

台風の絆

北尾《きたお》隆文《たかふみ》は大学四年の夏休み前に健康診断を受けて、初感染結核症と診断された。いまのうちに大事をとって養生すれば治ると言われたが、いよいよ就活に取りかかろうとした矢先、おもいがけぬ伏兵にあって、北尾は意欲を失ってしまった。

クラスメイトたちは一流会社のドアを叩《たた》いて意欲満々、学窓から社会の八方に向かって飛び立とうとしている。

医師から大事をとるようにと警告されて、北尾は絶望した。医師の警告に従っていれば、社会へのスタートは遅れてしまう。しかし、

「人生は長い。一年ぐらい遅れても、どうということはない。一年留年してゆっくりと養生し、来年のチャンスを待て。むしろ一年間、同期の者よりも勉強できる」

と医師に慰められ、励まされて、隆文は気を取り直し、読みたいとおもっていた本をリュックサックに詰めて、八ヶ《やつが》岳《たけ》山腹にある山宿へ来た。

高校時代から山が好きで、秩父《ちちぶ》からスタートして全国の著名な山を登り歩いていた。

高校時代は山岳部に入り、部活動として集団登山をしていたが、単独行（一人で登る）のほうが性に合っていることを知り、大学時代はもっぱら一人で、好きになった山に足跡を残した。

山で作る詩や俳句、エッセイ、写真などの追求には単独行が合っている。山で鍛えた体力に自信があっただけに、健康診断の宣告は衝撃であった。

この夏は就活前の助走として計画していた八ヶ岳の縦走をあきらめ、この山麓《さんろく》にある山宿へ来たのである。

ほとんど登っている全国の著名な山の中で、特に気に入っているのが八ヶ岳である。アルプスに比べて山の規模は小さいが、最高峰赤岳《あかだけ》は三千メートルに近く、鋭角的な山容を天に向かって突き上げている。

赤岳を中心にして南北に走る連峰は、いずれも三千メートル級であり、北アルプスをはじめ中央、南アルプス、秩父連峰、浅間山《あさまやま》から上信越の山脈《やまなみ》にかけて、日本の名山が揃《そろ》い踏みをしている壮大な展望を繰り広げる。

そして中腹から山麓にかけては限りなく広い裾野《すその》を引き、高度に従い偃松《はいまつ》、針葉樹林、山毛欅《ぶな》、その間を高山植物が鏤《ちりば》め、妍《けん》を競っている。原生林に囲まれて、池や湖沼が置き忘れられたように隠れている。

山麓に近づくと牧場が、まさに牧歌的な表情で、山麓から降りて来た山の旅人を迎える。

その美しい山容、連なる高峰に仕える艶《あで》やかな侍女のような、中腹から山麓に散在する白樺《しらかば》の純林や落葉松《からまつ》など、山の要素のすべてを集めた八ヶ岳が、北尾は好きであった。

特に山裾《やますそ》に広がる、広大な牧場に面する白樺の純林の中にあるその山宿が、北尾は気に入っていた。

読みたい本を満杯にした大きなリュックを背負ってやって来た北尾を、山宿の主《あるじ》はあたたかく迎えてくれた。高校時代から北尾はこの山宿によく泊まり、顔馴染《かおなじみ》であった。

北尾はこの山宿で、本を読みながら一夏を過ごすつもりである。

白樺の林の中に横たわり、一日中、本を読んでいる。朝飯と夕飯は宿で食したが、昼飯はアルバイトの女子大生が運んで来てくれた。

「私も一緒に食べていい？」

と、城野弘美《じょうのひろみ》と自己紹介した女子大生は、白樺に囲まれて、北尾と一緒にランチを食べた。彼女はそれを楽しみにしているようである。

ハイシーズンであるが、登山者は山麓にあるその山宿をほとんど素通りして行く。

牧歌的な裾野をようやく登りきって、森林高地に入って来た登山者グループは、賑《にぎ》やかに言葉を交わしながら稜線《りょうせん》を目指して、余裕のある足どりで登って行く。木立越しに白雲が群青の空に銀色に輝き、少しずつ形を変えながら流れている。

登山者グループを横目にしながら、白樺の純林に囲まれて本を読んでいる自分が口惜しくなる。

自分もあのグループに加わり、壮大な展望の中に夢を追いながら、稜線を縫う糸のような径《みち》を縦走したいというおもいに駆られた。

だが、いまの自分は、この美しい白樺の木立の中の囚人であり、読みたい本を読めるだけでも幸せである、と自分に言い聞かせた。木立から出れば、限りもない裾野が蒼《あお》い遠望の奥に溶けている。

天心を突くような高峰の絶頂に立って夢を飛ばした地平線や水平線の彼方《かなた》に犇《ひしめ》く無限の未知数は、いまの北尾にはない。医師の許しが出るまで病蝕に縛られた囚人なのである。

青春の拠点のようなこの宿に沈澱《ちんでん》（長期滞在）して、半月ほど経過したとき、台風が山域を直撃した。

大型台風が紀伊《きい》半島付近から上陸して、日本列島縦断の進路をとりながら前線の偏西風に乗り次第に加速して、中部山岳地帯から太平洋岸にかけ暴風雨圏に巻き込みつつあった。

あいにく宿の主《あるじ》に、どうしても麓《ふもと》へ下りなければならない急用が発生した。

「台風が近づいているが、この建物は頑丈にできているから心配はねえずら。今夜は少し騒がしいだろうが、明日の朝早く帰って来る。すまねえが、弘美ちゃんと一緒に留守番してくんな」

と宿の主の宮坂《みやさか》は言い残して、麓へ下りて行った。

気象庁の予報通り、深夜に至り台風が接近して猛烈な暴風雨となった。山全体が咆哮《ほうこう》し、主が頑丈と保証した建物がぎしぎしと揺れた。

台風が最高潮に達したとき、弘美が蒲団《ふとん》と枕を抱えて彼の部屋に飛び込んで来た。

「怖くて眠れない。一緒にいてもいい?」

と、ぶるぶる震えながら言った。

「君が嫌でなかったら、どうぞ」

と彼は言った。

北尾に承諾されて、弘美は飛び込むように部屋に入って来た。そして彼の隣りに蒲団を敷いて、身体を丸く縮めた。

それも束の間、屋根の上にばりばりという音が走ったとき、弘美は悲鳴をあげて彼の蒲団の中に飛び込んで来た。

「助けて」

と言いながら、北尾の身体にしがみついた。全身がぶるぶる震えている。

北尾は、

「心配ないよ。台風はすぐに去ってしまう」

と言って抱き締めてやった。

北尾の予言通り、それ以後、風雨が鎮まってきた。だが、彼女は彼にしがみついたまま離れない。恐怖が執念深く彼女の心身に居ついてしまったらしい。いつの間にか二人は唇を重ねていた。

翌朝、台風一過、昨夜とは別世界のような、風雨に磨かれた清々《すがすが》しい朝が訪れた。

窓が明るくなるまで、二人は一つの床を共有していた。台風が遠ざかった後、二人は同衾《どうきん》している必要がなくなった。

「私って、よっぽど魅力がないのね」

と、彼女は彼の床から離れるときに、独り言のように言った。

「君に魅力がないなんて、とんでもない。だれがそんなことを言ったんだ」

「ばか。鈍感」

弘美は言い返して、蒲団と枕を持って部屋から出て行った。彼は男として、大きな機会を失ったような気がした。

台風の渦中、一つ床を分け合って交わしたというよりは、自然に重ねた彼女の熱い唇が忘れられない。

あの唇は彼女の全身の許容を示すものであった。それに気がつかなかった彼は、鈍感と言われても仕方がない。

翌日、弘美は山宿を下りて行った。同衾して唇を合わせた彼と、同じ宿にいるのが重苦しくなったのかもしれない。

弘美が去った後の山宿はいっぺんに寂しくなった。

白樺の林の中にランチを運んでくれる者もいなくなった。ランチの内容は同じであったが、昼時、宿へ帰り、だれもいない食堂で、独《ひと》りランチを食べるのは侘《わび》しかった。

本を読んでも、活字の意味が頭に入らない。落葉松の林や白樺の純林の中を散歩しても、侘しさをかみしめるだけであった。

そして彼は、滞在予定を少し早めて帰京した。

帰京後、別の医師に診察してもらったところ、「結核の初期」は誤診であった。

彼は一挙に元気を取り戻し、遅まきながら就活を始め、就職した。

その間、いくつか会社を変え、勧める人があって結婚した。

気づかぬ間に会社の中堅となっていたが、宮仕えに飽きがきて、懸賞小説に応募したところ、受賞した。

その後、調子よくベストセラーを連打して、作家としての一応の地位を得た。

妻との間に二人の子供をもうけ、一応安定した家庭を築いた。

作家生活五周年を記念して出版社が新刊のサイン会を開いてくれた。サイン会は作家としてのステータスである。

当日のサイン会は長蛇の列となった。かなり名の売れた作家でも、サイン会の客を集めるのは難しい。一時間で八十人ほどの客にサインができれば、一応の成功とされる。

サイン会スタート前の読者の長い列を見て、一時間ではとてもこなせないとおもった。

しかも数冊抱えている読者も少なくない。大成功である。

読者一人一人と短い言葉を交わし、握手を求められ、時には読者とツーショットの写真撮影を求められる。

一分間に二人～三人、一人複数冊持参もあり、一時間で百二十人～百八十人のサインは厳しい。為書《ためがき》を求められると、さらに厳しくなる。

こうして制限時間が押し詰まってきたとき、愛くるしい少女を連れた三十代後半と見られる女性が、サインテーブルの前に立った。

薄い既視感《デジャヴュー》があったが、いつ、どこで会ったのか、おもいだせない。女性は彼に会釈しながら遠慮がちに、為書用紙に書いた名前と共に、サイン用の本を差し出した。

為書紙に記入された新島《にいじま》弘美という名前にも薄い記憶があったが、やはりおもいだせない。結婚して姓が変わっているのかもしれない。

リクエストに応じて為書を書いていると、女性が、

「先生、おめでとうございます。八ヶ岳の山宿でお世話になりました」

と言った。

「あなたは、あのときの……」

記憶が一挙に甦《よみがえ》った。

八ヶ岳山麓《さんろく》の山宿でアルバイトをしていた女子学生、城野弘美である。姓は新島に変わっているが、嵐の夜、抱き合って一夜を明かした女性であった。

「これは懐かしい。わざわざ私のサイン会にいらしてくださって、ありがとう」

北尾は意外な再会にどう応《こた》えるべきか、うろたえた。

再会を喜び合い、その後の半生をゆっくりと語り合いたいところだが、読者の行列はまだ長くつづいている。

「先生、私の娘のきよみです。先生に似ているとおもいません？」

と北尾の顔を覗《のぞ》き込むように見た。

北尾は一瞬、はっとした。嵐の夜、同じ床をシェアして抱き合って過ごした。彼女の唇の熱い感触をまだおぼえている。

だが、あの時、どんな発展をしたのか、咄嗟《とっさ》におもいだせない。

「うそ、うそ。先生、ごめんなさい。驚かしてしまって……」

弘美はサインされた本を受け取ると、大切そうに抱えて、きよみと共にテーブルから離れた。

その後のサインを、北尾はよくおぼえていない。

サイン会は大成功裡《り》に終わった。一時間に約二百冊、やや時間オーバーしたが、その店でのサイン会記録を塗り替えた。

北尾はサイン会の成否よりも、弘美の言葉と、彼女が連れて来た少女が気になった。

確かに、娘のきよみは、北尾の骨相によく似ていた。

山宿の嵐の夜の記憶が霧に包まれたように霞《かす》んでいる。

（もしかすると、あの夜、弘美と交わったかもしれない）

あの夜、弘美と結ばれて妊娠したとすれば、娘の推定年齢は符合している。となると、妻との間にもうけた二人の子供のほかに、もう一人、自分の血を引いた娘がいることになる。

しかもその娘は、妻と結婚する前に生まれている。弘美は「うそ、うそ」と言ったが、その場を繕っていたのであろう。

遠い青春の嵐の夜の過ち、夢か現実か確かめられぬいま、自分は一人の女性の誕生になんの責任も取っていない。

いまさらその責任を取ったとしても、弘美の家庭の安定を崩してしまうことになるかもしれない。

いまは記憶も霞んでいる遥《はる》かな青春の一夜が、弘美の、いや、二人の女性の人生を変えたかもしれない。

北尾は、追憶に浸りながら、後半生の責任と永遠の郷愁の重みを背負って、あの嵐の一夜をもう一度繰り返すならば、遠い夏の夜の出来事からもしかすると別の人生を歩んだ可能性を北尾は意識の奥に追っていた。

本書は二〇〇四年三月、光文社文庫より刊行されました。
「台風の絆」は本書のために書き下ろされたものです。

本作品はフィクションであり、実在のいかなる組織・個人ともいっさい関わりのないことを附記します。また、地名・役職・固有名詞・数字等の事実関係は執筆当時のままとしています。

超《ちょう》高《こう》層《そう》ホテル殺《さつ》人《じん》事《じ》件《けん》

森《もり》村《むら》誠《せい》一《いち》

平成27年 2月25日　初版発行
令和5年 9月5日　5版発行

発行者●山下直久

発行●株式会社KADOKAWA
〒102-8177　東京都千代田区富士見2-13-3
電話　0570-002-301（ナビダイヤル）

角川文庫 19034

印刷所●株式会社KADOKAWA
製本所●株式会社KADOKAWA

表紙画●和田三造

●お問い合わせ
https://www.kadokawa.co.jp/（「お問い合わせ」へお進みください）
※内容によっては、お答えできない場合があります。
※サポートは日本国内のみとさせていただきます。
※Japanese text only

ISBN978-4-04-102713-4　C0193

◆◇◇

角川文庫発刊に際して

角川源義

　第二次世界大戦の敗北は、軍事力の敗北であった以上に、私たちの若い文化力の敗退であった。私たちの文化が戦争に対して如何に無力であり、単なるあだ花に過ぎなかったかを、私たちは身を以て体験し痛感した。西洋近代文化の摂取にとって、明治以後八十年の歳月は決して短かすぎたとは言えない。にもかかわらず、近代文化の伝統を確立し、自由な批判と柔軟な良識に富む文化層として自らを形成することに私たちは失敗して来た。そしてこれは、各層への文化の普及滲透を任務とする出版人の責任でもあった。

　一九四五年以来、私たちは再び振出しに戻り、第一歩から踏み出すことを余儀なくされた。これは大きな不幸ではあるが、反面、これまでの混沌・未熟・歪曲の中にあった我が国の文化に秩序と確たる基礎を齎らすためには絶好の機会でもある。角川書店は、このような祖国の文化的危機にあたり、微力をも顧みず再建の礎石たるべき抱負と決意とをもって出発したが、ここに創立以来の念願を果すべく角川文庫を発刊する。これまで刊行されたあらゆる全集叢書文庫類の長所と短所とを検討し、古今東西の不朽の典籍を、良心的編集のもとに、廉価に、そして書架にふさわしい美本として、多くのひとびとに提供しようとする。しかし私たちは徒らに百科全書的な知識のジレッタントを作ることを目的とせず、あくまで祖国の文化に秩序と再建への道を示し、この文庫を角川書店の栄ある事業として、今後永久に継続発展せしめ、学芸と教養との殿堂として大成せんことを期したい。多くの読書子の愛情ある忠言と支持とによって、この希望と抱負とを完遂せしめられんことを願う。

一九四九年五月三日

角川文庫ベストセラー

新版 悪魔の飽食
日本細菌戦部隊の恐怖の実像
森村誠一

日本陸軍が生んだ〝悪魔の部隊〟とは？　世界で最大規模の細菌戦部隊は、日本全国の優秀な医師や科学者を集め、三千人余の捕虜を対象に非人道的な実験を行った。歴史の空白を埋める、その恐るべき実像！

新装版 青春の証明
森村誠一

警官が襲われるのを目撃しながら見殺しにした男が、汚名をそそぐために警官に転職した。胸の内に深く傷を負った彼が青春をかけて証明しようとしたものとは!?「証明」シリーズ第三作。

街
森村誠一

かつて人気歌手だった蓼科由里が新宿中央公園で殺害された。牛尾刑事は、彼女のネックチェーンが別件の殺人被害者の物と知り驚愕する。さらに浮上した容疑者らが次々に不審な死を遂げ……傑作長編ミステリ！

棟居刑事の悪の器
森村誠一

アパートの一室で若い女性の絞殺死体が発見された。新興宗教の元本部でも同様の手口による女性の死体が発見され、さらに同日、二つの現場の中間点で轢き逃げ事件が。三点を繋ぐ見えない糸に棟居刑事が迫る！

破婚の条件
森村誠一

結婚7年目、突然夫の慎次が嫌いになった昌枝は、夫の殺害を企てる。だが決行当日、すでに夫は何者かに殺されていた！　事件を追う棟居刑事。一方昌枝は、自由、保険金、新恋人に、幸せを噛みしめていたが……。

角川文庫ベストセラー

新・野性の証明　森村誠一

レッドライト　森村誠一

人間の証明 PARTⅡ 狙撃者の挽歌 上　森村誠一

人間の証明 PARTⅡ 狙撃者の挽歌 下　森村誠一

流星の降る町　森村誠一

国際工作員の顔を持つ作家、武富。彼の小説教室には一癖も二癖もある面々が集まる。例年行われる夏合宿で彼らは海岸に打ち上げられた美女・しぐれを救うが、その後、彼女を狙う謎の組織の襲撃を受け……。

自分をゴミのように切り捨てた上司を撲殺した桑崎。逃走中に玉突き事故に遭遇しつつも帰宅した翌日、ニュースでは上司が殺害現場近くの路上で「轢き逃げされた」と、あり得ない報道が……長編ミステリ！

肌寒い夜、一人の少女が権兵衛老人の下に逃げ込んできた。とっさに少女を匿ったその老人は、かつて新宿で名を馳せた殺し屋集団の元組長であった。老人は少女を守るため修羅の世界に戻っていく——。

かつて殺し屋集団として名を馳せた〝山瀬組〟のメンバーが集結した。般若組に追われる少女を守るため戦いに身を投じるうち、再び彼らの血が騒ぎはじめる。たった七人で暴力団に挑む、熱き男たちの物語。

日本最大の暴力団が企てた、町の乗っ取り作戦。前代未聞の陰謀に、元軍人や元泥棒など、第一線を退いた七人の市民が立ち上がる。逃げ続けていたそれぞれの人生の復活を賭けた戦いに、勝ち目はあるのか——。

角川文庫ベストセラー

Another（上）（下）　綾辻行人

1998年春、夜見山北中学に転校してきた榊原恒一は、何かに怯えているようなクラスの空気に違和感を覚える。そして起こり始める、恐るべき死の連鎖！　名手・綾辻行人の新たな代表作となった本格ホラー。

霧越邸殺人事件〈完全改訂版〉（上）　綾辻行人

信州の山中に建つ謎の洋館「霧越邸」。訪れた劇団「暗色天幕」の一行を迎える怪しい住人たち。邸内で発生する不可思議な現象の数々…。閉ざされた〝吹雪の山荘〟でやがて、美しき連続殺人劇の幕が上がる！

霧越邸殺人事件〈完全改訂版〉（下）　綾辻行人

外界から孤立した「霧越邸」で続発する第二、第三の殺人…。執拗な〝見立て〟の意味は？　真犯人は？　動機は？　すべてを包み込む〝館の意志〟とは？　緻密な推理と思索の果てに、驚愕の真相が待ち受ける！

切開　表御番医師診療禄1　上田秀人

表御番医師として江戸城下で診療を務める矢切良衛。ある日、大老堀田筑前守正俊が若年寄に殺傷される事件が起こり、不審を抱いた良衛は、大目付の松平対馬守と共に解決に乗り出すが……。

縫合　表御番医師診療禄2　上田秀人

表御番医師の矢切良衛は、大老堀田筑前守正俊が斬殺された事件に不審を抱き、真相解明に乗り出すも何者かに襲われてしまう。やがて事件の裏に隠された陰謀が明らかになり……。時代小説シリーズ第二弾！

角川文庫ベストセラー

表御番医師診療禄3 解毒
上田秀人

五代将軍綱吉の膳に毒を盛られるも、未遂に終わる。表御番医師の矢切良衛は事件解決に乗り出すが、それを阻むべく良衛は何者かに襲われてしまう……。書き下ろし時代小説シリーズ、第三弾！

嗤う伊右衛門
京極夏彦

鶴屋南北「東海道四谷怪談」と実録小説「四谷雑談集」を下敷きに、伊右衛門とお岩夫婦の物語を怪しく美しく、新たによみがえらせる。愛憎、美と醜、正気と狂気……全ての境界をゆるがせる著者渾身の傑作怪談。

巷説百物語
京極夏彦

江戸時代。曲者ぞろいの悪党一味が、公に裁けぬ事件を金で請け負う。そこここに滲む闇の中に立ち上るあやかしの姿を使い、毎度仕掛ける幻術、目眩、からくりの数々。幻惑に彩られた、巧緻な傑作妖怪時代小説。

続巷説百物語
京極夏彦

不思議話好きの山岡百介は、処刑されるたびによみがえるという極悪人の噂を聞く。殺しても殺しても死なない魔物を相手に、又市はどんな仕掛けを繰り出すのか……奇想と哀切のあやかし絵巻。

後巷説百物語
京極夏彦

文明開化の音がする明治十年。一等巡査の矢作らは、ある伝説の真偽を確かめるべく隠居老人・一白翁を訪ねた。翁は静かに、今は亡き者どもの話を語り始める。第１３０回直木賞受賞作。妖怪時代小説の金字塔！

角川文庫ベストセラー

前巷説百物語　京極夏彦

江戸末期。双六売りの又市は損料屋「ゑんま屋」にひょんな事から流れ着く。この店、表はれっきとした物貸業、だが「損を埋める」裏の仕事も請け負っていた。若き又市が江戸に仕掛ける、百物語はじまりの物語。

西巷説百物語　京極夏彦

人が生きていくには痛みが伴う。そして、人の数だけ痛みがあり、傷むところも傷み方もそれぞれ違う。様々に生きづらさを背負う人間たちの業を、林蔵があざやかな仕掛けで解き放つ。第24回柴田錬三郎賞受賞作。

幽談　京極夏彦

本当に怖いものを知るため、とある屋敷を訪れた男は、通された座敷で思案する。真実の〝こわいもの〟を知るという屋敷の老人が、男に示したものとは。「こわいもの」ほか、妖しく美しい、幽き物語を収録。

冥談　京極夏彦

僕は小山内君に頼まれて留守居をすることになった。襖を隔てた隣室に横たわっている、妹の佐弥子さんの死体とともに。「庭のある家」を含む8篇を収録。生と死のあわいをゆく、ほの瞑（ぐら）い旅路。

遠野物語 remix　京極夏彦　柳田國男

山で高笑いする女、赤い顔の河童、天井にぴたりと張り付く人……岩手県遠野の郷にいにしえより伝えられし怪異の数々。柳田國男の『遠野物語』を京極夏彦が深く読み解き、新たに結ぶ。新釈〝遠野物語〟。

角川文庫ベストセラー